U0917451

一个人的婚前旅行

孙明一　著

译林出版社

目 录
Contents

前　言

写给，正为婚姻犹豫的你。

我相信，之所以犹豫要不要走进婚姻，不是因为你不相信爱情，或是不爱身边的那个人，而是恐婚。

要么，为现实所累，承受不起高成本的婚姻，所以犹豫；要么，为自由所累，害怕因为婚姻而失去太多个人空间，所以拒绝。

恐婚是如今未婚人群中普遍存在的一种心理现象，多发于25~30岁这个年龄段，其中以经济为界又分成两种人群：一种是无房无车无经济能力，不敢轻易走进婚姻的“屌丝”；另一种是收入高、恋爱（或是同居）时间较长的白领，因自身生活品质已经有了保障，怕轻易找的另一半不理想，所以才恐婚。

恐婚族的出现反映的是现代人对婚姻质量的高要求。与以前的婚姻相比，现在人们对婚姻有了更高的期待。当现实与理想出现反差时，就会出现恐惧。

恐婚情绪人皆有之。

不是因为相爱，我们就有幸福的明天，太多现实的牵绊令人始料不及；也不是因为有了足够的准备就能一路相伴，悲欢离合和生老病死从来都存在。我们害怕失去，更害怕曾经完美的拥有会中途夭折，因而在战战兢兢中，我们拒绝面对，拒绝责任，拒绝压力，拒绝失去……

身为女性，怕的是婚姻不能带给自己足够的安全感和幸福；身为男性，怕的是从此失去自由之身和即将到来的家庭事业双重压力，所以才有了反反复复的犹豫和多多少少的恐惧。

有人因怕孤独而结婚，有人因怕结婚而孤独。要知道，真正的幸福不仅在于你选择了怎样的生活方式和伴侣类型，更重要的在于你自己的追求。追求怎样的生活就奔赴怎样的方向，追求怎样的情感归宿就寻找怎样的伴侣，放得下犹豫，担得起责任。“不举步，越不过栏栅，不迈腿，登不上高山”，爱情需要勇敢地追求，婚姻需要勇气去尝试。

每个人的青春都逃不过一场爱情，同样，每场爱情终会扯上婚姻。不能因为恐惧就躲避，躲避是无能为力的表现，避开婚姻不等于避开责任。

或许你只是太累，又或许你真的对未来没有信心，不知道婚姻是不是能为爱情画上圆满的句点，那么，请来场一个人的婚前旅行吧！

一个人的婚前旅行，能让你放下一切，以最清静的方式靠近心灵、走近爱。

旅行，行走的是身体，反省的是心灵，寻找的是希望，它会让你明白一件事——离得远才看得清的，是风景；走近更觉温暖的，是爱人。

那么，祝福尚在围城外徘徊的你，在或孤独或精彩的婚前旅途中，能聆听到自己内心最真实的那个声音。相信爱，好好爱，不要让爱无家可归。

第一章

“画饼男”和“面包女”

男女同居的终点是截然相反的两个结局：要么结婚，要么分手。对于男人来说，同居容易扼杀自己对这个女人的兴趣和激情；对于女人来说，同居往往会让自己不由自主地想要独占这个男人。心态不同，走向自然不同。

（一）午夜暧昧

乔小麦一直在等待安家杰的求婚。

不管房子大小，不管这个男人是不是高富帅，只要有一个安稳的窝和一副随时可以依靠的肩膀——女人都渴望生活和爱情能够现世安稳，她也不例外。

然而，左一年右一年，整整两年的同居生活并没让她如愿以偿。相反，安家杰近来的异常表现让乔小麦觉得，这个男人变了。

虽然不愿意承认，但女人特有的敏感还是让她嗅出了异样。

全心全意等待做新娘的女人，在走进婚姻的前一刻突然发现，自己为之付出一切的男人要变心，恐惧和失望可想而知。

在这之前，乔小麦一直觉得，自己是这世上最爱安家杰的女人。

作为同居两年的情侣，彼此间早已褪尽浪漫，走进了小夫妻生活模式。一切有条不紊，就像他们的早起定律一样，从不确定谁先起，谁该干什么，到熟知彼此的作息规律，两人配合得从容而默契。每天早晨，安家杰比乔小麦晚起10分钟，等她洗漱完毕他再占用卫生间。而在他独占卫生间的短时间内，乔小麦以战士的速度淘好米或是煮上方便面，偶尔也会煎两个荷包蛋放进提前买好的面包片里，充一回汉堡。之后，两人一边吃早饭一边看早间新闻，偶尔会聊上两句。早饭之后，如果上班时间来得及，安家杰会顺手把碗洗了，而常常丢三落四的乔小麦会趁机收拾坤包，以免再落了钥匙或是带回来的文档。最后，两人一起出门，在公交站点彼此道一声“走了”，然后踏上不一样的班车，奔向新的一天。

这是大多数从情侣到夫妻的人最平淡却最温馨的生活情景。

时日一久，习惯了这种日子，男人从过去要求女伴又漂亮又时尚转变成为只要她会做早餐个性温柔就好，而女人对男伴的要求也从浪漫多情转变成为只要他做事踏实对自己体贴就够。这种转变其实是从对爱情的苛刻过渡到了对婚姻的包容，有一点已进围城的意思。

尽管知道安家杰现在给不起房子、车子甚至票子，但乔小麦已经习惯有这个男人在身旁为伴。这个男人给过自己太多美好的回忆，曾经那些美妙的誓言至今都记忆犹新。她始终记得，在那个相识相爱的冬天，他曾经拥着自己指着不远处的万家灯火说：“小麦，相信我，不久我就要在那里买一栋房子，装修成你喜欢的样子，写你的名字，给你一个安稳又温暖的家。”誓言犹在，虽然没有实现，但想起来就觉得温暖。要知道，在当下社会，有哪个男人敢说买了房子送给你？房子比金子还要昂贵，送房等于割肉，找到一个愿意为自己割肉的男人，还有什么不知足？哪怕仅仅是空中楼阁，她也觉得幸福，就因为在这份规划中，自己是他唯一的女主角。

这种幸福感如同每天早上看着他对自己做的早餐狼吞虎咽，那是男人对女人劳动果实的一种认同。如果能将这种幸福延伸进婚姻里，那一定是这两年同居生活最完美的句点。

有人说，一个女人若是愿意为某个男人洗手做羹汤，就说明这个女人深深爱上了这个男人。她爱他,所以愿意尽一个小妻子的本分，照顾他的衣食住行；她相信他也爱她，所以坦然地等待着一场别开生面的求婚仪式。

直到那天晚上，安家杰从午夜的睡梦中爬起来，偷偷跑到阳台接电话，这一切全变了。

午夜电话，要多暧昧就有多暧昧。至少，乔小麦是这么认为的。

对方起身接电话那刻的犹豫、兴奋，其实她是感觉得到的。

之前安家杰有睡觉关机的习惯，可自从开始没完没了地加班，不关机，还有了神秘的午夜电话，她怎么可能不防备？

乔小麦瞬间就醒了，只是没睁开眼睛。这也是两年来的习惯。她睡觉轻，对方一个翻身或是一声叹息，都可能唤醒她，更何况还是那么明显的电话铃声。

人醒了，却努力地闭着眼睛，脑子里的第一个念头是几点了。直至确认是午夜，她才警觉起来 ，认为这个电话蹊跷。而接下来发生的事更为蹊跷，安家杰先是赶紧摁断电话，接着起身看了看背对着他的小麦，确认她睡着，才蹑手蹑脚地躲进阳台打开手机。

或许情侣间的默契还在，或许是女人特有的小敏感，总之，乔小麦是起了疑心。刹那间的一个念头让她认定，打来午夜电话的是个女人，而且是她不认识的女人，一个对安家杰有好感的女人。不然谁会矫情地在深更半夜打电话？同时，她还有一种不好的预感，这个女人在安家杰心里也是有分量的，不然他也不会半夜起身接电话，还如此小心翼翼。

女人的心最经不起嫉妒的折磨。有那么一刻，乔小麦想起身，问安家杰这是谁的电话。转念之后，又觉得这样做容易打草惊蛇，最害怕的还是误会了安家杰。对方的电话似乎说得很长，她又想起身看看时间，又觉得此刻连翻身都不可以，否则她的一个小动作就足以打断这个暧昧的电话。女人特有的小倔强让她瞬间有了一个决定——默数时间，一秒，两秒，三秒……数到一百秒的时候，她的心扑腾了一下，愈加确认，电话是个唠叨的女人打来的。数到二百秒的时候，心便一点点下沉，怎样的女人和怎样的话题，能够让两个人说这么长时间？但她还是坚持数下来，从三百秒到五百秒，阳台上的说话声低低缓缓，丝毫没有停下来的意思，但是，乔小麦已经没有勇气数下去了。

心在瞬间凝结。她努力回想这几天安家杰的异动。

这一想，后背便涔涔冒冷汗。

乔小麦心里的害怕多过猜疑。

毕竟，这是与自己同居了两年的男人。自 25 岁两人拥抱在一起的那个雪夜开始，到如今 27 岁的秋天，清风中落叶翩然，她甚至幻想过这会是一个收获婚姻的季节。女人在最美年华里最想得到的东西，怎么能如此轻易就失去？她怕，如果安家杰真的有了异心，那自己这两年的青春光景如何计算？

乔小麦脑子里的官司斗争了许久，安家杰的电话才收线。

听得出来，安家杰进卧室时有一种刻意的掩饰，轻手轻脚，甚至还有些慌张，有点小犹豫。尽管乔小麦闭着眼睛，但还是感受到了一股贴面而来的温暖。熟悉的鼻息让她确认，安家杰故意探头过来，试探自己究竟是真睡还是假寐。她不由得紧张起来，生怕自己的睫毛会不小心颤抖几下，那这局面就不好应付了。

安家杰终于放心地躺下，翻身睡去。

乔小麦却再难入睡。漫漫长夜对她来说，第一次成为一种煎熬。

过去，闻着安家杰的气息，哪怕外面风雨交加，她也觉得这个夜晚美妙无比；如今，人还是那个人，味道却突然改变。恍惚间，她甚至隐隐嗅出另一个女人身上的香水味儿。尽管她也知道，自己只是敏感和猜测，但午夜的宁静容易带给人最疯狂的思绪，她越想越觉得事情可疑。

最初的几天，安家杰的加班时间明显延长，回来之后也不像从前那样对乔小麦有话必说，只推说累，甚至一句解释也没有，直接倒头就睡；又或者开电脑自己再玩一会儿，压根儿对正等待或已经休息的乔小麦没有半点兴趣。这几天的变化更是大，他不再吃早餐，开始乔小麦以为他胃口不好，索性把简单的面包西餐换成各类汤面，可他还是吃不了几口便匆匆往外赶，其实离上班时间还早。心疼男朋友的乔小麦以为对方工作压力大，或是自己做的饭菜不合他口味，如今细想，其实是对方心生旁骛，自己怎么做都是错。

男人心思异动，总有一系列反常行为在先。

想到这儿，乔小麦有些装不下去了，翻了个身，想看明白身旁这张熟悉到不能再熟悉的脸。可安家杰已经鼾声迭起，沉沉入睡。他的嘴角上扬着，似乎还嵌着满意的笑容。

这微微上翘的嘴角令乔小麦有一种想咬一口的冲动，不是爱，是太恨。

此时的微笑明明怀抱着刚刚的温暖，而刚刚的温暖明明是暧昧电话带来的。那么，自己这个正牌女友又算什么呢？想到自己的身份，她突然觉得，有必要把他手机拿过来看一下，将一切威胁自己的暧昧扼杀在摇篮里。手伸了一半，又转念一想，自己本是正牌，何必干这种偷偷摸摸的事？就算要看，也完全可以当着他的面看，自己有这个权利。

如此一想，手便缩了回来，目光倒落在了安家杰的脸上。

眼前这张脸上的微笑不是为自己，那这个男人的心是否依然还在？尽管平时自己也会对他大呼小叫，偶尔还会呵斥他，半点面子不留，但真要把他拱手相让，又岂会甘心？况且，电话那头是否真的存在一个女人？如果是，那她究竟有着怎样的魅力，能够让安家杰连在睡梦中都面带笑容？

乔小麦不敢再往下想，一种遭人掠夺的恐惧油然而生，心跳越来越厉害，这告诉她，自己其实还是很在乎这个男人的。她甚至不敢想象，失去安家杰，自己的生活会变成什么样。

此时，东窗破晓，微红的初霞在秋末冬初的晨晓显得难能可贵，预示着今天又是一个晴天。乔小麦注视着窗外这抹微红，心却空荡得厉害。她知道，再过两个小时，就该为这个男人准备早餐了。他爱吃面包还是面条？鸡蛋九分熟还是全熟？他的口味究竟偏重偏轻？心底一阵莫名的紧张，仿佛第一次为安家杰做早餐，尽管她知道，从此之后的早餐再也不可能像过去那样平和甚至愉快，但这更让她迫切地希望把这顿早餐准备至完美。

蒙蒙眬眬中，乔小麦竟然闭着眼睛睡过去了。再醒来时，是被安家杰的手机闹铃震醒的。那首“我是你的早起鸟儿，你不起呀我就叫，你不醒呀我还叫……”的铃声她仿佛第一次听到。安家杰听到铃声便敏捷地起身，这好像也是她记忆中的第一次。

同居两年，他还是第一次不赖床，比自己早一步起身。

这不是一个好信号。

乔小麦隐约感到，这个早起铃声跟那个暧昧电话有关联。如此一来，心便更加慌，更加认定，同居两年，她终是没逃过被劈腿。

“安家杰，给我十分钟，我们谈谈。”在安家杰即将出门的那刻，乔小麦已经穿好衣服，利落地坐在客厅里，强装淡定。

（二）暧昧几时了

安家杰其实是有那么一点小慌张的。

他有一张比大多数男人更白皙的脸，过于白，脸皮也很薄。紧张了，说谎了，或是稍有异常，脸都会不由自主地涨红。

看着这张涨红的脸，乔小麦觉得什么也不用问了，答案已很明显。

可有时候女人偏偏就很倔强，明知答案，却非要争着抢着去讨从男人嘴里吐出来的残酷真相。

当然，安家杰不至于此刻就承认自己有“外遇”。两年的相处，他深知乔小麦的脾气。她和别的女人最不一样的地方就在于，一旦真的生气，脸上必定毫无表情，可如果发了火，那又将是一场难以平息的暴风骤雨。

“有什么事……不能下了班再说？我赶着上班去。”安家杰清了清嗓子，一副很着急上班的样子，脸上的涨红再次出现，显然，是为自己脱身的谎话。

乔小麦自然一眼将他看穿：“现在是早上七点半，你们每天早上九点半打卡，我倒要问问你们老板，晚上加班，早上还加班，究竟想把人累成什么样？”

安家杰不悦：“单位最近上了新项目，好些工序需要人手，我们部门虽说不是重心，但离了人也不行。”

“那小马呢？老王呢？他们是不是也加班？”乔小麦边说边观察安家杰的神情，看他脸上的赧色越来越深，便愈发肯定自己内心的想法，“我一会儿打电话给他们，告诉他们多关照你一下。像这样加班，你的身体是吃不消的，不要忘了，你上个月的肠胃炎刚好，可不能……”

“别！千万别！哦，我的意思是，何必呢？小马刚来，对业务不熟，老王年底要结婚，好多事要准备，他们哪有时间关照我？”安家杰急忙打断了她的话，“再说，我现在是中坚力量，上面老人不需要照顾，下面又没小的需要抚养，中间还没有家庭负累，还是能多干就多干一些吧。大家都不容易，对不对？”

话说得倒是妥帖，但乔小麦知道，这些话不过是敷衍。安家杰除了脸红之外，眼神还不停地瞄向自己的手机，动作隐蔽又细微，这让她更加确定，这个男人在说谎。

男人的谎言，如果你即时就揭穿，除了会让他们以死抵赖之外，还往往会让他们记恨你。要知道，在男人心里，聪明的女人可以做同事做朋友，但绝对不能做爱人。为什么？因为在每个男人心里，这世上最聪明的人只有自己，还因为男人的面子大于天，他们最恨被当面揭穿。

好强的乔小麦想着昨晚的暧昧电话，如今又看到安家杰并没有跟自己说真话的打算，心里的气不打一处来，不管三七二十一，自然又免不了一番奚落。

“安家杰，你什么时候说谎也不用打草稿了？我不管你是真加班还是假加班，我只问你一句，你敢把手机给我看一下吗？”边说，眼神边落在安家杰的手机上。

此时的安家杰手里握着的仿佛是一枚随时可能爆炸的手雷，越握越紧，只怕一个不小心松了手，自己与手机同归于尽。

他越紧张，乔小麦就越确定这里面有猫腻，免不了紧追上前：“把手机给我！”

乔小麦的手伸到了眼前，安家杰倒突然不紧张了，虽然没把手机递上前去，但神情却十分坦然：“我急着上班，能不能别闹？”

“就看一眼！”乔小麦坚持道。

安家杰显得很无奈，咳嗽了一声，埋怨道：“天天查手机，有意思吗？”话是这样说，但还是听话地把手机递了过去，因为他知道，以乔小麦的脾气，不把手机给她看，今天就有可能出不了门。

乔小麦利落地接过手机，打开信息查看，发现收件箱和发件箱都是空白，再查通话记录，也是空白。

这个发现令她大为吃惊！

什么是欲盖弥彰？什么是销毁证据？乔小麦气得小脸儿瞬间煞

白，将手机扔给对方，斥责道："为什么要删空？是不是知道我会查？还是真的有事瞒着我？"

安家杰依然那么镇定："信息满了，自然就删了，我除了工作也没什么通话记录，有什么可查的？是你太多心喽！"

自己被气得不知所以，对方却淡定自若沉静如水，乔小麦再也按捺不住心里的质疑，她太想知道，午夜那个电话记录哪儿去了！还没等她张口，安家杰的电话便响了。

这一响，两人都不说话了。

乔小麦盯着安家杰的脸，看他是不是依然镇定。而安家杰似乎有些慌了，借看手机的机会想背过身去，当他低下头的瞬间，突然笑了，还是那么淡定。

"呵呵，老婆，我得赶紧走了，老王催我了，看，是他的电话。"安家杰仿佛卸下了某个包袱似的，接老王电话时，竟然满是喜悦，"王哥，你早到啦？我一会儿就去，早餐想吃什么？我请客！"

过于热烈的表现，让乔小麦心里那份怀疑越积越大。很显然，安家杰想接的不是老王的电话，可老王还是救了驾。

那么，他是不是一直在等昨晚那个暧昧之人的电话？

删通话记录，如此小心翼翼的背后，他究竟想隐藏什么呢？

乔小麦还想追问，安家杰已经冲出了家门："小麦，我走啦，要迟到了！"

乔小麦瞧了一眼墙上的钟表，刚好8点整。所谓完美的二人早餐，成了自己的独角戏。

看安家杰一路小跑飞奔下楼，她无奈地摇头叹气。已经好久没有一起上班了，别说一起看早间新闻，连一起吃早餐都省了。

没有了胃口的乔小麦索性也不进厨房。时间尚早，给自己泡了杯牛奶，脑子里万马奔腾。偏偏这时房东的电话打了来，告诉她自己儿子明年结婚，让他们不要忘了腾房子。

跟所有漂在异乡的人一样，想有好的发展就要去大城市，可去了大城市，就要忍得了租房子的苦。不是房东多计较，就是房租太高昂，工资永远追不上房价和房租的涨势，要多悲催就有多悲催。收入多的人倒还可以将生活安排得舒适一些，收入少的还要忍受合租甚至混租的苦。这也促成了很多情侣在婚前便开始同居生活，一来感情到位，二来省却跟人合租的不便，胶着了感情也省了房租。

起初，乔小麦和安家杰住到一起，多少跟房子有关系。那时的安家杰在乔小麦眼里是一位有理想有抱负的好青年，他经常指着正在盖或是已经盖好的房子对她说："将来我们就在这里买套房子。"又或者说："你喜欢化妆，我单独给你开辟一间化妆室，怎么样？"理想不花钱，誓言又免费，恋爱时的女人总是傻得可以，安家杰怎么说，乔小麦就怎么听。尽管现实中房子是租来的，卫生间小得连洗衣机都放不下，每个周末都要抽出半天时间手洗衣服。厨房只够一人转身，油烟机还是坏的，每次开火都必须开着窗，有时候风大，油烟倒灌，呛得人满眼泪。就连每次欢爱，那张破旧的老床都跟着有节奏地伴唱，多少让人觉得无趣。从客厅到卧室，三五步距离，狭小得令人总感觉不开窗便无法呼吸。安家杰总说天将降豪宅于斯人，必先任其蜗居。现在看来，一切不过是画饼充饥。

从朋友到情侣，两人已经同居两年整，安家杰现在别说买房子，连房子这事都不提了。乔小麦又过于要强，在她心里，一个女人在男人面前反复提房子，无非在暗示对方该求婚了，如果男人没有求婚的意思，又何必拿房子作借口？

再转念一想，不提房子不求婚，一个女人苦巴巴地跟着男人不计结果地住在一起，又算哪门子事？

更何况，眼下的安家杰已经不是两年前的安家杰了，不仅没有求婚的意思，还开始心思异动。

乔小麦很难受。可再难受也得先忍住。在事实搞清楚之前，不能轻易地就把一切点破，至少自己还是爱着对方的，还不想这么轻易地将他推出去。要知道，安家杰这两年变化不少，知道了吃什么才健康，知道了怎么搭配衣服，也知道了怎么去哄女人开心……这一切的一切，大多是乔小麦调教的结果，她怎么舍得轻易让别的女人来享受自己的“劳动果实”？

坚决不能。

想到这儿，乔小麦努力平复了心情，她想把房东催房的事跟安家杰说一声。

可接下来发生的一切，让她的心情怎么也平复不了。

拨通安家杰的电话，响了好久都没人接，再打，依然没人接。乔小麦的心提起来了，安家杰的公司离家就几站地，步行也不过十多分钟，眼下已经走了半个多小时，怎么会不接电话？

固执的乔小麦坚持打下去，一直打到第四遍，电话通了。传来“找你零钱，三块四”的声音，那是地摊上卖油条的声音，还有人在唤老板上几碗小米稀饭的声音。

“安家杰，你在外面吃早餐？”乔小麦开口便问。

安家杰明显停顿了一下：“啊，是，随便吃点。”

“你不是急着上班吗？怎么在路边摊吃上了？”乔小麦不解。

安家杰短暂地沉默了一下：“啊，就是有点饿了。”

“再饿也不能吃路边摊，干净吗？真是的，这么大的人了……”乔小麦半是责备半是心疼，可没等她把关心表达完，就听到电话那头传来一个女人的声音。

“安家杰，来，这是我特意为咱俩准备的早点配餐，烟台苹果，尝一块！”

这一刻，乔小麦慌了。对每个女人来说，这绝对是意外中的意外，她手一抖，手机便落到地上。激烈的脆响惊醒了她，她赶紧拾起手机，再听那头的动静。

安家杰似乎很着急：“喂，小麦，你那边那么大声音，什么东西碎了？”

什么东西碎了？乔小麦也这样问自己。

手机没有碎。如果真有东西碎的话，一定是自己的心。

暧昧的午夜电话，她尚可为安家杰找借口开脱，而这个一起吃早餐还特意备了水果的女人，心细岂止如丝？确切地说，简直是狼子野心。如此殷勤的背后，他们的暧昧究竟发展到了什么程度？这暧昧何时开始的？又如何才能结束？

（三）男女都有点儿小心思

电话是如何收线的，乔小麦已经不记得了。甚至，连如何到单位的，也记不得了。

安家杰的电话一个接一个，明显是想解释。但这样的表现让乔小麦不免觉得多余。她怎么都想不通，他为什么宁肯跟别的女人在地摊上吃不卫生的早点，也不愿意在家和自己共进早餐？难道真如传说的那样，一样东西吃久了也就腻了？

想到这儿，乔小麦不由得心一紧：总吃一种东西难免反胃，难道他已经厌倦了自己做的早餐？甚至厌倦了自己这个人？

男女同居的终点是截然相反的两个结局：要么结婚，要么分手。对于男人来说，同居容易扼杀自己对这个女人的兴趣和激情；对于女人来说,同居往往会让自己不由自主地想要独占这个男人。心态不同，走向自然不同。

恋爱时，尽管知道安家杰一无所有，但乔小麦还是说服自己，只要他对自己真心真意，她就愿意嫁给他，做一个贤妻良母，和他一起奋斗一起吃苦。但是，照眼下的形势来看，人家根本不感恩她的同甘共苦，更不需要她无偿付出，一切的一切，好似一场笑话。看来，安家杰对自己早就没有兴趣了，连共进早餐的兴趣都没有了。

越想越气，乔小麦就算上了班，也难免面带不悦。跟乔小麦一向要好的同事阿眉过来关心，好不容易找着人倾诉的乔小麦将她引向茶水间，一五一十地说出早晨的事。

阿眉是个新派女子，崇尚优质男，恋爱只恋富二代。靠着不错的自身条件，倒也谈了几个身价不菲的男朋友，虽说没成功，但眼界依然很高。这样的一个女子，自然对乔小麦那套“同甘共苦”的理论颇为不解，常笑她是找了个“画饼男”——饼在画里，好看却吃不着，只有饿死的份儿。现在听到小麦险被“劈腿”，她立即笑了。

“乔小麦呀乔小麦，身为女人，你还有几年青春可以虚掷？早就跟你说，你家那位安先生是空中楼阁水中映月，压根儿不靠谱，你不信，现在看来，就算是空中楼阁，也怕不是你一个人的风景喽，这回该醒醒了吧？”

面对阿眉这“马后炮”，乔小麦不得不解释：“情况是怎样还没确定，我生气是因为他骗我。”

“男人对女人的背叛都是从欺骗开始的，这道理你竟然不懂？”阿眉满目惊讶，“你不会真的笨到等着人家成双入对之后再开口休了你吧？”

“怎么会？”被如此一问，乔小麦又来气了，“他敢跟别人成双入对，我就出手阉了他！”

“阉不阉倒无所谓，只是你不要被现实‘阉’了。你看看你选的这个男人，没房没车，存款怕也不多吧？好家世更不用说。连工作都得自己打拼，累不累？这样的男人注定了被生活压着，你还指望他能带给你轻松的好日子？”阿眉心直口快，“过去结婚，女人啥也不要，那叫传统；现在结婚，女人再啥也不要，那就成了傻子喽！你可以把傻当天真，在爱情里犯错，但绝对不能把傻带进婚姻里，那可是真二啊！婚姻是什么？是一道让女人现实的门，在门外时，你可以不知道菜蛋肉的价格，在门里，一旦日子不宽裕，你就要分厘必争地去算计，到时候能累死你！”

“那……我应该怎么办？”乔小麦被阿眉说得心痛不已，两年的同居生活，跟夫妻过日子没什么区别，她不是不懂得现实的残酷。

阿眉清了清嗓子，一副过来人的模样：“相信我，你就这样去做，一呢，跟安家杰谈谈，何时买房结婚？你得给他点压力。二呢，找个备胎，万一跟他散了呢。下次记得找个条件好点儿的。女人的年龄可不饶人，别为一棵歪脖树耽误了自己的大好春天。”

“春天？”乔小麦摇头苦笑，两年的同居生活让她已经融入婚姻的境况里，总感觉自己已为人妇，每天急着上班赚钱，急着下班打扫，完全成了一个家庭妇女。

“对，春天！不仅要春天，还得要面包，嫁得起，吃得饱！”阿眉边说边冲乔小麦抛媚眼，“别人都叫我‘面包女’，我才不管是不是嘲笑，不求面包的爱情和婚姻早就把女人饿死了。跟我学着点儿，保证不吃亏。”

“你的意思我明白。”乔小麦点了点头，“现实一点没错，如果他再不求婚，我就找备胎去！气死他！”话是这样说，心里还是很生气。

这边乔小麦越想越气，一脸愤然；那边安家杰正坐立不安，一脸委屈。

他承认，自己跟新来的女同事陈莱茜相处甚好，却仅止于此。陈莱茜是个热情的小女生，刚毕业参加工作，又刚失恋，他身为对桌的职场前辈，不过多安慰了她几句，她便不管不顾地处处以他为重心，工作上有不懂的来问，生活中有苦恼也找他说。就说昨天晚上，不过是出租屋里跑出来两只蟑螂，她愣是抱着电话不停地跟他哭，说害怕，说恐惧，最后说到一个人的孤单和对安家杰的好感。或许是她无意中流露出来的那种欣赏和崇拜，让安家杰竟然产生了一种英雄护美的自豪感，这种感觉曾经在乔小麦那里也有过，但现在早就荡然无存。

在安家杰心里，同居两年的乔小麦连他银行卡数字后面带几个零都一清二楚，更别说其他。过于熟悉，已经熟悉到毫无神秘感的程度，甚至由于过于了解对方的缺点和短处，彼此间早就没有了欣赏的地方。陈莱茜却不一样，仅是头上那个傲娇的、走起路来左右晃动的马尾，就仿佛挂满了安家杰对青春和岁月的无比怀念。

当然，他也明白，避开乔小麦，单独和陈莱茜跑出去吃早餐，还打着加班的旗号，确实有点过分，所以，安家杰要给乔小麦一个解释。可是，乔小麦生气的后果就是，任他打多少电话都一概不接。

安家杰心里有点小气馁，脸上的表情自然不轻松。这一切都被邻桌的老王看在眼里。两人平时关系不错，说话自然不注意："哎，安家杰，出去偷吃被抓着了吧？瞧你脸上那副赎罪样儿！"

"真偷吃就好了，就怕没偷成倒惹了一身腥。"安家杰瞅了瞅对面的办公桌，确认陈莱茜不在，把转椅转到老王面前讨主意，"我和小陈去吃早点，乔小麦刚好打电话给我，不小心听到了，怎么办？"

老王听了一愣，很快回过神来："怎么？你不会是看上小陈了吧？她可比咱们小好多，你不会有老牛吃嫩草的爱好吧？也太……"

"说什么呢？"知道老王下面的话更难听，安家杰赶紧打断。

"你刚才不是说了吗，跟小陈一起吃早餐？什么样的男女能一起吃早餐？我告诉你，男女之间一起吃早餐比共进晚餐还要暧昧，你想想，大早上的，俩人拉着手去吃早餐，什么意思？不就是昭告天下，你们昨晚在一起了吗？"老王嘴快，越说越兴奋，"你说，你跟小陈究竟怎样了？这地下情也发展得够快呀！我都不知情，潜伏得够深啊！"

"你！有多远滚多远！"安家杰气不打一处来，在老王眼里，天下就没有绝对纯洁的男女关系，"你都是快结婚的人，怎么就不明白被女人怀疑的滋味！难道嫂子就从来没怀疑过你？你有那么清白？我才不信！"

反被耻笑，老王倒也不生气，嬉皮笑脸地接起话茬儿："嘿嘿，你嫂子怀不怀疑我倒不重要，现在重要的是，你小子麻烦喽！你想想，连我这个外人都瞧出不对，你家那位乔小麦可是重点大学的毕业生，聪明劲儿自然是数一数二的，她能一点儿没觉察到？”

其实不用老王提醒，早上出门时乔小麦不顾一切地查他手机，安家杰就已经知道她对自己起了疑心。

可他不明白，有什么好怀疑的，自己明明是清白的！

他了解乔小麦，不出三五天就会查一次他的手机，这是她的毛病，也渐渐成了她的习惯。正因为太了解对方，所以他故意把通话记录删个干净。一个要查，一个先删，猫抓老鼠，谁也抓不着谁，谁也伤害不了谁，又都乐在其中，情侣间的一个小游戏而已。

“老王，快别开玩笑了，小麦的脾气大着呢，这次怕是一道难关。过去了，你的今天就是我的明天；过不去，你离婚的明天就是我恢复光棍生活的今天！”安家杰对老王使劲儿地灌迷魂汤，“谁不知道你是过来人，赶紧给兄弟支支招儿，过了这一关再说。”

老王却不愿意听了：“呸呸呸！什么叫我离婚的明天？我还没结呢，你就盼着我离呀？这也叫兄弟！还有呀，别一口一个我是过来人，我一没出轨二没偷情，怎么就成了过来人了？”

“谁出轨谁偷情啦？我也是大好青年一个！就是误会，误会，真是误会！”安家杰急了。

老王倒笑了：“得！说是误会的，最后都玩真的。”

“不仗义！”安家杰把椅子重新转回座位，打算不理老王，却被对方一把给拽了回去。

“好了，不开玩笑了。我很严肃地警告你，别玩火自焚。你得想清楚哪头轻哪头重，你得知道哪个女人能帮得了你，愿意跟你共进退。我帮你分析一下吧！乔小麦跟你年龄合适，职业也搭，最主要的是你们还有两年共同生活的底子，够了解。这个小陈呢，年轻得很，不靠谱,而且刚来单位实习,工资待遇甚至前途都待定,不可靠。再说,你也不了解人家是不是愿意找你这么大年龄的男人。而且，你有房吗？有车吗？有可以随意消费的银行卡吗？换女人，是每个男人的梦想，但梦想往往败给了现实，伤不起啊！”老王一边分析一边往门外瞅，生怕陈莱茜突然从哪里蹿出来。不用说，这是一个小心翼翼的男人。

安家杰白了他一眼，十分不服气:“瞎分析！好人都能让你带到沟里淹死！我告诉你，我跟小陈根本不是那么回事，而且，我也没打算换掉小麦！”

“你敢说,你对小陈就没一点儿感觉？”老王的小眼睛眨了又眨，生怕错过安家杰表情中的每一个小细节。

这个问题倒把安家杰问住了。怎么说呢？世上有几个男人对年轻女人不垂涎？跟陈莱茜相处不久，她身上的年轻和活力是他向往的,尽管那种年轻和活力曾经在乔小麦身上有过,但毕竟已经过去了。就像一个垂暮的老人羡慕年轻孩童的玩具一样，可望可即却再难轻易尝试。其实，在跟陈莱茜相处的时候，他有时也会恍惚。透过对方半是纯真半是诱惑的眼神，他仿佛看到了某种暗示，尽管知道那不叫爱情，还是乐此不疲。对方一个电话一条短信，都能让他的心泛起涟漪,而这份涟漪在乔小麦那里已经很久没感受到了。比如昨天,陈莱茜会在他面前撒娇说“我想吃 KFC”，然后他就屁颠屁颠地买来奉上。如果换了乔小麦，他一定会说“在家随便凑合吃吧，外面的东西不干净还贵，不划算”。

男人就是如此，期待女人精打细算地过日子，偶尔却犯贱似的要做女人的奴隶，心甘情愿受驱使。

所以，对于老王的这个问题，安家杰没有办法回答。

从他的表情里，老王已经猜出几分真相:“怎么？让我说中了吧？你有出轨的迹象，难怪人家乔小麦又起疑心又生气。”

“她就是瞎闹！早晚娶的还是她，而且……我爱的也是她，是她太不自信！”说爱乔小麦这句话时，安家杰有了小小的结巴，已然透露出他内心的不坚定。

“男人出轨前都坚称自己是爱着某个女人的。知道这是为什么吗？不过为自己出轨找一个高尚的借口，比如身体饥渴或是生理需要，要不然就是喝多了。不管这些借口是不是成立，只要说心里爱着一个女人，就证明他还是有情有意的，只是偶然犯了个小错，那么不管出轨多么下作，至少还有一个请求原谅的借口。”老王一语道破男人的心思，“不瞒你说，我是个快结婚的男人，心里这几天跟猫抓一样，想着这辈子就被一个女人拴着，真是心不甘哪。”

听老王说得头头是道，安家杰倒轻松了:“这么说，你小子想背着新娘子出轨？不会吧？都说婚前男人最容易出轨，你……”

“不好说，哈哈。有句话说得对，天天吃一样的菜，难免倒胃口，保不齐哪天想换换口味，男人就是‘难忍’——难忍诱惑啊！哈哈哈……”老王倒认得干脆，听得安家杰说不清心里是什么滋味。

平心而论，在他心里，乔小麦是个不错的结婚人选，贤惠又能干，尽管算不上天姿国色，但也绝对出得了厅堂。可是好归好，她身上又难免有着小器和小心眼这些女人的特质，比如查手机、喜欢生闷气，让他觉得很难接受。安家杰也知道，人无完人，自己本身也不完美，自然不能要求对方完美。所以细算下来，他还是愿意娶乔小麦的。

可眼下，如何才能让她原谅自己呢？

（四）“画饼男”和“面包女”

尽管安家杰在短信里一再强调让她回去等他一起吃晚饭，乔小麦还是闷气难消，下班后一个人到小饭馆吃了碗面，然后坐到华灯初上。偌大的城市，没有亲戚，除了认识的几个同事便是安家杰了。曾经以为他会是自己这辈子永远的依靠，眼下看来，这个依靠也会倒。

无处可去。暮色沉沉之时乔小麦起身往回走，走到半路，接到阿眉的电话，阿眉表达了对她的关心，更传达了一种气势。

“你要挺住！千万别再因为他几句甜言蜜语就心软！我早就劝过你，像安家杰这种‘画饼男’，天天就会在空中画圈，根本落不到实处，你每天被他哄得晕头转向，哪知道现实和生活的利害！亲爱的姐妹，27 岁的剩女同志，年龄告诉我们，青春伤不起，青春更需要无止息地奋斗！女人的奋斗战场在哪里？在男人那里，找一个优质男才能算胜利。”阿眉说得语重心长，换作平时，乔小麦会觉得她过于现实，此时此刻，她深深地理解对方。

乔小麦此刻想的不仅是自己的青春问题，还有最现实的一道坎儿。

房东催交房子的事，还没来得及跟安家杰说。在外漂着的人，始终找不着一个安稳，身体的颠簸比心灵的颠簸更需要解决。

想到这儿，乔小麦加紧了回家的步伐。一路上，她听到自己的手机响了 17 次，短信无数次。她知道，安家杰是真急了。

那么自己呢？何尝不急？急的是什么呢？她问自己，是急着跟安家杰要一个关于暧昧电话的答案，还是一个他亲口跟自己求婚的誓言？

未及想明白，家门已经在眼前。看着熟悉的红木漆门，第一次觉得如此凄凉。房子不属于自己，房子里那个温暖的男人也不属于自己。以前每天都急着往回奔，为他洗衣煮饭，感觉一盏如豆灯光下的相依相偎是那么贴心，现在却怎么也不想走进去，怕开了门是暴风骤雨一样的争吵，怕见了对方会脱口而出问及那场暧昧，更怕那场暧昧毁了自己苦心经营了两年的感情。

纠结。

同时她明白，即使再纠结，问题存在，总还是要解决。

终是开了门。

门内，一脸焦急的安家杰主动迎上来。

“老婆，去哪了？怎么不接电话？急死我了！”

听得出对方是真着急。乔小麦心里的气在见到安家杰之后，莫名地膨胀，自然没好气地骂：“我去哪儿为什么非要跟你说？接不接电话也是我的个人自由，凭什么你打我就得接？”

“小麦，我们能不能不吵？”安家杰还算耐心。

“吵？我跟你吵了吗？为什么要跟你吵？”乔小麦换了鞋，连摆放的心情都没有，踢得东一只西一只。

安家杰殷勤地上前整理：“小麦，你误会我了，早上的事情其实是这样的，我们只是一起吃了个早餐，真的没什么……不信你可以打电话查证。”

“打电话？你敢让我打电话给你那个‘烟台苹果’？”乔小麦至今还记得那个甜腻的声音。身为女人，她比安家杰更明白女人的心思。

明知一个男人有伴侣，除了午夜打电话，还要占领对方的早餐时间，掠夺的架势如此赤裸裸。更让乔小麦不敢轻视的是，对方是那种就算在地摊上吃几块钱的早点也会提前把水果备好的女人，这是怎样的心机，这个对手着实不简单。

“什么‘烟台苹果’？人家叫陈莱茜。”安家杰小声纠正道。

这话在乔小麦听来完全成了偏袒：“听听，还人家呢，人家是谁？这个女人是谁？我倒要听听，这个陈莱茜有什么理由天天打电话给你？晚上霸占也罢了，大早上还要约出去吃早点，这是恋爱还是浪漫给我看的？当我不存在吗？”

知道自己又被误会了，安家杰赶紧解释：“不是你想的那样，小陈她刚来单位，好多事儿不明白，这几天更新设备需要加班，她单独留守时有不明白的，自然要打电话来问我……”

话还没说完，便被乔小麦抢了去：“什么叫自然要问你？你是她上司还是她助手？”

“同事嘛，再说大家就在对面桌，相互帮忙是应该的，谁没有初入职场两眼发蒙的时候，是不是？”安家杰试图撇清关系。

可是，误会颇深的乔小麦怎能轻易就原谅他。

“安家杰，我告诉你，不要把我当傻子，我们在一起两年，你是怎样的人，我还不清楚吗？远的不说，就说去年吧，你们单位也加班，也进过新人，我也没见你如此上心。再说，你们单位又不是你一个老人儿，凭什么事事问你？真当自己是盘菜吗？可笑！”

“乔小麦，你应该清楚我的业务能力，在我们部门可是首屈一指的，你不能因为一点儿误会就否认我的个人能力。”安家杰有着东北大男人典型的倔强，最怕自己的工作能力被否定，“再怎么说，我也单独设计过东西，你不能一竿子把人打死，是不是？”

“是不是，是不是，事儿都出来了，你还有什么是不是？”此时此刻还跟自己讲能力问题，完全是在避重就轻，乔小麦彻底火了，“安家杰，我告诉你，我乔小麦一不嫌你穷二不嫌你懒，你怎么能够跟我玩欺骗？天天说你工作有能力有用吗？天天说你业务一流有用吗？我们还不照样租房住，照样没车开，照样没有钱！”

“怎么又扯上钱了呢？”安家杰低声嘀咕，“你最近可越来越俗了啊。”

“俗？我俗？我为什么俗？还不是生活逼的！不说这房价涨得跟坐火箭似的，就说你平时的吃喝拉撒，物价涨成什么样，你知道不知道？过去买肉的钱现在连斤韭菜都买不上，你知道不知道？你身上穿的衣服就算不是名牌，那也需要三五百块才买得到，你知道不知道？最要命的是租金，除了涨还是涨。我俩的工资去掉租房钱、吃饭钱，连衣服都不敢随便买，你知道不知道？”

被乔小麦如此抢白，安家杰有些吃不消了。同居两年，他的工资卡一直在乔小麦手里握着。细想下来，从吃喝到穿衣住行，几乎全是她在掌管，自己那份工资究竟能剩多少他还真不清楚。

可是，倔强还是让他忍不住反驳：“我知道我赚得不多，可再少也是一个标准白领的收入啊，上个月我工资加奖金有六千了吧？房租还不到三千，怎么就不够花销了呢？”

“跟我算账是吧？好，安家杰，你听仔细了，你那小六千一半交了房租，八百块花在你的行头上，你去参加单位的拓展训练，上下一身新，记得吧？还有一千八百块，你说手机坏了，换了个智能机，是不是？算一算，小六千早没了吧？你这个月的吃喝拉撒，还不是我的工资在垫底？还要不要再往下算了，啊？”乔小麦简直让安家杰气得半死，她不知道，这个男人脑子里究竟在想什么，竟然跟自己打起小算盘。

被小麦这么一算，安家杰也觉得自己输了。钱果然都花在刀刃上，而且要命的是，还都花在自己身上，他只能闭嘴。

可乔小麦不干了，就差没跳起脚来跟他细算分账：“安家杰，人还没走呢，就学会跟我清算家底了，你可真是学聪明了啊！告诉我，是那个‘烟台苹果’的主意还是你自己的主意？你们究竟想怎样？跟我清账分家，你再搬出去跟她单过是吗？”

扯来扯去，越扯越离谱。安家杰不得不重新为自己辩解：“我说过了，只是普通同事，你要不信，我马上打电话过去，让她亲自跟你说。”他边说边把手机拿出来，飞快地摁下拨号键。

此时的安家杰神色愤然，脸色微白，这说明他真的没有说谎，过去每次被冤枉，他总是这样为自己开脱的。

乔小麦的心微微放了下来，嘴上却不饶人：“谁知道你们背后有没有串通好？再说了，我凭什么跟她打电话？让一个小丫头片子知道，我这么成熟一个人跟她去争一个男人？”话虽软了下来，但看到安家杰拨电话的手停了下来，又接着说，“还是个一无所有、朝不保夕的男人，值得吗？哼！”

被说成一无所有，安家杰倒也认了，可说成是朝不保夕，他觉得这是乔小麦不知足。

“乔小麦，别总是这样那样地损我，你不是不知道，在这里每月能拿几千块，保证不耽误生活费用的单位已经不错了，有多少人挣扎在生存线上，不说别人，我那些同学，月薪两三千的多得去了；再说，你每月又能进账多少？你名牌大学毕业不也跟我挣得一样多，是不是？”

刚刚心里开始认定安家杰跟陈莱茜是被误会的，气已经消了大半的乔小麦，现在听到对方这样说自己，不禁火气重新上翻：“安家杰！什么叫一样多？我是个女人，女人能跟男人比吗？再说了，你是男人，你就得养家，就得买房买车，就得有点生活的压力，怎么能跟我一个弱女子比收入？真有你的！”

“我已经很努力了，你还想怎样？”安家杰不服气。

“我想怎样？我倒要问问你想怎样？过去你总说在哪儿哪儿买房子，现在怎么哑巴了？过去还说什么送车送房给我，现在怎么不说了？我倒想知道你究竟怎么了？是过去说的全是谎话，还是现在的样子才是真实的你？哼，我算看明白了，你从头到尾就是一个骗子！画饼充饥的骗子！”

“谁是骗子？谁画饼充饥？你能不能嘴上留点口德？”安家杰也火了。

“我已经够留口德了，不然还有比这更难听的！”乔小麦不甘示弱，“你知道你是什么样的男人吗？如果给你加一个称谓，你就是‘画饼男’，天天给女人画饼充饥，就没有一处落在实处！”

“什么‘画饼男’？真难听！我给你画什么饼了？我在现实中饿死你了吗？”

“没饿死那是我造化好，就是不知道能不能冻死了！”

“乔小麦，能不能别这么损人？就算我买不起屋子也不敢想豪宅，至少目前租的房子还算舒适吧，你去打听一下，有几个人敢在这个地段租房的？我还不是为你上班方便，为了让你住得舒服一些？怎么可能冻死你！”安家杰已经跳了起来，“我告诉你，乔小麦，不是我安家杰一直为你画饼，是你这个女人已经喂不饱了！你知道你们这样的女人叫什么吗？”

“什么？”

“‘面包女’！彻头彻尾的‘面包女’！嘴里天天只有房子车子票子，哪还有一点女人温柔的样子！除了钱还是钱，‘面包女’惹人烦！”

“‘面包女’怎么了？没有面包你不得照样饿死？追求最基本的生活权利，我们女人怎么就错了？倒是你们男人，恋爱时把谎言说得天花乱坠，一旦骗到手，什么都是假的！”

“女人愿意把谎言当成誓言听，我们男人有什么办法？”安家杰不无嘲弄之意，“再说了，从恋爱到结婚，我们男人得在你们女人身上投多少资，这账你们女人记得吗？”

“投资？账？谈恋爱是投资？给我花点钱还得记账？哼！安家杰，你终于说了实话！原来，你给我花的每一分钱都不是真心实意！”乔小麦气得浑身颤抖，“好，既然如此，我们还谈什么恋爱？还结什么婚？分手！”

（五）婚姻，从向往到恐惧

同居和婚姻最大的区别就是，后者需要前思后想，难免有牵绊；前者完全可以抬脚走人，从此成陌路。

这不是乔小麦和安家杰第一次吵架，却是最厉害的一次。彼此撕破了脸皮，难听的话不经大脑就冲出来了，也正是因为不假思索，所以才伤得更深更彻底。

在安家杰眼里，乔小麦已然成了“面包女”的代名词。他觉得很委屈，工资一分不少地上交，最后还是被她埋怨成无用。他越来越不确定自己是否还能满足这个女人。乔小麦心里也一样，自己跟个小妻子一样尽忠守职，一分一厘地攒钱以备结婚，过早的油盐酱醋差点把自己熬成小媳妇，最终却只落了个“面包女”的回报。

吵架吵得厉害了，除了感情受损，自尊和颜面也保不全。

大男子主义的安家杰自是低不下头去认错，索性就那么高傲着，不再像从前那样，不管谁对谁错，他总是第一个低头。不仅如此，为了显示自己并非没有市场，他还有意无意当着乔小麦的面和对他颇有好感的陈莱茜打电话，时间或早或晚，没有半点忌讳。

同居两年，这个男人的习性，乔小麦了然于胸。明知他这是故意气自己，可是当对方电话越来越密集的时候，她还是有些坐不住了。明明是自己的东西，自己培养出来的果实，刚有点成熟的意思，就被别人踮起脚来勾到了。能不能保得住不是重点，重点是自己这两年的付出实在太冤枉了。

想过好好谈谈，两个人一见面，都立即别过脸去，互不理睬，连吃饭都是一前一后，你吃完我再上桌，各顾各的。最让乔小麦觉得不可思议的是，过去吵架后，安家杰再怎么生气再怎么胡闹，到了晚上还是会乖乖跳上床跟她示好，而这次却没有半点表示，在客厅里睡得不亦乐乎，大半夜的呼噜声隔着门都能传进乔小麦的耳朵里。

世上最持久的战争就是恋人之间的冷战。

乔小麦开始不理会安家杰的吃喝拉撒，下了班也不急着回来煮饭，出去逛，狂购物。女人对购物热情最饱满的时候，要么因失恋，要么为悦人。乔小麦恰在两者之间，赌气的成分更重，便冲动地给自己选了一大包化妆品。之后，每天早上的时间再不被早饭占据，而是尽情地修饰自己的脸，直至确认镜子里的人儿可以娇羞地出门了，才起身慢慢悠悠地往外走。也只有在这个时候，她才知道，自己还是很引人注目的，比如公交车上那些异性的目光，那么长久地投过来。于是乎她还有了些小得意：自己还是有市场的，不是非嫁安家杰不可。

这样的冷战持续了将近一个礼拜，安家杰感冒了。

初冬的天气已经微凉，他身体一向不好，加上刚得过一场肠炎，加上近来睡客厅让身体有些吃不消。这一切只有乔小麦了解。看他咳嗽得难受，她也心疼，想上前安慰，甚至还泡了杯姜片水，犹豫着要不要端出去。就在这时，安家杰的电话响了，听得出来，是陈莱茜撒娇地向他请教工作上的事。安家杰接了电话便出门，连招呼也没打，把端着姜片水的乔小麦冷在了厨房里。

等回过神来，乔小麦立即明白了，自己付出再多也是枉然。他们不是亲人也算不上爱人，不过是一起同居的人，今天在一起，明天说不定就成了陌路。这样一想，心便凄然。乔小麦突然间觉得自己好傻，关心安家杰还不如好好关心自己。

当天晚上，乔小麦跟阿眉去喝酒，没去过几次酒吧，自然不懂得应酬，被几个人灌多了，回家时已经大醉。倒头就睡的那刻，恍惚还记得安家杰看她时那满眼的鄙视和淡漠。第二天醒来，看自己衣衫完好地横倒在床上，又一点点回想起来，安家杰并没管自己，任凭自己在凉秋之夜和衣而眠，身上半条棉被也没有，她的心一下子凉到了谷底。她想，这个男人真的不再关心自己了。

当然，在安家杰眼里，乔小麦身上的不足也越来越多，更让他看不习惯的就是化妆和喝酒。他讨厌女人化得一身妖气地出门，像要招蜂引蝶；他更讨厌女人喝酒，她却喝得烂醉回来。这一切让他觉得有些不认识乔小麦了，索性就对她不理不管也不问。

分歧越来越大，日子越过越冷。同一屋檐下的两个人，竟做起了熟悉的陌生人。

积怨如同积冰，冰冻三尺非一日之寒。

从心寒到心痛，乔小麦不得不对阿眉诉苦："都说女人翻脸比翻书快，男人变心比女人还快，该用什么速度来形容？"

阿眉笑得花枝乱颤："嘿嘿嘿，男人变心的速度比光速还快，比流星消逝还快，你说该用什么形容？"

"我都不知道，自己是不是应该相信爱情、相信婚姻。"乔小麦叹息道。

阿眉跟着点头："相信爱情的是真傻，相信婚姻是真聪明。"

"怎么说？"

"爱情的最终走向是婚姻，所以女人在恋爱一开始就应该明白自己想要怎样的婚姻。一旦爱情的选择方向错了，以后的婚姻注定不幸福。可是我们女人呢，在爱情这个问题上总是盲目的，感觉一来，什么都可以不管不顾，比傻子还要傻。"

阿眉越说越兴奋，但还是被乔小麦打断："相信爱情的是傻子，相信婚姻的岂不是大傻？"

阿眉被她逗得大笑起来，一副模特身架略显单薄地颤动着："我说乔小麦，平时看你挺聪明的，怎么一说到感情就真傻了呢？你用脑子想想，已婚女人想得到幸福婚姻，最重要的不是嫁了个什么样的老公，而是嫁什么样的老公就要学会适应什么样的生活。相信婚姻的女人不管嫁得好与不好，都会把婚姻维持下去，这跟幸不幸福没关系，只是一种认命的态度。”

“认命？”乔小麦听得一头雾水。

“对，婚姻进去容易出来难，你相信也得相信，不相信也得相信，这就是命。”阿眉肯定地说。

“爱情可以随时逃离，可以不认命，对不对？”乔小麦似乎明白了。

阿眉认可地点了头：“孺子可教也。”

被人莫名其妙地上了一堂感情课，乔小麦觉得多少有些好笑。要知道，她是有男朋友且有同居经历的女人，而阿眉还停在选择男人的阶段上，这多少有点学生给老师上课的味道。

“阿眉，你最近的爱情可顺利？跟那个官三代有眉目了没？”

被问及自己的感情，阿眉沉默了。少许，她才幽幽地说：“官三代有点玄乎，我现在瞄准一个富二代。”

“靠谱吗？”乔小麦向来觉得在男人问题上，一个普通女人想走高端路线其实有点难。

阿眉伸了个懒腰，顺便秀了一下自己的好身材，不无自信地说：“我不是富二代，但我有打动富二代的资本。”

“光靠这个？”乔小麦指了指对方的魔鬼身材，有点不相信，“最后吃亏的不还是女人吗？”

“我又不跟他们要婚姻，只谈场恋爱，本小姐乐意，他们又有什么不肯的？”

“光恋爱不结婚？”乔小麦睁圆了眼睛，“那女人岂不是吃大亏？”

“好爱情需要等待，好婚姻需要时机。”阿眉眨了眨眼睛，低下头兀自叹了一口气，“小麦，其实是我有问题。”

“你？你什么问题？”

“我恐婚。”阿眉点了点头，“说穿了，恋爱次数多了，对男人也就越来越没信任感。你再看当下的婚姻，有哪一桩靠谱的？有钱的男人夜不归宿的多，没钱的男人吃软饭的多，哪有一个可以让女人依靠到老的？”

“恐婚？”乔小麦重复了一次，再重复一次，“原来你恐婚！难怪当初好几个条件不错的男人你都拒绝掉了。”

“呵呵，难道你对婚姻很向往吗？”

阿眉的反问让乔小麦无言以对。

确切地说，在她心里，对婚姻其实相当地向往。原因只有一个，她爱安家杰，管他贫穷富贵，只希望天长地久。但这种念头只是当初，两年的同居生活让她过早地懂得了生活的不易，加上近来安家杰的变化太大，越看越让她觉得陌生，此时再跟他谈婚姻，确实有点恐怖。

阿眉循循善诱，又似乎在为自己的恐婚寻找理由：“你和安家杰这两年过的什么日子你心里最明白，房租不便宜吧？每个月的生活开支也不会少吧？你是不是比单身时买的衣服要便宜？你是不是很久不给老家的父母寄生活费了？你知道这都是为什么吗？都是钱的事。男人条件有限，你不得不跟着吃苦，只好疏忽了生活品质，疏忽了自身的享受，疏忽了家中的父母。现在日子仅过了两年，如果是一辈子呢？想想吧，简直要多可怕就有多可怕！”

乔小麦的心随着阿眉的话悸动。是啊，房东的催款电话已经打过两次，再租房又要分厘必争地算计；生活开支少不了，自己的生活也根本算不上有品质；最愧疚的是，自从跟安家杰在一起后，确实没给老家父母寄过一分钱，就连过去逢节假日必回也改成十一和春节回去两次。一来省了路费,二来贪图跟安家杰之间的小日子。而这些，用阿眉的话说，都是钱的事。

原来，除了生活品质跟钱有关之外，身为儿女要讲究的孝道也逃脱不了。

千方百计想要的婚姻在某天突然成为围城,困住自由,困住心情，困住单身时的一切美好。这种取舍，是得到多还是失去多？更承受不起的是，千挑万选的男人变了心，自己的付出还能收得回？同居最多是两个人的情感恩怨，而婚姻要负担的却是两个家庭的细碎绵长，这份沉重又岂是自己有能力承担的？

乔小麦第一次对婚姻产生了恐惧。

感情是相互的，纠结也是相互的。乔小麦这头纠结得不成样子，安家杰也好过不到哪儿去。此时的他正跟老王倒苦水：

“这几天的冷战我实在是受够了！那个家说回吧，感觉不到温暖；不回吧，又很牵挂她，你说，我是不是很没用？”喝多了的安家杰，说话时舌头似乎打了结，“我……我活得真他妈的累啊！”

老王深表同情，为安家杰添满酒杯：“说的是，男人活得就是累，恋爱时要看女人的脸儿，心想结婚了可以翻身农奴把歌唱了吧？得，这人还没进婚姻呢，心已经开始怕了。别的不说，就说我那个准老婆吧，还没正式过门，已经开始管我的一切了，工资卡，作息时间，甚至连我抽支烟都要三令五申。最可怕的是，跟兄弟出来喝杯酒，都得跟她请假！唉，当初选择结婚干嘛呀！”

“怎么？你现在害怕了？想悔婚不成？”

“能悔我一定悔！”老王点了一支烟，“可现实是，悔不得！这才最愁人！”

“有什么悔不得的？不结不就完了吗？”安家杰不明所以。

老王倒嘿嘿乐了：“怀上了呗！人家大着个肚子，我能说悔就悔吗？老婆可以悔，可她肚子里的儿子是自己的呀！”

“哦，哦，哦！”安家杰的酒似乎醒了一大半，“老王无证上车，大面包车怀了小面包车，买一送一，得恭喜呀！”

“去，去！什么大面包车小面包车的！我们也算是修成正果，哪像你和你家乔小麦，还没怎么样呢，就已经闹得不可开交了。”老王纠正道，“不过，不是当哥的说你，人家乔小麦已经算是好女人了，是你不知足。你看看当下的女人，哪个不要求房子车子的？人家只要求你忠贞不贰，这有什么错？”

安家杰赶紧摆手，表示反对：“你以为她就不要求这些吗？那天吵架还骂我无用呢，说我不能给她房子给她车子，说我赚得少！她呀，再不是以前那个单纯的女人啦，早已经变得不认识了！”

“女人，有几个不现实的？”老王兀自喝下去，“我老婆要不是看我有房子，哪能不顾一切往我身上扑？所以，认了吧，男人想找漂亮的，女人想找能依靠的，一个道理。”

是这个道理吗？安家杰不敢随意表示赞同。

最近他越来越不确定乔小麦究竟是个怎样的女人。他曾经也想过跟她白头偕老，不管将来美丑，不论年龄，他都是爱她的。可惯性的生活渐渐让他觉得，除了日子毫无激情以外，他内心越来越惧怕和乔小麦在一起，怕她张嘴再提出自己满足不了的要求，或是达成不了的心愿，那将是多么尴尬的事情。所以，对于结婚这件事，他刻意三缄其口,心里也有一种莫名的恐惧。身为男人他不是不明白，同居简单婚姻难，真要结婚，房子车子票子甚至将来还有孩子，哪一样都足够让他吃不着睡不好。

压力山大，他不敢想，只好逃避。

第二章

恐婚，从放纵开始

女人恐婚是怕婚后爱情流失外加生活磨难，男人恐婚是怕负担不起女人的情深外加生活压力。当一对男女因自身原因背离婚姻轨道，他们之间的爱情其实已经消磨殆尽，接下来最想做的事，就是各寻新欢。

（一）尴尬的修好

再打再闹，日子总归是要往前走的。

冷战到第十天的时候，安家杰先憋不住了。早上起来拿起乔小麦泡好的牛奶，一饮而尽，然后又装作歉意地说：“对不起，我不是故意的，太渴了。”

乔小麦表情平静：“空腹喝奶不好，吃片面包吧。”

然后，两人坐在一起吃了顿早餐，内心千言万语，面儿上都固执地沉默。

等到吃完，安家杰似乎有意等了乔小麦几分钟，确认她也要出门了，说：“一起走吧。”

然后，一起出门，一起在站点等公交车。乔小麦先上的车，上了车才觉得不知应该如何跟对方打招呼，匆匆回身说了句：“走了。”没等她听清安家杰的回答，公交车已经开了。一路上，乔小麦的心里有种说不出的别扭，这算什么？示好吗？如果是，那自己要不要跟对方和解？

情侣间就是如此，只要彼此心里还有对方，冷战再久也还是会和好，携手走下去。

下了班，乔小麦主动买了菜，准备和安家杰共进晚餐，然而她失望了。

安家杰很晚才回家，而且喝多了。脸色煞白，酒量本来就不大，却拼了命地跟老王拼酒，太自不量力。谁都明白，借酒浇愁愁更愁。

是老王把他送回来的。开门时，闻着那股难闻的酒味，乔小麦差点没忍住要埋怨。她知道，当着老王的面儿那样做，显得自己没教养，只好沉着脸，把安家杰接进门来，扶他坐定，又倒水递过去。这一系列动作在老王眼里，显得十分温馨，所以他忍不住赞叹起来。

“早就听说小安有个贤惠的女朋友，果不其然。”

这样的话在乔小麦听来完全就是客套。她知道老王和安家杰，除了是同事还是很好的朋友。且俩人能一起喝酒到深夜，关系自然很铁，他绝对是安家杰那种铁到相互不藏心事的兄弟，所以，老王不可能不知道自己和安家杰吵架的事。

但乔小麦还是客气地回应：“夸奖了，我可没那么好。”

“真的，我一直听安家杰夸你这也好那也好，就是没机会一起坐坐，遗憾啊！哈哈，要是有机会一起坐坐，我带上我老婆，咱们四个人好好聚聚，怎么样？”老王话多，看乔小麦没回应，接着说，“我今天就算正式下邀请函，可以吧？”

自己跟对方的兄弟都要分手了，有什么可聚的？乔小麦在心里嘀咕，但嘴上还是客气地表示了一下：“到时候再说吧，听说王哥快做新郎了，先恭喜你们。”

“哈哈哈，到时你和家杰一起来喝喜酒，我热烈欢迎。”老王笑得很爽朗。

乔小麦看他笑得开心，不免多加了一句：“真是人逢喜事精神爽，一样的喝酒，你没事，他却喝多了，丢人。”她这样说的时候，眼角的余光顺着安家杰看去。

老王知道这并非夸奖，反而透出一股小小的埋怨，赶紧道歉：“我可真没灌他，他是个没酒量的人，这点你比我了解。嘿嘿，别见怪，我们就是兄弟聚聚，真不像你说的那样，什么逢喜事精神爽，我这也是借酒浇愁呢！”

“哦？你马上就要过婚姻新生活了，你们什么也不缺，有什么可愁的？”乔小麦不明所以。在她心里，有个相爱的人愿意牵手，有个能够容身的小窝，这就足够成就一桩美好的婚姻。

老王却叹气叹得厉害，没再说什么，脸上的表情显然不轻松。

乔小麦不知内情，又不便多打听，毕竟只是安家杰的同事，怕问得多了失礼，人家不答，她也不再问。两人就这么沉默了一会儿，老王便告辞离开。

看着老王急匆匆地下楼，乔小麦摇头暗笑：要结婚的男人，心思还真难猜。

屋内，安家杰轻声地咳了一下。初冬的天气愈发凉了，眼见冬天就要来了，乔小麦在心里暗自叹气：都说冬天要来了，春天也就不远了，为什么自己和安家杰越走越远，就仿佛从春天走进了冬天?

安家杰咳得越发厉害，乔小麦起身泡了杯感冒冲剂，强拉安家杰起来，给他灌了下去。看他醉得实在厉害，她回卧室铺好被子，把安家杰从客厅拖进卧室，盖上被子，这才长长地舒了一口气。待她转身想要离开时，安家杰一个翻身把她抱进怀里，嘴里不停地嘟囔着:“老婆，老婆，老婆……”

像电影里的情节，来得很突然，很温馨，又令她有着小小的不安，说不清不安来自哪里，只觉得很无奈。

或许是爱得久了，在一起时间长了，再没有了相爱的悸动。又或许是近来冷战伤得深了，生活和现实的纠结让自己明白了太多东西，乔小麦觉得自己再难回到过去。

过去也有争吵，但只要安家杰叫一声“老婆”，所有的委屈都可以归零。现在，纵然他叫千万声，心里涌出来的除了无奈，还是无奈。

毕竟是有感情的，看着安家杰这两天瘦了的脸庞，一丝心疼掠过心底，忍不住伸出双臂去拥抱他，然后毫无征兆地滚到床的另一头，相拥而眠。

说来奇怪，这一夜，尽管两人都是和衣入眠，却睡得无比踏实。睡梦里乔小麦甚至听到了安家杰的呼噜声，她咧开嘴角，微微地笑了。

再醒来时，天已大亮，身旁的安家杰仍跟个孩子似的，呼噜连天，乔小麦静静地看了两秒钟，起身，冲进卫生间洗漱，然后又扑进厨房准备早餐。

一切准备妥当时，安家杰也已经收拾完毕坐在了餐桌前，他看着乔小麦，不知说什么才好。

“小麦，昨晚我喝多了，对不起，让你受累了。”

这样的开场白发生在恶吵之后，发生在这样一个初冬的早晨，乔小麦听着有一种恍若隔世的陌生感。

记不起两人有多久没这样客气过了，一年，抑或两年？

情侣间就是如此，毫不客气甚至偶尔相互吐出几句脏话，倒还显得亲密，若一味地说着客套话，那就说明两人之间已经有了距离感。

这种距离感让乔小麦不知所措，索性不接茬儿。

两人默默吃着早餐，沉默让彼此很不适应。安家杰起身开了电视，新闻频道正播放钓鱼岛争端，乔小麦看了一眼，淡定地说："政府不会出手打的，还是换个频道，看地方新闻吧！"

安家杰赶紧换了地方台，一边换一边说："我也是这样想的。"

乔小麦看了他一眼，点了点头："国家大事我们管不了，能管好小日子也成。"其实她想说房东让他们腾房的事，好几天了，她一直没跟安家杰好好商量。

没想到，安家杰也想到了："周末一起去找房子吧，早搬好过晚搬，你说呢？"

对方已经想到了，乔小麦就有些惊讶了，这种高契合度只在热恋时出现过。那时两人都爱吃川菜，都喜欢去海边钓鱼，总能异口同声地说出想要做的事，那时候的默契是何等的快乐。曾经以为，默契会随着亲密度的增加而更进一步，却没想到，人走近了，默契却消失了，今天这次实属例外。

早餐快吃完的时候，安家杰的手机有短信过来，乔小麦的心跟着紧了又紧，又不便伸手去讨，只拿眼神瞄了一下。

安家杰看了看短信，又低头去喝最后一口牛奶，一边喝一边似有还无地说："不是小陈的，你放心吧，我已经跟她说了，我有一个快结婚的女朋友。”

这是对自己莫大的肯定。不知为什么，乔小麦却产生了一种莫名的悲哀，自己明明是正牌，凭什么要大费周章受那么多委屈才得到这份承认呢？

只是这次她学聪明了，没有再闹着看手机，也没有再说刺激安家杰的话，相反，还做出一脸诚恳的样子跟他说了声：“谢谢。”

吃完饭，乔小麦收拾碗筷，很少进厨房的安家杰把牛奶杯送进来顺手刷了，这让她很吃惊，虽然不敢确定这次大争吵是不是真的令安家杰改变，但她敢确定，他有修好的意思。

为此，她再次轻声说了句：“谢谢，放着吧，我来好了。”

接连的客套，让安家杰觉得这次战役换来的是乔小麦的温顺。

在男人心里，跟自己客气的女人不见得亲近，但一定很可爱。他们喜欢的永远是优雅的女人，绝不会因为一句客气就认定这个女人离自己远了。

乔小麦确实离安家杰远了。安家杰没觉察到，乔小麦自己心里是明白的。

两年的共同生活让她把眼前这个男人看得很明白，这是一个承受不起太多压力，同时又需要太多恭维的大男人。恋爱时他可以说上几箩筐的甜言蜜语，真的成了情侣，就只剩下你为他刷碗洗衣的份儿。

如今，安家杰又变回了恋爱时的样子，她洗碗时，他在边上陪她说话，显然不知从何说起，便伸手指了指窗外：“秋尽了，叶子都落光了，马上就冷了。”

“马上就冷了。”乔小麦重复着。

“老家更冷，应该已经下雪了。”安家杰的老家在东北，总是早一步下雪。

“听电视上说，已经零下了。”乔小麦洗得很慢，一边回应一边想，两人已经很久不曾这样温馨过了。

“我喜欢冬天滑雪，很过瘾，不过很久没滑过了。”

“嗯，我也是。”

“等这边下雪了，找个地儿，咱们试试去。”

“好，试试去。”

“……”

“……”

两只碗还没洗完，两个人似乎已经找不着话了。一个前一个后地站着，就这么沉默着，离得很近，又觉得彼此很遥远。想说的太多，又怕张了口再说不好，索性什么也不说。但是，彼此心里都明白，风暴就此过去，明天会怎样谁也说不准，但眼下的日子终归还是要过的。

（二）老家催婚

乔小麦和安家杰又和好了。

说和好，也说不上谁认错谁低头。或许只是过累了，找个由头吵一架宣泄一下，事情过去了，大家也就心照不宣，日子该怎么过还怎么过。

同居生活跟夫妻生活没什么两样，除了少一张纸。

自经历了上次的争吵之后，乔小麦对于婚姻失去了向往，甚至觉得不结婚也挺好，大家和则聚，不和则散。如果真的结了婚，万一哪天走不下去再离，那自己这辈子就悲惨了。在她看来，离婚是女人的一道坎，离了婚的女人市场总是有限。

安家杰也一样。

不看远的，单看同事老王筹备婚礼的这些日子，忙得四脚朝天倒还好说，最怕的还是为钱纠结，比如给老婆买多少钱的戒指，给丈母娘多少钱的彩礼，每个月的还贷要提前备出多少，还有婚宴请客该什么标准。这一切除了繁琐更烦人。一个钱字会难倒婚礼筹备中的每个男人，所以当老王对安家杰说："玩什么都可以，千万别玩结婚，真他妈的能剥层皮！"安家杰就信了。

也许是因为失去了对婚姻的向往，两人之间的相处反倒轻松不少。乔小麦不再期待安家杰的求婚，也再不必像过去那样一副小妻子的贤惠样，每天在单位和家庭两者之间来去匆匆；相反，她可以跟阿眉学着去做做 SPA 或是泡个脚，也可以偶尔在外面跟朋友小聚或是狂嗨。

安家杰也一样，不必再为一年能攒几个平方的买房钱而纠结，也不必再为几瓶酒钱而惭愧。身为男人连婚房都买不起，怎好意思顿顿酒肉？说到底，没能力安家乐业的男人，连吃喝也成了罪过。

如今，卸下了婚姻这道负累，两个人都过得轻松无比。

婚姻这回事，不是局中人放下了，局外人也可以放下。最先着急的是乔小麦的父母。女孩子的青春耽误不起，眼见乔小麦就要迈进 28 岁的坎儿，恋爱也谈了两年，父母催问婚期理所当然。

过去，乔小麦接到父母的催婚电话，还会想着如何跟安家杰提，既能让他感觉不出压力，又能让他心甘情愿地向自己求婚。现在，再听父母催婚，她倒觉得家里有些急了。刚刚轻松下来的小日子，一旦结婚就会变得兵荒马乱，那是多么累的一件事。所以，父母的电话她没对安家杰提及。

可乔小麦不提，不等于安家杰就有了安宁日子过。

比乔小麦大两岁的安家杰马上就到三十了，老家父母的催婚电话更是少不了，他的反应也一样，除了敷衍还是敷衍，反正将在外君命有所不受，父母再急，自己就是不结，他们也是干着急。

当然，安家杰没有乔小麦那么多心眼儿，常常会把自己对付父母催婚这件事说出来。过去，乔小麦听了心里会扑腾一下，想着对方会不会跟自己求婚，现在她却在考虑，万一对方真的借此跟自己求婚，应该怎么去应付？

还好，安家杰没有求婚。

而这，又令乔小麦多多少少有些失望。

每个女人心里都有两个梦，一个是粉色的，希望有一场铺满玫瑰的求婚仪式；一个是白色的，希望心中的王子骑着白马迎娶自己。

起初，乔小麦也未能免俗。经历了两年同居生活之后，她渐渐明白，女人走进婚姻，无非就是为这个家洗洗涮涮，曾经美好的爱情渐渐成为亲情，偶尔的争吵和仇视也不过是婚姻的作料。不管怎么打怎么闹，两个人能坚持走下来就是一桩成功的婚姻。她在心里经常问自己：有没有信心和安家杰相扶到老？幸福时答案是肯定的，吵闹时答案自然是否定的，过去是，现在也是。

乔小麦突然间觉得，婚姻这座围城其实没有那么重要。

所以，她极其配合地告诉安家杰："结婚不急，父母那边能敷衍多久就敷衍多久吧！”

安家杰忙不迭地赞同：“我也是这么想的，结婚干吗？多累呀！看老王，快累成一把骨头了！”

这话说得轻松，乔小麦也跟着笑了两声。笑完了，她又觉得心里空落落的。

其实，安家杰跟她有一样的感觉。

身为男人，面对自己爱的女人，没有哪个不想娶的。要知道，男人在婚姻这件事情上的唯一态度就是，我爱她，她就是我的，我就要娶了。可是，安家杰面对乔小麦不敢说“娶”这个字，一个“娶”字包含了太多的负累！房子、车子、票子……他目前负担不起，又不肯让她跟着自己受苦，所以只能选择不开口。

目的相同，心思却不同。尽管如此，两人还是极有默契地各忙各的，还在一起过着。一切平静。

打破这种平静日子的是安家杰的父母。

东北人的直脾气注定藏不住事儿。安家二老不远千里跑来了。两天一夜的火车把安妈妈折腾得胃都吐干净了，一张布满风霜的脸蜡黄蜡黄。她一进门，差点没把乔小麦吓着。

这不是她第一次见准公婆。第一次跟着安家杰回家，她记得准婆婆面色红润，说话风趣，是个极有意思的老太太。今天再见，眼前这张脸怎么看都不像记忆里的准婆婆。

安家二老有着东北人特有的直爽，一进门就嚷：“我们这趟来没跟你们打招呼，就是要先斩后奏，看看你们小日子过得咋样。再来问问你们，啥时候结婚？”

怕什么来什么。

乔小麦聪明地躲进了厨房，却被准婆婆堵住，准婆婆一脸的笑容：“我说闺女，你跟家杰处了这么多年，他对你咋样？”

“我们……挺好的。”乔小麦轻声道，心里暗暗思忖，准婆婆可不要催问婚期。

“那你们就早点儿把婚事办了呗！都老大不小的，拖到啥时候是个头？我请人看过皇历，今年年底和明年年初都有好日子，要不，咱就办了？”

准婆婆连水都没喝一口，就急切地催问婚期，这让乔小麦点头不是，不点头也不是，只好推托说：“阿姨，您刚来，气还没喘匀呢，咱先吃饭，好不好？”

“事不解决，吃什么都不香！”准婆婆身上有着跟安家杰一样的倔强。

乔小麦不得不适当妥协：“人是铁，饭是钢，不吃饭，饿得慌。更何况，你和叔叔在火车上也没吃好，身体哪受得了？万一饿出什么毛病来，那多不值，对不对？”

本是一句体己话，不料却引来准婆婆一通号啕大哭，眼泪啪啪地往下掉。这一掉泪，惹得乔小麦不知如何是好，连忙上前问究竟。不问倒还好，这一问准婆婆哭得更凶了，边抹泪边控诉：“你们这些年轻人啊，怎么就不明白老人的心呢？要是能活到七老八十也就算了，可若活不过明天，连孙子的面儿都见不上，就算死也死不瞑目啊！”

好端端地惹来一通哭，哭声还那么嘹亮，乔小麦不知如何是好，慌乱中只好叫安家杰。

安家杰和父亲正在客厅说话，听到乔小麦的叫声，急忙冲进厨房。

见儿子进来，安妈妈愈加委屈，两只眼睛跟雨刷子似的，一张一合间，泪水哗哗地淌。几个人的目光相互交错，都不明所以。

安家杰一个劲儿地问："妈，你是不是哪里不舒服呀？"

乔小麦赶紧附和："可能是吧，阿姨，你是不是……哪儿病了呀？要有困难跟我们说，我们一起解决，好不好？"

安妈妈听了她这话，哭得无比伤感，一边哭，手一边抓向自己的老伴："老伴呀，我看还是说实话吧！"

"实话？你想说什么实话？"安爸爸急得一头雾水，并没领会老伴的意思。

安妈妈哭得肝肠寸断，好一阵儿哽咽，急得几个人不知如何是好，这才缓下来，有气无力地说："来前儿，不是在家说好了，我来瞧瞧胃吗？其实……其实老伴我是骗了你，老家医院已经确诊了，胃癌，还是晚期，呜呜……我为了多看两个孩子一眼才瞒住你的，不然你怎么会……怎么会答应让我跑到这儿来……"

这一席话说得大家全愣了。

平心而论，虽然只是第二次见面，但乔小麦还是挺喜欢安家父母的，两个老人开明、爽朗，很阳光。她甚至还想过，真的结婚之后，一定待他们如亲生父母。

当然，最伤心的人还不是她。

听到母亲得了绝症，还是晚期，安家杰突然像个孩子似的哭起来，哭得无比凄惨。这时候他不仅觉得在父母面前自己还是个孩子，更觉得不管自己多大都离不开父母的呵护。他可以一个月甚至一年不回家，但知道家里有两个老人在，就觉得自己是幸福的。他不敢想，他们哪一个先走了，老家还会不会是幸福和温暖的。

“妈，你怎么不早说啊？我说……我说为啥你这次来面色蜡黄，原来……是我不好，我让你操心了！我应该早点儿回去看你的！对不起，妈！”

安家杰哽咽着，令乔小麦十分同情。她擦干净手，帮着安爸爸将这对哭成泪人儿的母子搀进客厅。她不知如何表达自己的心情，垂手站着，不知所措，准婆婆一把拉过她的手，以恳求的语气说：“好闺女，你有啥要求就说，我们安家能满足就尽量满足，我这个临死之人只有一个要求，你和家杰，能不能早点儿把婚结了？”

（三）逼婚压力

对着一个垂死之人，不能轻易许下承诺，更不能轻易说谎。

可是，准婆婆的问题实在太敏感，自己刚放下对婚姻的期许，此时就被提及，乔小麦真的不敢随便搭话。能说什么呢？不能说自己害怕结婚，害怕婚姻带给自己的不是幸福而是生活的重压，更不能敷衍地说自己不着急。每个说自己不急着结婚的人，内心其实都是在恐惧婚姻，怕婚姻这道门进去容易出来难。

她只好将求助的目光投向安家杰。

世上最感父母恩的是儿女。此时的安家杰正为母亲的病焦急，心思根本不在结婚这件事上：“妈，还是先瞧病吧，把病瞧好了，比什么都重要。”

“胡说！”安妈妈差点发火，声音高了八度，“瞧病哪比得了你的婚姻大事重要？我这病是怎么来的？还不是为你着急急出来的？

隔壁老王的儿子比你小三岁，人家孩子都能打酱油了；你三婶家的闺女也怀上了，人家才二十四岁。你呢？眼见着三十岁的人了，一点儿也没打算？我……唉，我现在连串个门都要被人家问：'你儿子啥时结婚呀？'真是……"说到这儿，似乎心里有着太多委屈似的，安妈妈又开始掉眼泪，"你说你，上学成绩比他们哪个都要好，工作也不差，模样长得也说得过去，怎么就……连媳妇都是现成的，你怎么就不着急结婚呢？这孩子……"

"妈，我们不着急，真的不急。"安家杰试图表明什么，拉着乔小麦一起表白，"你看，媳妇都在这儿，又跑不了，我……我真的不着急。"

"你不急，我急！你要等我死了再结吗？"安妈妈气得脸色涨红。

这情景，突然让乔小麦觉得似曾相识，但不便深想，只得跟着安家杰一起安慰："阿姨，家杰说得对，眼下最重要的不是结婚，而是你的身体。明天我们带你一起去找家大医院，咱们好好查查，好吗？"

"我的身体我自己明白，一时半会儿死不了，顶多疼一下，痛一下，可再疼再痛也比不上……比不上临走了还见不着自己儿子结婚！"安妈妈倔强地说，"我不管，你们不结婚，我就不去医院！坚决不去！"

她一坚持，大家没了主意。

安家杰泪流满面。他一次次地恨自己，为什么不多回家陪陪父母？为什么平时不多打几个电话？此时，母亲身有重病，他却无能为力，为人子的悲哀莫过于"子欲养而亲不待"。眼下，他真怕母亲有个闪失，岂是一个遗憾了得！

再三哀求，安妈妈还是坚决不去医院。

乔小麦向安爸爸求救，本以为安爸爸会帮着说情，没料到，他的话更加让她为难。

“劝过，没用。在家吧，她就说自己不舒服，查了结果也没告诉我……她的脾气我知道，自己不愿意做的事勉强也没用，所以……闺女，你们还是顺了她的意吧，一个老人最大的愿望就是看着自己的儿女该娶的娶，该嫁的嫁，这个事儿真的要拜托你！”

安爸爸说得合情合理，乔小麦无从辩驳。

“闺女，不是阿姨逼你们结婚，实在是你们年龄也不小了，怎么就没一点儿打算呢？早结婚早过小日子不好吗？”安妈妈拉过乔小麦的手，“上次一见你，我就觉得你这闺女懂事，最适合我们家杰，我打心眼儿里希望你能嫁给他。”

多体己的话，可是婚姻这种大事，乔小麦不敢轻易点头，便将手缩回来，一脸的不自然：“阿姨，这事……这事实在急不得，能不能再商量？”

“好，我们商量商量。”安妈妈顺从地点头，“婚姻大事自然需要商量，来，坐下，我们商量商量。”

“我……”乔小麦被准婆婆连拉带扯地拽到身旁坐下。一屋子人的目光都投到了乔小麦身上，看得她左也不是右也不是，“这事不是咱们说商量就商量得了的，我至少还得跟我父母说一下吧？”

搬出自己的父母作为挡路石，乔小麦为自己的急中生智得意了下，准婆婆再逼自己，总不会跑父母家里去催吧？

却不料，准婆婆不知哪里来的精神，伸手就要乔小麦父母的电话：“我打给亲家，他们有什么要求，我们安家统统满足。”

这一说，倒让乔小麦为难了。父母那边也是天天催婚，还需要商量什么？只好起身，装作进房间取电话，顺手拉过还傻立在一旁的安家杰进了卧室。

关了门，乔小麦急得不知如何是好："怎么办？怎么办呀？你妈这是逼婚啊！"

安家杰的心思还停留在母亲的重病上："她现在身体不好，你就不能顺着她吗？"

"什么？顺着？安家杰，我们可是说好暂时不提结婚这事的，怎么你妈一来，就要顺着呢？"乔小麦不解。

"她现在是个病人。你顺从她一下怎么了？"

"怎么了？她要的不是东西，是婚姻！婚姻，你给得起这个承诺吗？"

"有什么给不起的？不就是结婚吗？"

"那你敢结吗？"

"我……"被乔小麦问住，安家杰却不想认输，"怎么不敢结？不就是登个记、领个本吗？"

"是这么简单吗？房子呢？筹备婚礼的钱呢？"乔小麦不无嘲弄之意，"安家杰，说话之前请先认清自己的身家。"

"我是没钱，可没钱就不能结婚了吗？"

"没钱结什么婚！裸婚呀？"乔小麦不满地大叫，"安家杰，你不会真的想玩裸婚吧？"

"裸婚怎么了？多少人裸婚不都过得挺幸福吗？"

"要裸你自己裸，我可没那心情！"尽管之前做过千般准备，也想过安家杰可以一无所有，但真到了结婚的关口，乔小麦突然意识到，自己压根儿接受不了裸婚这一说。

“那你说，你想要什么？”安家杰不满地说，“我以前没发现你是这样的女人，你怎么会变成这样？”

“我怎样了？你又要说我是‘面包女’对不对？你还真有脸说，我倒要问问你，当初你说过送我房子送我车的，在哪儿呢？又画饼哄我吧？安家杰，我告诉你，我马上三十岁了，再不是二十出头那会儿那么好骗了，收起你的空中大饼吧，我要的是实实在在、看得见摸得着、能够填满肚子的实心饼！”

“你……”安家杰想辩驳，一时又不知说什么才好。

自从上次吵过之后，短暂的和好并没有使两个人的思想发生改变。相反，在乔小麦看来，过去的自己要多傻就有多傻，什么也不要，只要眼前这个男人，这是多么幼稚的女人才干得出来的傻事！从安家杰跟同事陈莱茜午夜暧昧的那刻起，她的心其实已经开始一点点儿发生改变了。她知道，自己应该相信安家杰，可相信了这一次，谁能保证下一次不会再发生这样的事？最主要的是，租房子、搬家、生活费这些生活琐事已经打碎了她对婚姻的美好向往。与其让自己在婚姻里熬成黄脸婆，倒不如好好地继续享受单身生活。

当然，安家杰也一样。上次的大吵还是有成果的，那就是乔小麦不再伸手跟他讨生活费，相反，还把工资卡还给了他，随他去花。突然恢复了单身时的自由，他还没享受几天，如果结婚，这些权利会再次失去，他怎么舍得？眼下不是他想结婚，只是想圆母亲一个心愿。

想到这儿，安家杰不得不求乔小麦：“小麦，看在我妈病得那么重的份儿上，咱们好好商量一下结婚的事，成吗？”

为数不多的低头，乔小麦还是很受用的。可是，想到刚刚准婆婆逼婚的劲头，乔小麦禁不住怀疑："你妈是真病还是假病？我看她逼婚的时候倒是蛮有精神的，脸色都红润了呢。"

"你胡说什么！什么叫真病假病？哪有人愿意往自己身上揽病啊？再说，我妈本来胃就不好，怕花钱，才拖到今天……"安家杰一脸懊恼，"是我不好，一直答应她来瞧病，可我还是没做到，我这个当儿子的太失职了！"

看安家杰一脸愧疚，乔小麦的心也软了下来，上前安慰道："怎么能怪你呢，别太自责，眼下要做的，就是顺着她的心意，让她有生之年多些快乐和幸福，你说呢？"

"所以，我们只能结婚。"安家杰拉过乔小麦的手，"你愿意吗？"

乔小麦有那么一刻的慌张。

这是求婚吗？她在心里默默地问自己。感觉是，又感觉不是。在她心里，求婚应该有烛光晚餐，有鲜花，还要有戒指。眼下就这么突然地来了，她觉得不适应。再回味一下安家杰刚才说的话，又心生不满，什么叫"我们只能结婚"？哪对情侣不是欢天喜地地结婚？怎么听着就觉得他们是被逼无奈呢？

"家杰，你觉得……我们现在的状态，适合结婚吗？"

其实，乔小麦的担心也是安家杰的担心。如果不是母亲突然得病，他或许还想再多享受几年单身生活。可眼下容不得他享受，更容不得他多想，他认为自己能做的就是赶紧结婚，给父母一个交代。

"那你有什么想法？"

"我不知道。我只是觉得……觉得结婚不是最好的选择。"乔小麦还是说出了自己的想法。

"我……"安家杰本来想说他也是，又觉得不妥，"我觉得也是仓促了些，不行……我们再跟我爸妈商量一下。”

“嗯，好。”仿佛得了赦免，乔小麦赶紧跟在安家杰身后走进客厅。

客厅里的安家二老正低头嘀咕着什么，见他们出来，立即笑脸相迎，安妈妈抢先说：“怎么？商量好了吧？日子我们刚才也定好了，有两个日子，你们来选一个，一个是年末……”

没等安妈妈说完，安家杰先打断了：“妈，我和小麦暂时还没有结婚的打算……”

这下轮到母亲打断他的话：“什么叫暂时不打算？你们想……想气死我呀？”说完，一口气上不来，头一歪，人就倒了下去。

这一下，几个人立马慌了。

（四）老王出轨了

好不容易把安妈妈唤醒，安家杰慌了神，怎么也要把母亲带到医院去。可安妈妈不去，她虚弱地喘着气，说：“让你们气死已经够丢人了，还想把这人丢到医院去吗？我不去！”

如此坚决的反对，令安家杰和乔小麦觉得他们仿佛成了杀人凶手。两人面面相觑，不知如何是好。

这时安爸爸说话了：“你们还是答应了吧，这婚早结也是结，晚结也是结，怎么就那么难呢？我和你妈刚才也商量了，在大城市生活压力大，我们能帮一把就帮一把。”说到这儿，把头转向乔小麦：“闺女，我们知道，现在年轻人结婚房子车子都要，我们家条件算不上小康，一下子拿出一两百万买房子确实有困难，但是请你放心，首付我们怎么挤也会挤出来。当然，以后还贷款有压力，你们也不用怕，我们老两口有退休金，也商量好了，我的工资一分不花，拿来帮你们还贷款，你妈的工资我俩生活就够了。你们看，这样安排行吗？”

安爸爸的话说得中肯极了。

如果不是突然对婚姻产生恐惧，乔小麦或许早就感动得点头了。但此刻她很清楚，就算自己点了头，那也只是感动，没做好婚姻准备的不仅是自己，还有安家杰。

“家杰，你说怎么办？”乔小麦适时将问题抛给安家杰。

安家杰深知她的用意，面对父母，也显得颇为无奈：“我……我不知道。”

“你这孩子，怎么会不知道呢？婚姻这种大事，你怎么能说不知道！”安妈妈首先不答应，逼问儿子，“你和小麦已经在一起了，早晚不得给人家一个交代吗？你喜欢小麦，难道不是吗？你对她好，她对你好，这不就是感情吗？妈就不明白，年轻人天天喊着情呀爱呀的，怎么就不能结婚呢？”

安妈妈这番话倒是说进了两个人的心里。

在各自心里，他们从不否认对彼此的爱。尽管随着时光流逝，那份爱有些许倦怠，但分不开，舍不下，一种浓浓的眷恋告诉他们，两人还是相爱的。

既然相爱的人总能得到祝福，为什么就不能勇敢地结婚？

似乎是安家杰先领悟到这个道理的，想想自己对乔小麦这两年的亏欠，心里生出些许不忍：“小麦，对不起，这两年我让你受苦了。今天我当着我爸妈的面儿告诉你，其实你是个好女孩，能认识你，我很幸运，能跟你在一起，我觉得自己也很幸福。我妈说得对，既然我俩相爱，为什么就不能尝试着走进婚姻呢？我知道，婚姻要面临太多现实的问题，我不敢说自己会让你锦衣玉食，但请你相信我，我有一口吃的肯定先给你，有一件衣服也肯定披在你的身上，就算再清苦，我也一定要让你感受到世上最温暖的幸福，你还相信我吗？”

如此动听的话，好久没听过了。乔小麦的心悸动着，仿佛回到了恋爱那会儿。男人在恋爱时说的话总能打动女人的心扉，尽管这些话无从考证，更无法印证。

“我一直都是相信你的。”乔小麦肯定地回答。

“那……我们……结婚好吗？”安家杰拉起乔小麦的手，“结婚吧，好不好？”

“……”

乔小麦还是犹豫了一下，一旁的安家二老急了：“答应吧，好孩子。”

“好吧，我们结婚吧。”乔小麦努力了许久，终于吐出这句话，内心却是兵荒马乱。

看到两个年轻人爽快地点了头，安家二老心里的石头终于落了地，安妈妈脸色涨红，一副心满意足的模样，还十分慷慨地把自己手上的金戒指摘下来给乔小麦戴上：“这个算是婆婆送的见面礼，收下，收下。”

乔小麦一脸微笑地道谢，转身进了厨房，却被准婆婆一把拉了出来：“怎么能让新媳妇进厨房呢，我来，我来，哈哈哈……”

准婆婆笑得爽朗，拉乔小麦的力气大得出奇，这让乔小麦十分怀疑，她还是刚才那个病入膏肓的老人吗？

一家人终于吃了顿团圆饭，欢天喜地地收场。准婆婆甚至包揽了洗碗的活儿，这让乔小麦很感激。来者是客，两位老人一来，自己反倒成了客，被人伺候的感觉颇为受用。

乔小麦进了卧室对着安家杰一个劲儿地感叹：“有婆婆疼的感觉真好啊！”

安家杰跟着笑：“这么快就进入新媳妇的角色啦？够行的呀！”

被他这样一说，乔小麦的脸色微微沉下去，手上的戒指被她轻轻摘了下来，低头看了看，戒指上面的纹路已经被岁月的微尘覆盖，看得出来，年代久远。

乔小麦把戒指递到安家杰面前，不由得叹了一口气：“这东西你还是收起来吧。”

安家杰很不解：“你什么意思？”

“刚才是在配合你演戏，戏散场了，道具自然应该归还。”乔小麦一脸无奈，“家杰，其实我看得出来，你并不想结婚，至少，不想这么早结婚。我也一样，我也不想嫁得太匆忙。”

“我没演戏！”安家杰急了，“我是真的在求婚！”

“你是真的在求婚，但你是求给你妈看的。如果不是你妈有病，你会跟我求婚吗？”乔小麦不满地说，“我们在一起两年零三个月，相互之间够了解的。这么长的时间里，你跟我求过婚吗？没有。我不相信两个人在一起这么久之后，你是对我有感觉才说出求婚的誓言来。今天是形势所迫，我理解，也配合，但那只是在你父母面前。我们单独相处的时候，就以真感觉面对吧，好不好？”

“我……我不是一时兴起，我说那些话的时候，是很真诚的，你为什么就不相信我呢？”安家杰急切地解释，“是，我承认，我妈的病是一个原因，我不想让她这么痛苦地为我的婚事纠结，可我向你求婚也是真心实意的，这一点，你真的没有必要怀疑。”

“我不怀疑，我也相信你是真心的。但是这份真心被你分成两份，一份是爱情，一份是亲情。我想要的求婚是单纯的爱情，我要你全心全意毫无顾虑地来跟我求婚，我要你心里全是我，全是想跟我在一起的念头。那样的求婚，我想，我会答应的。”乔小麦无比固执，“安家杰，爱一个人需要全心全意，而不是为了别的原因拿结婚来搪塞感情。”

“……”

被乔小麦一通反驳，安家杰突然失语。其实他也明白，尽管刚刚的求婚是真诚的，没有老妈这味药引子，他怕也难开口。是自己不真诚在先，难怪乔小麦生气。

安家杰想道歉，张了张嘴，又觉得此刻说什么都是多余的，是没有诚意的，只好沉默着。

乔小麦又道：“家杰，我觉得我们之间的感情出现了问题。”

“哦？”

“前几天你和那个‘烟台苹果’交往的时候，我就在想，是不是相处时间久了，咱俩之间没有了激情，所以你才出去寻找。后来想想，其实也不单纯是激情的事，激情再深也敌不过感情，是感情出了缝隙，所以才让别人插了一脚。”乔小麦边说边思索，“我知道，总对着一盘菜难免会生厌。我不明白的是，短短两年，为什么我们的感情就淡了呢？所以我不敢想象，再过一个两年，甚至二十年之后，我们会过成什么样？”

“我解释过了，我和陈莱茜什么事也没有。”安家杰再次重申，“真的只是工作关系。”

“太多的男女关系开始时都是单纯的，后来慢慢就不单纯了，因为男人和女人最容易产生的就是激素作用下的相互吸引，更何况，你正当年，她正青春。”乔小麦将安家杰的话打了回去，“好了，我知道你要解释什么，我们暂且先不谈这个问题，只说结婚这件事吧。你父母这样逼婚真够绝的。我们不得不答应，但万一他们真的定好日子让我们结婚，那怎么办才好？”

安家杰被问住了，他确实不知如何是好。这时他的手机响了，这一响，同时让两个人的神经紧张起来。

时间已经不算早，乔小麦认定这是个暧昧的电话，而安家杰也一样，他不希望这时候陈莱茜再给自己和乔小麦之间添什么枝节。

两人相互望了一眼，眼神里是彼此都读得懂的内容。好半天，电话依然在响。安家杰想回避显然是不可能的，只好不情愿地拿了起来。一看来电，他笑了。

“是老王的。”安家杰如释重负，“这家伙，这么晚了还打骚扰电话，看我怎么收拾他！”

乔小麦也舒了一口气：“这么晚了，不是叫你出去喝酒，就是喊你一起出去 happy，还会有什么好事？我可告诉你，这个老王人太精明，看着不太靠谱，你跟他交往最好小心一点……”她还没唠叨完，那头安家杰的电话已经接了一半。

电话那头一直在说着什么，安家杰的表情渐渐变得凝重起来，自始至终只是静静地听着，一句话也没说。

电话挂断，乔小麦不满地抱怨：“不会是真叫你出去喝酒吧？”

安家杰没有直接回答，坐在那里愣了很久才吐出一句话：“老王出轨了。”

“啊？他……他不是快要结婚了吗？”

“就是因为要结婚，压力大，所以才没把持住……”

“这事他为什么要跟你说？又不是光明正大的事，值得炫耀么？要是他老婆哪天知道了，还不杀了他呀！”乔小麦心生愤懑，同为女人，深知遭受男人背叛是多么痛苦的一件事，便忍不住为老王媳妇抱屈起来，“太不像话了！嫁给这种男人也太可怕了！”

“更可怕的事情还在后边……”安家杰幽幽地吐出一句话。

（五）逼上梁山

女人恐婚是怕婚后爱情流失外加生活磨难，男人恐婚是怕负担不起女人的情深外加生活压力。当一对男女因自身原因背离婚姻轨道，他们之间的爱情其实已经消磨殆尽，接下来最想做的事，就是各寻新欢。

老王出轨这件事，安家杰早有预感，筹备婚礼时老王曾无数次对他暗示：“结婚实属无奈，如果不是老婆肚子大了，我还想再过几年单身生活。男人一结婚，天天被女人管束，就没意思了。”说归说，安家杰没料到老王会真的出轨，还被抓了个现形，这技术也太差了。这还不是主要的，最让安家杰意外的是，因为多次洞悉老王有异心，准媳妇早就做了多手准备，先是把老王存折上的钱取光移走，接下来不动声色地做了流产。一切安排得如此妥当，看得出来，这是一个不打无准备之仗的女人。

“别卖关子，究竟怎么了？”看安家杰许久不语，乔小麦急了，追问道。

“被他老婆发现了，一气之下，他老婆流产了。”

“啊？”

“估计，老王的婚姻也流产了。”安家杰叹气，“这小子也太不小心了！”

这话在乔小麦听来，还真是可气：“什么叫太不小心？你的意思是，男人可以出轨但是要小心一点儿，是吗？”

安家杰知道自己说错了话，赶忙说：“我不是那个意思。”

“你是不是这个意思我不管，你有这个心就不可以！”

乔小麦生气了，心想男人确实没有一个好东西，身为女人跟他们一起背负生活压力已属不易，还要天天担惊受怕地看着男人那颗蠢蠢欲动的心，想来这婚姻也算不得一桩好事。心中有气，乔小麦索性拿了被子，一个人盖上，丢一个冷背给对方。

这一天发生了太多的事，怎么睡都睡不着：一会儿是准婆婆逼婚，一会儿是安家杰半真半假地求婚，最后来了老王出轨的桥段，乔小麦甚至连老王媳妇绝望的表情都能想象出来。一个个人影最终幻化成一记记重锤，打得她脑袋生疼。

乔小麦越想越怕，如果哪天真结了婚，安家杰也做出背叛自己的事情，又该如何是好？她这才明白过来，自己为何突然对婚姻失去了向往。

看看身旁的安家杰，又觉得他不像那种人，毕竟有多年感情在。可是一想到那个陈莱茜，不免又责备自己过于乐观。男人不出轨不是自身多高尚，只是时机还不成熟。

这样一想，更加没有睡意。脑子用得多了，乔小麦竟觉得口渴得厉害，忍不住起身去厨房。

路过准公婆睡的客厅，客厅灯是关着的，耳尖的乔小麦还是听到了准婆婆忽高忽低的说话声，怕公婆对自己这个新媳妇有什么成见，便忍不住多听了几句。不听则已，这一听，倒听出了好大的一个意外。

准婆婆正责备准公公："你这老头子千好万好就是脑子不好，如果我不装病，俩孩子能这么痛快地答应结婚吗？我这也是为他们好！再说了，咱们那院哪家不是抱上孙子了？我倒好，连新媳妇的茶都没喝上，冤不冤呀我……"

怕自己听错了，乔小麦没敢吱声。再细听，公公的声音传来："死老婆子，装什么不好你装病，把我们都吓坏了你知道不？还有，你装什么病不好，非装胃癌，那不是咒自己吗？"

……

下面的话，乔小麦不想再听。

真相再明白不过，准婆婆装病，安家杰无奈求婚，自己被逼接受。这一切的一切，都是准婆婆策划出来的。

还有什么可说的？这婚，就算想结，也已然没了心情。

连水都忘了拿，乔小麦慢慢地踱回卧室。此时，安家杰也没睡着，一个翻身起来，见着她就问："小麦，你说，我要不要去看看老王？在电话里听着他特别不好，好像是喝多了……"

"一人做事一人当，谁让他那么不负责任？活该！深更半夜的，你去看他？我看你还是先管好自己吧！"乔小麦没好气地背过身去，再不理他。

安家杰受了一番奚落，再不敢多话。过去乔小麦就反对过他跟老王交往，总说老王不踏实，今天再发生这样的事，他以为乔小麦会把对老王的成见转嫁到自己身上，更怕深究下去再扯出“烟台苹果”之类的尴尬问题，索性闭了嘴。

他不知道，此时乔小麦脑子里全是准公婆之间的对话。

她琢磨着，这些话是否应该告诉安家杰。不说，心里别扭，说了吧，刚刚发生的那幕求婚日后一定会成为笑柄。至少准婆婆会得意地认为，是她的装病成全了自己和安家杰的婚姻。这不是乔小麦想要的结局。可一旦说了，安家杰会相信自己吗？他会不会觉得自己在找理由不结婚呢？抑或，他会不会也为刚刚的求婚而后悔？想到这儿，乔小麦突然想试探一下。

她想，一旦对方知道了真相，一定会去质问父母，如果他第一时间跑去质问，那只能说明其实他求婚也是被逼的；相反，如果他不质问，反而将错就错，那就说明他心里还是渴望和自己结婚的。

结果不同，自己在安家杰心里的分量就不相同。

婚姻不也需要一点儿冒险精神吗？如果是后者，乔小麦想，自己也是愿意将错就错的。

“安家杰，你醒醒，我跟你说件事。”乔小麦轻轻地推了推安家杰，可对方已经睡熟，推了几次也没醒。

乔小麦有些气馁：“什么时候都能睡得着，真像一头猪！”骂完了，心里的气儿也消了大半，加上时间确实很晚了，她也跟着迷迷糊糊地睡了。

再醒来时，准婆婆已经大张旗鼓地准备好了早餐。之所以这么说，是因为早餐实在太丰盛了，从玉米渣子粥到小米粥，再到西红柿蛋花汤和热牛奶，从白面小馒头到玉米面窝头，再到清汤小挂面和切片面包，统统都有，统统都热气腾腾。不知道她是从几点开始折腾的，竟然满满当当地摆了一桌子。

乔小麦似醒非醒，以为自己进了饭馆，直到洗漱完毕，脑子清醒，再看一眼满桌子的吃食，这才惊呼："阿姨，你这是……这是搞的自助早餐吗？"

准婆婆一脸喜气："就算是自助餐吧！哈哈，喜欢吗？如果喜欢，保证你以后天天都有得吃！这就是做我们安家媳妇最好的福利！"

最后一句话让乔小麦刚刚伸出去拿面包的手停了一下，"安家媳妇"，这个称呼为时还早。她这一沉默，安妈妈觉察出来，问她："有心事？没睡好？还是不喜欢吃？"

"哦，不是。"乔小麦赶紧摇头。

一家人吃得不亦乐乎，安家杰连喝两碗玉米粥还觉得不够，惹得安妈妈好一阵心疼："哎哟，还是得有个家，瞧瞧，玉米粥都喝得这么香，可怜人哟。"

"是呀，小麦，昨晚我跟你阿姨一夜没睡，合计怎么下聘礼呢。你们老家有什么规矩和礼仪，你说来听听，我们好早做准备。"安爸爸的话才是这个早晨的重点。

"是呀，是呀，这婚呀，还是早早结了好，结了我们才放心。"准婆婆跟着附和。

乔小麦手握牛奶，没有回应。昨晚偷听到的那些话瞬间冲进她脑子里，她不由得多看了一眼安家杰的母亲。她第一次觉得，这个准婆婆不简单。

安家杰以为乔小麦不说话是不好意思，便抢着说："爸，妈，我和小麦这个礼拜一定商量好所有的事，你们就别操心了。还有，妈，你的身体也不能太劳累，结婚的事我们既然答应了，就一定会好好操办。”

儿子的回答让安妈妈心满意足，她把头转向乔小麦：“闺女，你还有什么意见？”

乔小麦纠结着，不知如何回答，私下拉了拉安家杰的手腕：“别那么快。”

“为什么？”安家杰不解。

“不着急，我们不是说好的不着急吗？”

“怎么能不着急？你不知道……”安家杰本来想说母亲的病，看一家人都在场，只好说，“你没看见我爸妈急成什么样了吗？”

“可……可我们单位最近竞岗呢，哪有时间结婚。”乔小麦编了个借口。

安家杰不乐意了：“乔小麦，你什么意思？昨天也没听你说什么竞岗呀？再说，竞岗对结婚有影响吗？就算有影响，又能有多大影响？以前也没见你这么上进过。你是不是又犯‘面包’瘾了，想提什么非分之想啊？”

他的这个暗语，让乔小麦十分委屈，又十分生气：“什么‘面包’瘾？我……你想骂人也不必这样拐弯抹角吧？”

“我怎么骂你了？是你不讲信誉欺骗大家好不好？”

“我怎么就欺骗大家了？我哪里欺骗大家了？”乔小麦委屈地大叫道，“你怎么能这样说我！”

“你出尔反尔，怎么就不是欺骗了？”安家杰不满地反驳，“以前也没发现你是这样的人呀！”他的话招来父母的一致认同，准婆婆帮儿子说话：“是呀，小麦，你昨天明明已经答应了，怎么又反悔了呢？做人可不能这样呀……”

“我……”乔小麦已经不知所措，反复被安家杰误会，她有些吃不消，“怎么就成了我的错？是你们在说谎好不好？”

“我们说谎？”被乔小麦如此一说，安家父母慌了，不知真相的安家杰倒火了，“乔小麦，你睡糊涂了吧？我们说什么谎了？”

“你妈根本没病，装的！拿生病来忽悠人，逼咱们结婚，这不是说谎是什么？”被逼上梁山，乔小麦还是没忍住。

年轻的她并不知道，说出真相的这刻，也注定了她和准公婆的良好关系就此被打破。

第三章

一个人的婚前旅行

爱情最惨的模样不是爱到闹分手，也不是不爱了却非要捆绑在一起，而是当两人面临婚姻选择时，突然分不清自己是不是还爱着对方，更不确定对方是不是也还爱着自己。这时候就需要来一场一个人的婚前旅行，行走的心会告诉你，孤单中你想念谁，谁就是你的爱人。

（一）婚姻这码事关系多少人

这次的口不择言让乔小麦一时之间成为众矢之的，几道目光齐刷刷地射过来，她只觉得眼前光芒万丈。她不敢轻易跟谁对视，便低下头去，琢磨自己下一步应该怎么办。

她再年轻也还是懂得尊卑的，别说准婆婆是善意的欺骗，就算是明目张胆地要求他们结婚，不也是应该的吗？

一切全让自己搞砸了。

最受不了的人自然是安妈妈，被未来媳妇点破，她浑身不自在，脸上涨红好大一片。乔小麦偷偷地看了一眼，这才记起，昨天看准婆婆脸色涨红，原来是说了谎就会红，这个特征她毫无遗漏地遗传给了安家杰，难怪自己当时觉得蹊跷。

“乔小麦，你刚才说的话是真的吗？”安家杰首先打破尴尬，在他心里，母亲是最令他信任的人，他不相信这是真的。

这时候的乔小麦已经不敢轻易回应。她知道，自己不能把准婆婆的颜面伤透，那样的话，婆媳之间再也没有回旋的余地了。

安妈妈倒也痛快，主动接了儿子的话茬："对，是我骗了你们。家杰，妈……是不是过分了？"她说得小心翼翼，毕竟，长辈在小辈面前说谎，失了脸面。

安家杰看了看母亲，不知说什么才好，刚刚发生的一切太突然，他还没有完全反应过来。

安爸爸是个老实人，看得出来，他爱儿子更爱老伴，话里明显带着偏袒："你们两个也别怪你妈，她是真的为你们着急，在老家的时候，她经常急得睡不着觉，半夜起来还唉声叹气的。为了给你们攒钱买婚房，她把多年来坚持吃的补药都给停了……"说到这儿，又掉转头看自己的儿子，"家杰，你妈妈心脏不好，而且常年胃疼，受不得凉，生不得气，这点你也是清楚的。"

听父亲这样一解释，安家杰的脸色回转过来。毕竟是亲生父母，再说也不是什么不能原谅的弥天大谎，想起昨天被逼婚的情形，只略有一点小埋怨："妈，不就是结个婚嘛，你至于装病来逼我们吗？"

"是啊，阿姨，再怎么也不能拿身体这种事开玩笑啊。"乔小麦附和着。

看两个孩子并非真计较，安妈妈这才缓过来，微赧道："我知道昨天把你们吓着了，也知道你们都是好孩子，为我的身体着想。可是，我确实有病啊！”说到这儿，看看众人又慌张起来的神色，故意卖关子说：“这次没骗你们，是真有病，心病，我最大的病在这里。”她指指自己心脏的位置，“哪个做父母的不是为儿女操一辈子的心，你们体谅过吗？我们这些老人不指望你们给我们荣华富贵，你们过得安稳，早早结婚过日子，这就是我们最大的幸福，我们要求得多吗？就这一个要求，真的。”

安妈妈的话让安家杰和乔小麦无言以对。

不是不理解父母，实在是他们不确定自己究竟是否做好了走进围城的准备。

见两人无语，安爸爸急了：“你妈妈一番苦心，你们就原谅她吧，别说她急，我这个当爹的更急！我和你妈都退休了，现在生活无忧，身体也都动得了，到时候帮你们还房贷、看孩子，都没问题。我知道，你们年轻人生活压力大，一切后顾之忧我们都替你们解决，还有什么可犹豫的？早结早利索，人这辈子都得走这条路，何况你们也老大不小，别再拖了，再拖下去，要伤多少人的心？”说到这儿，又将矛头指向乔小麦，“小麦，你父母就不着急吗？他们就你这一个女儿，一定早盼望着抱外孙吧？你们也早晚会为人父母，当了父母就知道我们的心喽！”

“是啊，是啊，有句话不是这么说来着，只有经历过婚姻的人才算真正的成熟。你看看你们，都老大不小了，不懂父母的心倒也罢了，就算为你们自己也得学会考虑问题不是？”安妈妈接过话来继续劝，“小麦呀，你眼瞅着二十八了吧？就算一结婚就生孩子，生下来也得三十岁吧？女人过了三十岁生孩子有多痛苦，你了解吗？为你自己的身体考虑，也得早点儿把这婚结了，对不对？”

乔小麦心里很乱。

道理她不是不懂，准公婆说得也并非不在理，可是对她而言，就算接受得了婚姻，也未必接受得了生孩子这件事，她还是个没长大的孩子，怎么好意思升级做父母？

可是，此时如果再抛出反对意见，显得自己很没孝心，更怕冒失之间再把准公婆得罪了，所以想了又想，这才说：“阿姨，婚自然是要结的，孩子也会生的，但我总感觉这些对我来说有些遥远。而且，结婚是我和家杰之间的事，得我们俩水道渠成才算完美，您说呢？”

“什么叫你们俩的事？这是大家伙的事呀！”准婆婆显然不赞同，“你这孩子还真是自私，凡事只想自己，你怎么就不想想，你老家也有父母，他们也在为你的归宿着急；还有我们，我们也为自己的儿子着急，不然怎么可能大老远跑到这儿来？我来之前，家杰的三婶、小姨、姑姑，奶奶，一大家子人都等信儿呢，都盼望你们早点儿结婚好回去串门……瞧瞧，这么多人等着你们的好消息，你怎么能说结婚是你俩的事呢？”

没想到，一桩婚姻竟然牵扯出这么多的人情世故，乔小麦忍不住辩解：“结婚就是两个人的事，大家跟着着什么急啊？不可思议！”

“你俩是主角不假，我们这些配角也离不开吧？”准婆婆半是劝解半是诱导，“闺女，你真是还年轻，不知道这人情世故的重要性，一大家子人期望你们结婚，这是多么光荣的事情，说明大家都看好你们呀！而且在老家那边，我人情送出去了不少，你们总得回去办场婚礼帮我捞回来吧？这话说得有点俗，可就是这么回事，东家嫁女儿随点礼，西家娶媳妇就得捞回来，咱们中国的人情往来不都这样吗？”

乔小麦无言以对，她历来最烦的就是人情往来，虚伪，多余。但是，准婆婆不这么看，她还想再劝几句，却被安家杰打断：“妈，这话我就不赞同你说的，人情是人情，结婚是结婚，结婚就是我和小麦的事，请让我们自己商量好吗？”

“你这孩子，这么大了还不懂事，让妈说你什么好呢？结婚是你俩的事？那好，你们结婚要不要回老家宴请三姑六婆？小麦那边要不要回娘家再请几桌？这不都是人情世故吗？你们逃得开吗？”安妈妈气极了，“好，就算你们不懂这些，义务和责任总得明白吧？妈跟你们说，你俩现在年龄大了，到了成家的时候，这就是义务和责任！这婚结也得结，不结也得结，因为这不是你们两个人的事，由不得你们自己说了算！”

准婆婆突然变得犀利起来，这令乔小麦很不适应。对于这个花招百出的准婆婆，她是越来越吃不准，刚刚的一番话也让她越来越看不明白何为婚姻。照准婆婆的说法，婚姻这码事关系到这么多人，还真像一场大戏，除了两个主角，还需要无数配角甚至还得有台下无数个观众，这才算完美。

执子之手，与子偕老。曾经幻想过最简单的婚姻就是这样，现在看来，那只是一个幻影，现实里的婚姻有时候由不得自己做主。乔小麦这样一想，心突然沉了下去，对婚姻的恐惧愈加重了。她没想到，婚姻有这么深的水。

（二）我们还相爱吗

在自己没有经验的事情上，跟有经验的人较量，纵然你有再多本事也是枉然。

乔小麦和安家杰第一次站在同一战线上，反复跟安家二老解释不着急结婚的理由。可无论他们说什么，均被两位老人以“欠缺生活经验”为由否决，而且给他们下达了最后通牒——结婚。

这一次，乔小麦学得很乖，把问题抛给了安家杰：“这么仓促的结婚，你觉得合适吗？”

如果说上次被问及结婚，她心里还希冀着对方给自己一个肯定的答案，那这一次她完全希望对方的答案是否定的。因为准公婆刚才的话把她吓着了，想到自己一旦成为新媳妇就要跟无数人打交道，她内心就发怵，觉得那是一件很恐怖的事。

如果婚姻只是两个人拿个证、吃顿饭这么简单就好了。过于烦琐的程序，年轻人大多不喜欢，除非家中富贵，场面有人安排，自己只做个木偶就好。

这样一想，更觉得结婚是件没意思的事情。

也许安家杰也有了同样的感觉，跟乔小麦对望一眼，示意她“潜回”房间。收到示意的乔小麦迫不及待地跟准公婆回话：“叔叔、阿姨，那个……结婚的事我们慢慢商量，我还有点事要办，回头再说，成吗？”

好不容易把结婚这件事提上议程，准婆婆自然不允：“回头再说？明天还是后天？这事得早定，定完日子还得跟你老家的父母说一声呢，时间上可得抓紧呀！”

乔小麦一边敷衍一边往卧室走。“知道了，我换换衣服。”回头又喊安家杰，“你进来一下，我有事跟你说。”这才算彻底从这场“逼婚”中解脱出来。

两人一前一后进了卧室，关上门，直到确认准婆婆没有跟过来，乔小麦才松了一口气。回想刚才被逼婚的那刻，乔小麦忍不住跟安家杰抱怨：“你说说，这都是些什么事儿呀？你妈妈那架势，不结婚就要吃人一样，我这是得罪谁了？真是找罪受！”

安家杰也一样，对母亲的突然逼婚，他也不曾预料。想到乔小麦当众指出母亲装病的事，安家杰还是为自己的老妈打抱不平，转身埋怨起乔小麦：“你也真是的，当着全家人的面那样说我妈，你让她情何以堪？就算她是装病，毕竟也是为咱们好，你这个小字辈的就不能为老一辈的人留点脸面？再说，我妈那人好强了大半辈子，今天被你这样一损，以后还怎么跟你相处哟。”

“有什么不能相处的？我看你妈住得高兴着呢，这还没结婚，说来就来，以后结了婚，还不定怎样呢！再说了，她装什么不好，非要装病，还一来就成了绝症。你见过哪个绝症病人不在医院里躺着，跑到人家家里来没事找事？”乔小麦不服气。

听她这样说自己的母亲，安家杰自然心里不舒服。男人在对待父母这件事情上，永远是只许州官放火，不许百姓点灯，他可以说父母如何不好，你永远不行。

所以，安家杰几乎是跳着脚跟乔小麦说：“我不准你说我妈半个不字！今天是最后一次！本来就是你不对，你还有理了？真是不可理喻！”

“不可理喻？是我不可理喻还是你妈不可理喻？不，是你们全家不可理喻！”乔小麦丝毫不相让，“安家杰我告诉你，别说你妈是装病，就算她是真病，这婚我也不会跟你结，爱咋咋地！”

“我也没说跟你结！”安家杰气极。他不明白，过去那个温顺贤良的小女子去哪儿了？才几年光景，竟然变得蛮不讲理，彪悍如虎。

乔小麦更是恼怒，过去安家杰再生气也不过跟自己甩个脸子，现在竟然为了这种事跟自己大吵，还下死命令似的不许自己怎样怎样，凭什么？别说是准婆婆生事，就算是自己真的找事，他也应该哄着、宠着自己，过去他不都是这样做的吗？现在提到结婚就变成这种态度，真结了婚，这日子还能过么？她不敢想，但又不得不想。

两人都沉默了，谁也懒得搭理谁。

在安家杰心里，乔小麦已经不再是过去的乔小麦。所谓的温婉贤良，他觉得那都是她装出来给自己看的。

在乔小麦心里，何尝不觉得安家杰是在跟自己演戏？追求自己的时候，能把自己比喻成山涧溪流，比喻成夏风冬阳，就差没拿画笔给自己来一幅天仙下凡图，当画儿一样地供起来。所谓的多情深情全是演戏，如今戏已经进入中场，他不想演了，累了就喊停，完全不顾她的感受。

此刻，彼此心里都是充满了对对方的埋怨和愤懑。

不满归不满，还是有一个需要即刻解决的问题，那就是怎样拒绝这场逼婚。

几乎在同时，两人都想到这个问题，转个身，相互对视，直至确认彼此间的矛盾可以先放下，这才又同时开了口。

“我们还是想想怎么解决眼下的问题吧！”安家杰先开了口。

这一次，乔小麦没有拒绝，反倒很配合：“必须的。可是，看你妈那样儿，怕是一般理由搪塞不过去呢！”

“是人就有软肋，我们从我妈的软肋下手。”安家杰边说边想着从何处下手，一会儿便乐了，“好办，我妈那人没别的爱好，就是迷信，打小就喜欢带着我四处看相，买套房子都得请来风水大师，小心得很呢！要不，我们编个不能结婚的理由骗骗她？”

乔小麦点点头：“这倒不失为一个好办法。可是，如何才能让她相信呢？要不就说本命年不宜结婚？”

安家杰想了想，告诉她：“本命年早过去了，这个说法怕不成立，要不，就说我俩八字不合吧？”

“八字不合？成吗？要是她问起我的生辰，再拿去一算，那不就露馅了吗？”乔小麦表示不妥，“万一露馅，怕以后咱俩说什么她都不会再当真。”

“你想得倒是周全。”安家杰由衷地说，“其实你有时候是个挺细心的人。”

乔小麦失语。她没想到，会在这个时候听到这样的表扬，虽然只是一句轻微的夸奖，但有多久没听到这种欣赏和肯定的话，她自己都记不清了，同居两年的夫妻式的生活已经让彼此的感情日渐麻木。过去安家杰会吃着她煎煳的鸡蛋说人间极品，如今就算端着一盘脆生生的七分熟煎蛋，他也会说煎老了。所以，她没法回应对方，确切地说，根本不知道应该说什么。

情侣间就是如此吧。关心对方的时候，对方的一切都是美好的；漠视对方的时候，对方再好的表现也往往被忽略。

安家杰显然没注意到乔小麦的心理变化。看她不语，他反而着急起来：“你再想想，还有什么理由能跟迷信搭上边的？我妈那头可催着呢，得赶紧想辙！”

乔小麦刚浮起来的心，瞬间被现实拉了下来，一直沉，沉到连自己都打捞不上来，只觉得湿漉漉的。有些东西，莫名地就那么浮上来，又沉下去，跟她的心一样，有一种回不到原点的悲哀。她不知道和眼前这个男人是否还相爱，如果不爱了，为何还要在一起纠缠着？如果相爱着，又为何会共同抵制结婚这件事？

乔小麦在心里迅速权衡，自己怕结婚是怕面对婚后的琐碎和辛苦，并非不爱安家杰。可安家杰呢？如此抵制婚姻，他怕的究竟是什么？

乔小麦想问，又觉得说出这样的话来太失面子，怕安家杰误以为自己想结婚，索性先为自己找一个开脱的理由。

“就咱俩这脑袋，怕一时半会儿也想不出好点子，不如各找各的朋友想想办法吧！我去找阿眉，你也去跟你的朋友、同事们聊一聊，众人拾柴火焰高，今天就把这事解决了吧！”乔小麦说完又叹了口气，想再说点什么，又觉得说什么都是多余的，一边拿包出门一边回身告诉安家杰，“有什么点子想出来，记得相互通个电话，别到时候说漏了嘴。”

“这也是个办法。好，分头行动！”安家杰像接了任务的地下党，跟在她身后往门外赶，甚至矫健地跃过了走在前面的乔小麦。

不知为何，看着在自己前面匆匆忙忙奔跑的安家杰，乔小麦的心溢满了一种莫名的悲哀，汩汩地往外冒着酸水。她在心里再次问自己：这个男人真的可以托付终身吗？他如此坚决地不想结婚，究竟是不再爱自己，还是怕下半辈子被自己套牢？又或许，他的心思有了异动，早已经不把自己当成可以结婚的那个人了？

这样一想，不由得后背冒起凉意。

（三）阿眉的婚前旅行

离开家的安家杰确实走得很急。他想不到自己的这种急迫给了乔小麦多大的误解。他不会明白，一个女人嘴上再怎么抵制婚姻，至少心里还是希望有男人跟自己真诚地求婚。

作为典型的东北男人，安家杰太过粗枝大叶。他认为，男人在职场打拼本来就是一件很累的事，如果再过早地把婚姻揽到肩上，那男人这一生岂不是要累死？他甚至觉得，男人做到老王那样洒脱，也不失为一种幸福。

所以，安家杰第一时间想到老王，电话打通之后，他才知道自己这次找错了人。

刚失去老婆孩子还有即将到手的婚姻，这对老王不是一点打击没有。再洒脱的人，也难免会面子上挂不住，再不想拥有婚姻的人，在失去结婚对象之后心里也难免会失落。此时的老王，面容憔悴，络腮胡子好几天没收拾，随便那么一舔，胡茬儿都能刺到舌头。也许是真的心情太坏，老王竟没半点觉察到痛，习惯性地一边说话一边舔胡子，看得安家杰倒有些不放心。

“老王，走了一个刘胡兰，又不是再没女英雄，咱能不能振作一点？赶紧把胡子刮了，再好吃，那也成不了午餐！”他试图用自己的幽默化解老王心里的伤痛。

老王倒自嘲地笑了：“胡子可是这世上最忠诚的伙伴，它永远不会背叛我，需要的时候长出来，不需要的时候剃掉，没有怨言没有嫉恨，我都把它当老婆呢，哈哈哈……”

“你是被刺激傻了吧？天下第一谬论！要是男人找胡子当老婆，

那女人找谁当老公？”

“女人可以找头发呀！头发长，见识短，还跟她们的个性蛮相配的！哈哈哈……”老王的话越来越过分，似乎是未婚妻的逃离给了他很大的打击，说到女人便恨得牙根痒，“天下的女人就没有一个忠诚的！”

“别，你可别这样说，你被前嫂子伤害过，这可以理解，但我跟乔小麦还是很幸福的，别一打击一大片。像乔小麦这样的好女人还是存在的。以后再找一个，一定会很幸福的！”安家杰赶紧安慰他。

老王听到他提乔小麦，止住笑：“你小子不是要结婚了吧？跟乔小麦求婚了？”

终于说到正题，本来安家杰还不想用自己的成双成对来打击形单影只的老王，听他提及，便迫不及待地说起眼下所面临的问题：“你这次只说对一半。我不是要结婚，是要逃婚！”

“逃婚？你也要逃跑？”老王睁大了眼睛，“你可千万别做傻事，两个人结婚，一个人逃婚，你知道被剩下的那个人该有多难堪吗？知道的当成是对方跑了，不知道的还以为你有多坏，以至于人家不想跟你过了。兄弟，这伤人的事，咱可不能随便做呀！”

“就知道你会这么说，这下得教训了吧？以前天天说什么你不想结婚，你还没玩够，现在人跑了，给了你空间和自由，你又觉得难堪不适应了吧？”安家杰趁机教训老王，“我一直说男人就得有点责任心，你就是不听。本来还不好意思说你呢，既然你把话说到这儿，我倒要劝上你几句，以后找个人好好恋爱好好对人家，有点责任心，别动不动就想出去玩！”

被无情地教训一通，老王自然不服气：“大家都是男人，没玩够就是没玩够，有什么不理解的？哎，对了，你别光顾着批评我，你不是也要逃婚吗？你不是也没玩够吗？”

“错！我不是没玩够才不想结婚的，我也不是一个人逃婚。我和乔小麦都感觉结婚没意思，我们一起逃婚。”安家杰一字一顿地说，“我们都害怕婚姻，毕竟婚姻跟恋爱不同，有太多的问题需要面对和解决，又烦琐又麻烦，想想都头痛，所以一致决定暂不结婚。”

老王这回算是听清楚了，这是一对儿不婚族。

“既然你俩都决定不结婚，那你还有什么可愁的？好事嘛，大家都没玩够，可以再多玩两年，商量通了就是好事一桩嘛！”

安家杰听了却大摇其头：“我们俩是说得通，可老家父母那儿说不通。你不知道，我父母都从老家赶来，逼着我们结婚呢。我妈身体一直不太好，怕她急出个什么事，所以我和乔小麦一致决定，找个能说服我妈的理由，痛快地拒绝。”

“找个不能结婚的理由骗你父母？”

“你真聪明。”

“还真是不养儿不知父母恩，可怜了你父母那一片慈爱之心，哪有你这样的孩子！”

“就是可怜天下父母心，所以才更不想伤他们的心。”安家杰重复道，“我其实是怕直接拒绝会刺激到我妈。从我有记忆开始，我就看她天天吃药，唉！”

“照顾老人的身体当然可贵，可你们也得照顾他们的情绪吧。人老了就盼着儿女能成家立业，再说你们年龄也不小了，又两情相悦，还有两年的同居经历做基础，按理说已经够了解的了，怎么就那么害怕结婚呢？”老王一脸不解。

安家杰被问住了，想了想，回答道："在这个问题上，我相信你一定是最理解我的。你想想，咱们男人活得多累，从工作到家庭，从父母到老婆孩子，哪儿都得努力，哪儿都得用心，你不觉得累吗？"

老王边听边点头："这倒是，当初我不愿意结婚，也正是这个理由。"

安家杰看了他一眼，打趣道："切！你还有一个理由，怕在一棵树上吊死，你想看遍全天下的花花草草，有这野心吧？"

"哈哈哈……"被说中心事的老王不甘示弱，"哪个男人没有这点小心思？你敢说你就没有？真的没有？别骗人啦！你要真的清白，那咱部门的陈莱茜是怎么回事？"

"我跟她可什么事儿也没有。我怕结婚，是因为我怕婚姻的压力会让自己失去控制，我更怕我将来控制不了乔小麦。"安家杰不得不说实话，"我越来越觉得，乔小麦不是以前那个我认识的乔小麦。过去她不求半点物质，说什么跟你一起哪里都是家，现在张嘴闭嘴不是房子就是车子，只恨我不是那台随时能印出票子的印钞机，现实得可怕啊！"

"不现实的女人不是真女人。"老王很干脆地打断安家杰对爱情仅剩的那点幻想，"男人打着爱情的旗号寻找漂亮女人，女人打着爱情的旗号寻找一辈子的饭票，这是永远不变的真理。只有你这种傻子才相信世上还有单纯的女人。就拿我那逃跑的未婚妻来说吧，相恋时间也不短，没买房子之前她总说以事业为重，一买房子全变了。你知道她为什么会突然怀孕死活要嫁给我吗？就是因为房子。如果我没有房子，她才不会如此算计着要嫁给我，这点我比谁都清楚。不是有句话说，婚姻是女人步入现实的一道门，这道门里只有柴米油盐酱醋茶。你说，这些东西哪样不需要钱？哪样不需要人民币去交换？所以，别说女人现实，她们现实也是被生活逼的。”

老王的一番感慨倒让安家杰瞬间理解了乔小麦。回想这两年的同居生活，他也知道，乔小麦不是过于物质的女人，她是宁肯自己少买一件衣服也要多攒哪怕是能买零点几平方米房子的钱出来，曾经自己不也是被她这种过日子的踏实劲儿感动过吗？

“你说得有点道理，看来，是我对乔小麦要求过多了。”安家杰倒不好意思起来，但就算如此，他还是坚决不结婚，“不过，越是如此，我越不能过早结婚。你好歹有房子压阵，我一无所有，真娶了人家，还不是要她跟着自己一起受苦？”

“能这样想，也不失一个男人的良心和责任心。好吧，你说，要我帮你做什么？帮你们制订逃婚计划，还是为你们提供什么便利？”

“帮我们想一个拒绝我父母的理由，跟迷信沾点边的，那样我妈才会相信。”

“这个……还真得好好想想。”老王左思右想，一副认真的模样，“我还真研究过，都说结婚需要看个好日子，不如就从选日子下手吧。”

安家杰一听，这也是个招儿，立即打电话给乔小麦，告诉她这个好办法。可他不知道，他越是这样坚决地不结婚，乔小麦的心就离他越远。

此时的乔小麦正跟阿眉倒苦水，说起准婆婆以装病来逼婚，她的气便不打一处来：“你说说，这安家都是些什么人，天天说结婚结婚，房子不买车子没有，就算结婚还不得住在出租屋里？说起我们那个出租屋我就来气，刚住习惯，房东说搬我们就得搬，马上人家就要收房子，我还愁不知去哪儿住呢。安家杰他妈倒是不客气，说来就来，说让我们结婚就让我们结婚。这租房子还得东找西看的呢，结个婚就能随随便便的吗？”

阿眉正敷着面膜，听着乔小麦一句又一句的埋怨，仿佛在听单口相声，听完还觉得不过瘾，催促道：“哎，那你说说，你准婆婆究竟是个什么样的女人？好对付不？”

“好对付的话，我就不用跑到你这儿来唠叨了。其实，她是什么样的女人我一点儿也不关心，我关心的是，怎样才能让她乖乖地回老家，别再打搅我和平安宁的小生活。”乔小麦心生不悦，掉过头来又埋怨起安家杰，“这安家杰也真是的，一会儿听他妈的要结婚，一会儿又跟我联盟死活不结，你说说，男人心里究竟在想什么？”

阿眉当即取笑她：“那你究竟是想让人家娶你呢，还是不想让人家娶？”

这话倒把乔小麦问住了。其实究竟要怎样，有时候连她自己都说不明白，嫁与不嫁已经跟感情无关，生活似乎成了主要原因。

当然，面对阿眉，她可以毫不避讳，坦言相告：“说真话，我想结婚，你知道的，我都快三十了，再不嫁，就真的老了。可是说点现实的话呢，这婚要结起来就有点不靠谱，连住的地儿都没有，总不能我们天天租房住，将来生个孩子再跟着我们居无定所吧？没有房子就等于没有家，不安稳，不踏实，我很害怕这种感觉。”

阿眉似乎料到了会是这个答案。她是乔小麦这段感情的见证者，从过去乔小麦坚决为爱奔波到现在为生活犹豫，她都看在眼里。她说过现实和爱情之间有差距，可过去的乔小麦不愿意听，还埋怨她过于现实。如今生活让乔小麦成熟了，明白了，倒省了阿眉不少口舌，所以她笑了，有点早就预料到会是这种结果的小得意。

“我早就说过，现实是扼杀爱情的无形刀，你不信，当初还跟我倔强地打赌，说你和安家杰是有情饮水饱，绝对能白头到老。现在看来，能白头到老的恋人不是没有，但一定是物质丰足才出现的童话故事吧！”阿眉说得很直接。

乔小麦没点头，也没摇头，表情凝重。她的心思还在安家杰那儿，她想不明白，为什么他就那么害怕跟自己结婚？把这话说给阿眉听，阿眉笑了，一针见血地说：“你怕结婚是怕受苦，男人怕结婚除了怕受苦之外，更怕被束缚。”

“他怕被我束缚？”乔小麦不明就里，“实际上我们一向很民主，我也没给他太大压力呀！”

“那是因为你还不是他老婆。”阿眉肯定地说，“他再爱你，只要你不是他老婆，他就可以随时变心，随时再找，一旦结了婚，有了法律那张纸的保护，他就只能看着别的美女流口水。你说，凡是男人，谁愿意错过美景？”

“不会，安家杰不是那样的人。”乔小麦又开始跟阿眉打赌，“我跟你打赌，现在我们俩在一起两年整，他没闹过半点绯闻，再过两年，我相信也不会有！”

“瞧，你又跟我赌上了。”阿眉似乎有点小失望，“乔大小姐，尽管你有两年同居的经历，但你敢说你见识过的男人比我多吗？男人是什么东西，什么德行，我比你清楚！这世上没有不偷腥的猫，也没有不偷嘴的男人，之所以不偷，是因为你这种食物他还没吃腻。哪天腻了，就算你拿绳拴住他，他也会偷偷咬断束缚，自己跑出去。”

这话说得乔小麦一脸怀疑。阿眉深知她还是不会信，索性不再劝，摆摆手道：“算了吧，说这些会打击你的恋爱积极性，还是说点实在的。

我下周开始休年假，我的工作都搁在你案头，处理意见我都写在上面了，你帮我盯着点吧。”

“休年假？怎么没听你提起过？”乔小麦又吃了一惊。

在她看来，阿眉是个总不按常理出牌的女人，像风一样，来去自由。可说起休年假，她还是觉得诧异，马上就是农历新年，而且正值隆冬，根本不适宜出行。

“确切地说，我要进行一次浪漫的旅行。”阿眉一脸幸福地说，“其实一直没告诉你，有个男人追了我小十年，从大学到工作，一直不放弃。起初我对他根本没意思，前两天才知道，原来他身后有个庞大的家族企业，也就是说，他是富二代一枚。所以你说，我能错过吗？有钱，有闲，还有爱，这样的男人我再不接收，怕早被人抢了。”

“也就是说，你想跟他一起去旅行？”对于阿眉谈男友或者换男友的新闻，乔小麦压根就不曾惊讶过，反正她换男人的速度比换化妆品牌的速度都快，今天还用着呢，明天就换了，所以，跟一个男人一起去旅行这种事，她也不觉得有多稀奇。

可是，阿眉接下来的话却让她倍感惊讶。

阿眉很神秘地告诉她：“错！我不跟他一起去。我要晾他一段时间，小则半个月多则一个月，这段时间我要拿来旅行，一个人的婚前旅行。”

“一个人的婚前旅行？”

“对呀，一个人旅行能看到很多风景，想明白很多事，特别是婚前的单独旅行，能让你知道自己心中真正所想。我不是恐婚吗？或许旅行能让我热爱婚姻也说不定呢。”

“可是……”深知阿眉是那种想爱就爱、想分手就分手的爽快姐，乔小麦想问，一旦在途中遇到喜欢的或者条件更好的男人，阿眉会不会因此变卦？想到那样会伤对方的积极性，又转口说，“可是，你不怕你走的时间太久，他耐不住寂寞，或者被别的女人盯上，你俩的事就此黄了吗？”

阿眉一脸淡定地笑，似说给自己听，又似在说给乔小麦听：“爱情最惨的模样不是爱到闹分手，也不是不爱了却非要捆绑在一起，而是当两个人面临婚姻选择时，突然分不清自己是不是还爱着对方，更不确定对方是不是也还爱着自己，这时候就需要重走一回爱情，来一场一个人的婚前旅行。行走的心会告诉你，孤单中你想念谁，谁就是你的爱人。”

“这倒是个好主意。”乔小麦不由自主地点头，“如果有条件，我也希望有这样一场旅行。”

（四）如果分开会更好

祝福了阿眉，乔小麦迅速道别，她怕自己寥落的情绪打搅了对方旅行的好心情。毕竟是旅行，不管是一个人还是两个人，总需要一个美好的开始。

乔小麦想回家，又怕回去面对准婆婆，便给安家杰打电话。安家杰正跟老王喝酒，还喝得斗志昂扬的，听到她催他回家，想都没想就拒绝了。

其实乔小麦不是不让他喝。男人总难免有应酬，她懂，也理解，可是，家里有一个逼婚的准婆婆，她不知如何面对，只希望安家杰能早点儿回去，跟她站在一条战线上，帮她说上几句话。对方显然不明白她的意思，反而以为她在管束自己，想都不想就挂了电话。电话里传来一阵刺耳的忙音，乔小麦握着尚在耳边的手机，顿时委屈极了。

说不清安家杰这样拒绝自己有多少次了。每拒绝一次，她就觉得心的某一处被人拿着尖刀划了一次，尽管伤口细小，毕竟连着细脉和筋骨，丝丝泛着疼。

恋人之间，如果一方总是不顾另一方的感受，这伤口总有一天会蔓延、化脓，直至恶化。

乔小麦觉得自己的伤口已经开始恶化，具体缘由她自己也想不出个所以然来。想到准婆婆，想到逼婚，想到安家杰不想跟自己结婚，凡此种种都让她烦。

可是，天气这么冷，去哪里都觉得没有家里温暖，乔小麦只好硬着头皮回了家。

一开门，就跟准婆婆闹起了红脸。

起因是准婆婆正打扫她的房间，她好意上前帮忙，却发现自己的抽屉刚被翻过，摆放整齐的物件都被翻乱了。她的女士用品被准婆婆收拾虽说没什么不妥，但毕竟是女儿家的小隐私，心中便隐隐不快。偏偏这时，准婆婆竟然自作主张打开她的衣柜，指着满柜子的衣服叹气，一副衣服好买日子难过的表情。

“哎，我说闺女呀，这衣服多得放不下了呢，这得多少钱呢。”

“阿姨，我们单位要求严，着装必须整齐。我这衣服还算少的呢，我那些女同事，都是一天一套，一周五天，绝不重样儿，就这也不够，还得保证不跟别人撞衫，麻烦着呢。”乔小麦以为准婆婆嫌她花钱多，赶紧解释了几句。

不料准婆婆并不理她这茬儿，一门心思还在钱上：“我就寻思吧，你俩也不小了，也在一起过上了，你应该懂得居家过日子的艰难了，可没想到，这衣服还得天天换，那鞋子和包包要不要天天换？那又得多少钱呢？”

乔小麦有些吃不准了，自己明明已经解释过了，准婆婆还是认为自己花钱多,浪费,那就干脆闭嘴,等她唠叨完了,事情也就过去了。

好在准婆婆唠叨完了，人也出去了。乔小麦赶紧舒了一口气，庆幸这件事过去了。

可是，她完全低估了准婆婆。

吃晚饭时，准婆婆将这个问题抛在了餐桌上，在准公公和自己儿子面前完全不顾乔小麦的尴尬，再次重申了衣服的问题。

“小麦，今天大家都在，就算是开个小型家庭会议，说说你买衣服的事情。我知道，你们年轻人喜欢说什么自己赚钱自己花，可你想过没有，花钱容易挣钱难啊，今天一件这个明天一件那个，这样下去,挣再多也存不住。何况你们婚还没结,房子还没买呢,对不对？”准婆婆终于抛出了正题，这时候乔小麦才彻底明白，嫌自己花钱只是个引子，真正的问题在于房子。

按正常家庭的思维，谁家有儿子谁家买，跟女方有多大关系呢？难不成，要靠自己仨瓜俩枣地来挣这买房子的钱？乔小麦已经按压不住对准婆婆的不满，但又不便直接嚷出来，心里又气又痒，暗自恨着。都说儿子是妈的心尖肉，不能出口伤婆婆，那就让她尝尝心尖肉被人踹的滋味。

餐桌下，乔小麦用脚踹安家杰，很用力，希望他疼，希望他叫出声来，更希望他能帮自己说几句话。

可是，安家杰跟老王喝多了，还没醒酒，哪能这么快就明白她的意图，还以为她气极在私下给自己用刑呢，踢疼了，人一急，话就没那么讲究，竟然附和起自己的母亲来："对，妈说得对，乔小麦，你就是不自觉，天天买衣服，不会过日子，你再踢我，我也不会帮你说好话，就得有人来批评你！"

他的话把乔小麦差点气疯了，再狠狠地踢过去，安家杰疼得龇牙咧嘴，叫出来："你干什么？谋杀亲夫呀！使这么大劲儿，疼死人啦！"

乔小麦气极了，干脆自己给自己辩解："阿姨，我已经说过，买衣服是工作需要，我那些同事都穿名牌呢，我穿的不过是小牌子，多换几套衣服而已，你要是看见她们衣服上的价码一定会吓晕的，一件衣服上千还是小 case，我这只能算是小巫见大巫呢。再说了，我买衣服也是自己的钱，也没浪费别人的呀，对不对？至于买房子嘛，我没那个能力，这个还得靠安家杰，他是男人，得担这个责任。"

把皮球重新踢回去，乔小麦很得意。多年的职场经验告诉她，自己玩不转的就踢给对手玩，她倒要看看，准婆婆是怎样接这个球的。

乔小麦毕竟年轻，有句话是姜还是老的辣，何况准婆婆是见过一番风雨的人，三下五除二把球又给踢了回来。

"是，男人有责任养家。可我们怎么听说，你们年轻人现在都天天呼着喊着什么男女平等？既然男女平等，为什么男人的衣服永远比女人少？既然男女平等，为什么房子一定要男方买？当然，我不是为我儿子辩护，我只是想知道，你们年纪也都不小了，怎么就不能好好地过日子？小麦我问你，想好好过日子是不是需要精打细算？

老话说得好，吃不穷穿不穷，打算不到就受穷。像你们这样花钱无节制，别说买房子，真要有什么急事恐怕都拿不出一毛半分来！”

准婆婆的话让乔小麦心中委屈。从和安家杰相好的那天，她就知道安家的条件，她图的是什么？无非是最朴实的夫妻恩爱和公婆疼惜，现在想来，这想法岂是一个幼稚了得？简直可笑到无言以对！说什么好好过日子，自己何尝不是一直勤俭操持？有哪个女人像自己一样清水洗手？多少女人又跟自己一样进了厨房就是三五个菜一两个汤？哪个女人能像自己一样就算安家杰一无所有还是无怨无悔地跟着？这些事实，准婆婆看不到倒也罢了，让她抱怨至深的是，同为女人，准婆婆为何不能理解自己？

“钱是要攒的，但更是要赚的，只有赚得多了才能花得够。您只看到我这几件衣服，怎么就没出去看看别人是怎么生活的？知道网上最近流行什么说法吗？说幸福就是进了超市不用考虑价格，随便往篮子里划拉，想买啥就买啥。我知道，这种幸福我是享受不到了，我跟安家杰进一次超市，不是买油盐酱菜醋，就买毛巾牙刷，哪一样都是生活必需品，就连这样，买回来的东西也都是中低档，绝对不敢走高端路线。所以您说，我是那种不懂精打细算的人吗？我是那种乱花钱的人吗？要真说我哪里不对，那只能怪我赚得少，赚得少才觉得钱不够花，赚得少才买不起房子车子。”乔小麦一口气说完，又觉得不解恨，“当然了，安家杰要是能赚更多的钱，或许我也能感受到随意购物的幸福。”

乔小麦再次把矛头指向安家杰，准婆婆的面子挂不住了，安家杰也不愿意听，趁着酒劲站了起来，摆出一副要跟乔小麦谈判的架势。

“我说乔小麦，你这话里话外是嫌我妈批评你了，还是嫌我赚得少啊？有完没完？我妈唠叨你可以不听，干吗跟她老人家顶着干？我赚钱少你可以找赚钱多的去，都谈了两年恋爱，现在才说赚钱少，你早干吗去了？”

安家杰这话仿佛点燃乔小麦心头怒火的火种，本来她心里已经有星星点点的怒火，现在被这母子俩一刺激，气更是不打一处来，指着安家杰就撒了欢地埋怨：“安家杰，我不明不白地跟了你两年，青春也没了，好日子也没过上，别说房子车子，就连买几件破衣服都是用我自己的钱，你有什么资格埋怨我？我倒想问问你，究竟是怎么打算的？这婚还能不能结？这路还要不要走下去？”

“结什么结？不是说好了不结的吗？”安家杰确实喝多了，顺着乔小麦的话就说了下去，“是，我没房没车，可这些你不也是早就知道的吗？当初干什么去了？白天跟你商量得好好的，这婚不能结，你也同意了呀，现在又来指责我？”他这样一说，乔小麦倒没觉得有什么，安妈妈倒坐不住了。

“儿子，你刚刚说什么？你们白天商量好不结婚？这是什么意思？”安妈妈一急，心跳加速，“我还以为有眉目了呢，你们竟然……商量好了不结婚？一起来骗我？”

安妈妈心脏不好，眼见着呼吸不顺畅，安家杰的酒也醒了大半，意识到自己失言，赶紧上前解释：“不是的，妈，不是你想的那样，我跟小麦不是商量着不结婚，是我们俩找人算过，今年没有结婚的好日子，就连次日子都不吉利，妨碍多着呢，所以……所以你看，能不能明年再谈结婚这件事？”

“算过了？”安妈妈的心跳缓了过来，呼吸渐渐顺畅，“算命的真这样说的？我明明在老家算过才来的，说小年前后都是好日子。”

“哦，那是因为……那是因为你不知道小麦的生辰，我们是按生辰来算的，找的半仙可准了，好多人找他算，我们去的时候都排队呢，是不是，小麦？”清醒过来的安家杰此刻想起了乔小麦。

他不知道，乔小麦已经在刚刚的“战争”中完全被他打败，自然没有心情跟他统一战线。

安妈妈显然不信，因为乔小麦表情淡漠，完全不像算过命的样子。儿子结婚在她心里不仅是块心病，还是一件必须办的大事，所以她顾不得刚才和乔小麦的争执，上前拉过乔小麦的手，一个劲儿地问：“闺女，你们真去算过？今年就没有好日子？你可不能骗我，阿姨只相信你说的话。”

知子莫若母，安妈妈已经从儿子凌乱的叙述里听出了端倪，抱着最后的希望问乔小麦。

此时的乔小麦突然厌倦了谎言。婚姻是件多么美好的事情，可到了他们这里，却渐渐成为一种负担。老家相逼，恋情告急，她越来越讨厌这种生活，也不知道这种日子何时是个头。索性，乔小麦不理准婆婆，也不理安家杰，转身进了卧室。

就在乔小麦关上卧室门的同时，安妈妈一巴掌打到了儿子脸上！

这一巴掌打得突然，却坚定。但母亲毕竟是疼儿子的，在安家杰捂着脸的同时，安妈妈也爆发了，她边哭边数落自己的儿子：“你这个不肖子，我跟你爸千里迢迢来帮你们办婚事，没想到，你竟然骗我们，真是越长大越没出息，还学会撒谎了？让你们结婚还成一件错事了吗？真是不懂父母心啊……”

隔着卧室门，乔小麦都能听到准婆婆长一句短一句的哭声。她知道，这又将是一个不眠之夜。她料想到了，准婆婆不逼着他们结婚会誓不罢休。但是，她却忽略了安家杰的感受。

受尽母亲埋怨的安家杰对乔小麦产生了怨恨。他觉得，惹得母亲不高兴，惹得这个家不太平，全是乔小麦的过错。她答应配合自己演戏，到头来她却中场退出，让他一个人演，实在太不应该。

安家杰心里有气，不理乔小麦。可他不理对方，不等于对方也认同他的沉默。等准婆婆那边平息了，乔小麦揪着安家杰的耳朵，将他从床上拎了起来。

“先别睡，我们谈谈吧！”乔小麦冷淡地说。

安家杰却一脸不愿意：“明天还有个技术会议，我不能迟到。”

“就算是国务院开会，也不差你这一个代表。说，咱俩的事，你究竟是怎么打算的？”

“打算什么？不是说好不结婚吗？”

“让我就这样不明不白地跟你过下去？”

“那你说怎么办？”

“我要是知道怎么办，还用深更半夜跟你探讨吗？你瞧你妈那样子，好像不结婚都是我的过错，什么跟什么嘛，是你不想结婚，我配合你不结婚。这些话我真想跟她摊开了说，看她再怎么埋怨我……”说起准婆婆，乔小麦一肚子委屈。

安家杰却没有半点安慰她的意思，反而帮着母亲说话：“我倒觉得我妈说得对，你的衣服就是够多了，不是周末逛商店，就是平日玩网购，你一个月赚那点钱全买衣服了，再这样下去，买房子的钱连首付都攒不够，还结什么婚？”

乔小麦这会儿算听明白了，安家杰跟他母亲一样，也在埋怨自己没能力攒钱买房，心里的委屈再次放大：“怎么？没钱买房也成了我的错？”

“你就知道钱钱钱、房房房，有这闲心思，还不如研究一下怎么过日子！”安家杰恼了，“一听你提钱我就头痛，面包女！”骂完后，怕乔小麦跟自己纠缠，索性抱被子去了客厅。

关上门的那刻，乔小麦觉得自己的心都要碎了。这都是怎样的一家人？把什么过错都往自己身上推：不结婚是她的错，没钱买房还是她的错，连用自己赚的钱买件衣服都是大错特错……她甚至不敢想，真要结婚了，安家人会不会要求她连吃饭钱都省了。

这一夜，每个人都各怀心思。乔小麦睡不着，辗转到凌晨才算合了会儿眼。天刚蒙蒙亮，又被一阵闹铃给吵醒：“我是你的早起鸟儿，你不起呀我就叫，你不醒呀我还叫……”这音乐说熟悉不熟悉，说陌生又不陌生，总觉得在哪里听到过，细想才记起来，这不是跟安家杰有过暧昧的陈莱茜的风格吗？

乔小麦心里一惊，赶紧起身四下寻找。她发现安家杰的手机落在卧室，拿起来看，根本不是闹铃在响，是有人打电话进来。

手机屏上，陈莱茜的名字不停地跳跃着。乔小麦伸了几次手，却始终不敢碰，怕这一手指点下去，她和安家杰的世界从此变了样。

终于，电话不响了。乔小麦在心里长长地舒了一口气，庆幸自己没做傻事，尽管对于这个打来电话的人，她始终是怀疑的。

客厅里，安家杰还在睡；厨房里，准婆婆已经开始做早饭。想到昨晚自己的态度，乔小麦想去跟准婆婆道个歉。

进了厨房，乔小麦在心里打了无数遍草稿的话正要说出来，却被准婆婆抢了先：“起来啦？赶紧帮忙端出去，边吃边说事，我还有事跟你们商量。”

乔小麦嘴上答应着，心里却嘀咕，怕又是老生常谈，心里不停地想着如何拒绝准婆婆的再次逼婚。可让她想不到的是，当一家人齐齐整整地坐在餐桌前时，准婆婆说的却是另外一件事。

她要跟乔小麦借点钱。

准婆婆说："我今天要去医院查一下身体，带的钱不太够，想跟你们借一点先用用。"

乔小麦觉得查身体是正经事，这钱应该借，自己平时和安家杰积攒下来的钱一直存在自己名下，她迅速进卧室拿出卡来，把密码跟准婆婆说了，并随口说了一句："好好查查，钱够了，里面有小十万。"

准婆婆一听，立即美了。或许是为了感谢乔小麦的大方，立即给她碗里加了一个鸡蛋，乔小麦转手夹给安家杰，却发现对方不知何时钻进卧室，饭一口也没吃。想起他还有会要开，她赶紧起身上前提醒，到了卧室门口才发现，对方竟然把门反锁了。这让乔小麦大吃一惊，俯耳过去，隐约听到安家杰在给陈莱茜打电话："你的报表我来帮你做，有什么不懂的尽管问。"意图明显，还需再问吗？这一刻，乔小麦突然有些恨自己，早上那个电话应该接才是，直接告诉对方，安家杰是有女朋友的人。

机会失去，不会再来。乔小麦除了对安家杰表示抗议之外，再无他法。

所以，当安家杰开门出来时，乔小麦一不掩饰二不伪装，直接告诉他："我知道是谁打来的电话，你应该明着告诉她，你有女朋友，让她死了这份心！如果你觉得不好意思，我今天请假跟你一起去单位，一起找陈莱茜，我来说！"

“大早上的，闹什么闹？不就是同事之间打个电话吗？总这么没完没了的，有意思吗？”安家杰倒恼了。

乔小麦更恼：“我是没意思，可她有意思！她对你有意思！先是早上叫醒服务，早餐服务，接着又是会议服务，你们之间究竟还有多少服务是我不知道的？”

“胡说些什么！你能不能注意一下自己的形象？真是越来越像个泼妇！”

安家杰竟然骂乔小麦是泼妇，乔小麦的心凉了大半截。哪个女人不曾温柔过？哪个女人又愿意做泼妇？乔小麦想说自己之所以变成现在这样，完全是拜安家杰所赐。可安家杰连说话的机会都不给她，直接拿包出了门，一副怒气冲冲的样子，仿佛所有的错都在乔小麦。

他生气，乔小麦更气，这些气还只能自己咽下去。出家门的时候，她还试着对不放心的准婆婆微笑着道别，并嘱咐她好好看病，自然得如同什么也没发生，更亲切得像闺女一样孝顺。

乔小麦不傻，她深知自己是爱安家杰的，尽管对婚姻充满了恐惧，想办法推托，但安家杰得完完整整地属于自己才行。一旦有人来挖墙脚，准婆婆也不失为一枚有力抗敌的棋子，她现在需要的是同仇敌忾的战友，而不是对手。

只是，世上的事瞬息万变。那头安家杰和陈莱茜的事情还没弄个水落石出，这头准婆婆又跟乔小麦叫上板了。

本来，乔小麦想讨好一下安家二老，心情不爽也忍了，下了班奔菜市场买了鲜活的鱼和虾，准备晚上做个海鲜大餐，可到了家才发现，这安家二老比安家杰还可恶。

准婆婆的身体检查结果是良好，便把银行卡还给了乔小麦，嘴上还一个劲儿地感谢，这让乔小麦很受用。正做着饭时，远在云南旅游的阿眉打来电话，说自己卡上的活期存款全用光了，让她明天赶紧通过网银汇一笔钱过来，张嘴就要五万，说相中一只玉镯，不买回来不死心。乔小麦清楚自己的银行卡上总共有十万出头的存款，她不知道白天准婆婆用掉了多少，趁鱼还在锅里炖着，便开了电脑，进了网银，意外地发现银行卡空了，十万存款只剩了两百块钱的零头！

乔小麦心惊。第一个念头就是银行卡被人盗刷。可银行卡明明在自己手里攥着，怎么可能被盗刷？再看网银明细，确实有一笔转走了十万的记录。这让乔小麦坐不住了，直呼准婆婆赶紧过来。

“阿姨，这卡白天一直在您身上带着吗？你确定取钱的时候没被人盯上？”乔小麦着急万分。

准婆婆唯唯诺诺:“在，在我身上呢。”

“那你白天用了多少钱呀？我这里面可是十万多块，一下子全没了！”乔小麦彻底急晕了，“不是你刷掉的，那就是被人盗刷，得报警才行！我要报警！”边说边拿起手机想打110，被眼疾手快的准婆婆拦了下来。

“别，别报警，自家事，麻烦人家警察干吗？”准婆婆支支吾吾，说出来的话却令乔小麦有杀人的冲动，“是我转走了。我把家杰的身份证要了过来，跟你叔叔去银行把钱转存了一下。闺女，我没别的意思，就是想帮你们多存一点钱……”

办这张银行卡的时候，正是和安家杰感情甚好时，当初是乔小麦坚持用安家杰身份证去办的卡，然后由她持卡，表面上属于两人共同执掌，现在看来，还是安家杰得了便宜。可是，乔小麦怎么想也想不通，准婆婆为什么非要转存？难道是想逼着自己跟安家杰分手又怕自己的儿子在财产上有损失吗？

如果是这样，她还真有杀人的冲动。卡里的钱一家一半，也有她的份儿，凭什么说转存就转存？

“为什么？给我一个理由！”乔小麦连称呼都省了，只觉得心里往外冒寒气。

准婆婆清了清嗓子，倒是一脸坦然：“你放心，这钱我们不会动一分，真就是为你们存着，哪天你们要买房子，我们就一下子全拿出来，不，再给你们添上点儿。”

“不就是存钱吗？谁存不一样？”乔小麦不相信。

“是谁存都一样，可存在你那里，我怕你又控制不住买衣服去了。”准婆婆倒不客气，一针见血，“你也别有意见，我这是没把你当外人，替你攒钱过日子呢，早晚都是你的。”

鸠占鹊巢，却反过来邀功，这招怕也只有安家老太太才使得出来，这种段位是乔小麦没见识过的，也战胜不了的。“不可理喻”四个字涌上大脑，乔小麦突然觉得，自己完全是在鸡同鸭讲，已经完全不知该如何沟通，只好喊来还在客厅等着开饭的安家杰。等安家杰一过来，乔小麦二话不说扯住他的衣领，直接将他拎进了卧室。

“安家杰，你说，你妈这是什么意思？来给我们当家做主吗？她也太过分了吧？我好心好意出钱让她去看病，她倒好，拿上钱直接存进自己的户头里，明抢豪夺吗？也太欺负人了！”乔小麦越说越气，“我不答应，说什么也不答应，你给我把钱要回来！那可是我辛辛苦苦攒了这么多年攒出来的！”

安家杰站在原地不动，或许他也意识到了，这件事对乔小麦来说有些难以接受。

乔小麦的叫嚣远没停止，见安家杰不动，火气更旺：“你去，把钱要回来，要不回来，我就跟你分手！”

说到分手，两人都愣了。这不是乔小麦第一次说分手，却是最愤怒的一次。以往说到分手，安家杰要么不回应，要么好言相劝，可这一次，他的态度也变了，表情淡漠，甚至还带着不悦：“分手分手，你除了说分手还会干什么？我父母都说了，替咱们存着，将来还是你的钱，你急什么？动不动就提分手，哪次还真分了不成？收起你的脏话吧，我父母还在外面听着呢，别再惹他们不高兴了！”

“他们不高兴？那我呢？我的钱让人白白取走了，我应该高兴吗？我能高兴吗？安家杰，你有点良心好不好？是你父母错了，不是我错了，凭什么这样对我？你们这是一家什么人呀？合起伙来欺负我！哦，对了，你早上那个电话还没说明白呢，现在晚上你妈又取走我的钱，怎么？预谋好了是不是？早就预谋想把我甩了是不是？”乔小麦一连串的问题让安家杰难以招架，这时又听到门外传来母亲的叫唤，问他们是不是在吵架，有话出来说。这更加惹恼了乔小麦，索性扯着嗓门隔空喊话：“钱都没了，就不能让人发几句牢骚？这日子我还不过了呢！”说完，随手扔一只枕头到安家杰身上，“你跟那个陈莱茜过去吧！”

安家杰抱着枕头，左不是，右也不是。这时，安妈妈开门进来，见两人闹成这样，赶紧劝：“小麦，要是你不愿意我把钱存起来，我就再取出来给你，别跟我儿子闹脾气，他这几天都累瘦了。”

“瘦瘦瘦，你儿子瘦了，那是闹出轨闹的！”乔小麦总是这样，直脾气，压不住火，把安家杰跟陈莱茜的事挑了出来，这让安家杰在母亲面前丢了面子，又莫名其妙地被扣上出轨的帽子，他不愿意了。

“乔小麦，你也太过分了！有你这样跟老人说话的吗？总提陈莱茜，我看你跟她相比就是差得远，你这素质差得远呢！”

“她好你找她去呀！分手！我跟你分手！”乔小麦气疯了，嚷到嗓子疼。

安家杰也不管不顾，冲着她嚷：“分就分！谁不分谁就是王八蛋！”

（五）一个人的婚前旅行

安家人在乔小麦眼里十足不可理喻。自己的一番好心，反被他们加以利用，拿走准媳妇的钱备彩礼，这种事也只有安妈妈才干得出来。乔小麦在心里不止一次地嘲弄自己，当初怎么就没瞧出这个准婆婆不是一善茬儿。现在说什么都晚了，就连安家杰也站到了他母亲那边。不仅如此，他还在外面有了备胎，这对乔小麦来说，是一个特别大的威胁——分手的威胁。

其实，真说到分手，乔小麦还是有几分顾忌的。毕竟周围朋友都知道她有一个同居了两年的男朋友。这同居二字做出来容易，说出来就没那么好听了，真能走进婚姻也无非多了个试婚的帽子，有婚姻垫底，早晚能摘掉；要是同居又分了手，失去婚姻这层面纱，从此之后这段日子就只能讳莫如深了。

毕竟是女人，清白总是最好的嫁妆。

所以，乔小麦每次提分手，都只是空喊一通，等气消了，安家杰哄着自己，一切也就不再提。

这次显然不一样。安家杰的心就要变了，准婆婆的脸已经变了，她不知道这条路还能走多久，是不是还能坚持走下去。

晚上的菜一口也没进乔小麦的肚子，尽管准婆婆以忏悔的姿态把鱼端进了卧室，但乔小麦一见到她，就仿佛看到自己那无家可归的十万块钱，白花花的银子就这样落进了她的口袋，心还真是不甘。她才不信什么结婚再返回来，如果安家杰娶的不是自己呢？

不言而喻，一切都是准婆婆的借口。她还真是个聪明的对手，为自己的儿子谋后路。娶了乔小麦，添几分钱当彩礼，一点也不亏；不娶乔小麦，倒更是赚了，一分钱不用出，还把乔小麦多年的私房钱给捞走了。

这准婆婆，乔小麦恨得真想咬她几口。可是，咬她显然不可能，也不敢，只好把不满通通撒到鱼身上。准婆婆把鱼的下半部分全端了进来，乔小麦也不客气，左一口，右一口，咬完了再吐进盘子里，说一声“太腥，倒了吧”，便再不肯多吐半个字。愣是把怕糟蹋粮食的准婆婆心疼得直掉泪，说：“这么贵的鱼，就啃两口……”听得乔小麦十分解气。

解气只是暂时的，如何把十万块钱收回囊中才是让她头疼的事。准婆婆尽管说可以再给她取出来，安家杰却自作主张推了回去，明着告诉乔小麦：“别惹我妈生气，谁存都是存，倒那么多手干什么，耽误了利息钱。”听听，这就是自己深爱多年的男人，乔小麦突然意识到，自己想咬的那个人其实是安家杰。

回想准婆婆来的这些天，每次有争执，安家杰总是偏向自己的父母，不论对错。准婆婆说身体不好，他就当真，求自己跟他结婚；准婆婆身体没事了，他又怕刺激到她，想着法子求自己跟他一起撒谎；

准婆婆取钱存钱明显就是欺负自己，可他还义正词严地告诫她，不要惹他母亲生气。

乔小麦突然记起一句话：过于听从母亲话的男人，坚决不能嫁。

起初她以为，这样的男人没底气，没主意，现在看来正好相反，这种男人太有底气，太有主意，不过这些底气跟主意是冲着自己媳妇来的，处处依着母亲，处处跟媳妇作对。这样的男人还真嫁不得。

乔小麦在心里又叹了一口气，就觉得有根鱼刺一样的东西卡在喉咙里，咽不下去，吐不出来，郁闷得很。如果安家杰在身边，她还可以任性地揪起他的耳朵或打或骂，管他听还是不听，受还是不受。可是这次，自从发生争吵之后，安家杰就跟父母挤在客厅睡，晚上从未回过房。

乔小麦当然不可能拉下脸来求他回房，她也不希望他回房，回来面对面还是一样要吵要闹，她已经厌倦了这种无休止的争执。

睡不着，夜半三更，爬起来上网，乔小麦的心思却不在网上。不一会儿，阿眉的QQ跳动着闪了起来，乔小麦仿佛见着亲人一样，急切地跟对方诉说自己的委屈。这下阿眉听清楚了，原来钱不到账不是乔小麦不仗义，而是她被人算计了。好一通安慰，还是没使乔小麦走出郁闷，阿眉情急之下劝她：“不如，你也来一场单独旅行吧，一个人的婚前旅行，这样，可以想明白很多事。比如我，一个人在云南游荡了这么多天，真的感觉到有个人牵挂自己是件幸福的事，现在的我跟以前的我完全不一样，像重生了一样。”

“那你现在是想结婚还是依然恐婚？”乔小麦问。

“当然是想结婚！只有出门在外才能感受到家的温暖。婚前旅行还真是一味良药，让我明白了女人还是需要一个家，需要一段婚姻。”

听阿眉娓娓道来，乔小麦对婚姻从一度的凌乱竟变得有了几分向往。都说距离产生美，或许离开这个是非之地，才能看清楚自己和安家杰究竟哪里出了错。想到安家杰，她突然觉得，两个人有矛盾，错肯定不在其中一方，双方都是有错的。她也想来一场旅行，就像阿眉说的那样，在孤单中感受爱，在孤独中看透自己。

主意打定，乔小麦就想跟安家杰好好谈谈，怕在家里说不了几句，又得当着安家二老的面吵起来，便约了对方下班后去咖啡馆谈。起初，安家杰觉得这是浪费，可乔小麦却坚持："我想谈点关于咱俩未来的事，你难道不想听吗？"

安家杰不敢不听。其实他也知道上次存钱的事是自己老妈的不对，可乔小麦过于强势，半点面子不给他留，他才忍不住跟她争执。他也想趁机跟乔小麦道个歉。

两人一落座，表情都比在家里柔和很多。乔小麦在心里笑了，都说婚姻是两个家庭之间的事，其实只要两个人心里还有彼此，就没什么过不去的坎儿。就如同眼前的安家杰，在来之前他怕花两杯咖啡钱，说明他心里还是有那个"家"的，自己一坚持他终于肯来，说明他还是在乎自己的。如此一想，心情便豁然开朗。

"谢谢你能来。"乔小麦突然客套起来。

安家杰倒有些不适应了，两人之间已经熟络到连称呼名字都省了，乔小麦如此客气，倒让他坐立不安："呵呵，咱俩也应该好好谈谈了。"

"是。简单地说，这些天我确实有做得不妥的地方。比如，对你妈不够孝顺，对你管束太多，这些……我道歉。"乔小麦说出道歉二字时，明显停顿了，记忆中，这还是她为数不多的道歉。

安家杰很受用。本就是典型的东北大老爷们，宁被女人哄着也不愿被女人扯着，他深知自己宽容度不够，真诚地说："不，我妈那人脾气直，有些事也不能全怪你。还有我，我一直想跟你解释，其实我和陈莱茜真没什么事，就是同事关系，你误会了。"

"如果是误会，解开最好。"乔小麦轻轻一笑，"我今天谈的还不是这些事。"

"还有别的事？"安家杰不明所以，"什么事？"

"阿眉去云南旅行，一个人，而且是婚前旅行，因为她也不清楚究竟是不是喜欢那个追求她的男人。你也知道，阿眉那人感情路走得多了，对爱情很难再相信，可昨天晚上跟她聊天时，我发现她变了，这一次旅行让她相信了爱情。我不知道这一路上她遇到多少事才想明白了这些，但我知道，一个人的旅行很孤独，孤独容易让人想明白很多事，所以我想，不如趁我们还没结婚，也各自来一场婚前旅行吧。你走你的路线，我走我的路线，可能经历不同，心境就会不同。但我们一定要在旅途中弄明白，究竟是不是还爱着对方，还有没有勇气回来再牵彼此的手，好不好？"乔小麦一口气说完，竟满脸向往，"我希望你能同意。"

安家杰听得入神，也觉得有道理，但他吃不准乔小麦究竟想做什么："你真的想去旅行？还要一个人？你不怕迷路？"

"我可以跟团，也可以跟驴友一起，不会迷路，但我怕自己的心会。"乔小麦故意逗他，"如果我回来了，一定会嫁给你；如果我不回来，说明我爱上别人了，也不值得你再等。同样，你也是如此。"

"你……什么意思？"安家杰不知道乔小麦的葫芦里究竟藏着什么药。

乔小麦索性打开天窗说亮话：“我觉得，我们之间的感情需要重新衡量。一场单独旅行，能让我们想明白很多事，而且我们之间必须做出个决断。我们都害怕结婚，又都不想离开。家杰，我们之间的感情是有问题的，你不觉得需要重新思考重新整理吗？所以，我们需要好好想想去或留。”

“一定要单独旅行才想得明白吗？”

“一个人单独旅行，毫无目的，不知自己要去哪里，随心而定，随心而动，看起来浪漫自由，其实往深里去想，那是一种孤独的美。灵魂是自由的，心灵却是孤单的，就如同一个人在黑夜的海面上航行，要去哪里，要做什么，身体是无能为力的，但心灵对方向却是有认知的。这份认知就是我们想要寻找的答案。家杰，一个人的婚前旅行是有魔力的，阿眉已经实践过，我们也应该试试，尽早给彼此一个想要的结果。”

安家杰不置可否：“没经历的事，谁会知道结果？”

“那么，就让我们各自旅行一次吧，当经历也好，当考验也罢，只要不再像现在这样迷惘，一切就是值得的，对不对？”乔小麦再加诱导，“而且我们的生活一成不变，早就没了激情，说不定你还能在路上有艳遇哦。”

知道是玩笑，安家杰配合地笑了笑：“那我考虑一下。”

“不要考虑，我要你答应。”乔小麦坚持道，“我已经请了年假，我知道，你今年年假也没休，本来想春节攒着一起休的，现在你父母来了，也见过了，所以，就放下一切，勇敢地出发吧！”

“我父母还在这儿呢，要不要跟他们商量一下？”安家杰还是有点犹豫。

乔小麦鼓励他："他们在更好，帮咱们看着门，回来时再给他们带点礼物，岂不两全其美？这可真是天时地利人和，预想不到的好时机啊！"

"这倒是。"

"如果你还爱我，那就同意我这个请求吧；如果你不再爱我，也请你同意。"

"为什么？"

"不爱一个人，也总得给她一个不爱的理由。这个理由只有心静下来的时候，你才能想到。"乔小麦说这番话的时候，声音略带疲惫，"更何况，我们也真的需要好好想想了。"

安家杰似乎被说动了，不停地转着手里的咖啡杯。

乔小麦再追问："你不说话，就当你同意了！"

第四章

旅行的意义，原来是坐在你旁边的那个人

婚姻如履，内在的舒服比外在的美观更为重要，就好比旅途中的风景，美与不美，眼睛比耳朵更有发言权。最有意思的当属坐在你身边的那个陌生的同行者，他是微笑的，你的旅途就是轻松的，如果再有那么一点年轻和帅气，那么恭喜你，这场旅行已经成功了一大半。

（一）乔小麦的婚前旅行开始了

安家杰最后还是答应了。

其实，在乔小麦游说他时，他的心也一直在扑腾。这几天接连发生的事情，也让他有些迷惘，自己和乔小麦之间的矛盾越积越深，他也知道，过错各一半。两人之间的事情，一个巴掌拍不响。也不是没想过结婚，可一想到结婚，压力莫名袭来，又觉得身心俱疲。他心里明白，如果说先前是生活的压力让他对婚姻望而却步，那么近来乔小麦和他之间的分歧也令他不敢走进婚姻。他不知道天下的女人是不是都是如此，离得远时温婉可爱，靠得近了，别说脸上的小雀斑，连深藏在某处的小任性小脾气都瞧得一清二楚。他害怕，

害怕跟乔小麦无休止的争执，害怕这种争执延伸进婚姻，没完没了。

所以，乔小麦说到婚前旅行的时候，安家杰也心动了。一来，可以趁机想明白两人的情感归处；二来，他觉得自己也的确需要休个长假，每天挤在格子间里，心情紧张到极致。男人年龄越大对工作越认真，越认真越怕被上司批评，更怕随时而来的辞退，心就一直揪着。现在有点累了，突然就想放下这个包袱，好好地让自己洒脱一次。尽管递交休假报告遇到了一些质疑，但上司还是批了假期，因为安家杰表示，春节他可以值班，这就解决了上司人员安排的一个大难题。

有了安家杰的肯定答复，乔小麦的心情立即轻松下来。相较于安家杰，她所在的公司虽然收入少，但假期多，而且上司极好说话，年假随时可以休。她三下五除二就把假请好了，一个人开始打包行李。

在阿眉的指导下，乔小麦开始了旅行的前期准备，先是采买，跑到批发市场买了一个大旅行箱，因为阿眉说："女人就算在外面旅行，也不要把自己弄得灰头土脸，要准备足够换洗的衣服，保证整个旅途中的你是漂亮无敌的，女人只有漂亮了，行走在街上才会成为别人眼中的风景。"

乔小麦笑话阿眉："我是去看风景的，又不是去给别人看的，有什么可打扮的？"

阿眉继续教导她："一个标准的极品女人，要懂得享受自己眼中的风景，更要懂得做别人眼中不可替代的风景。你想想，如果你在安家杰眼中是独一无二的风景，他还会恐婚吗？还会拿这个那个的理由来搪塞结婚这件事吗？我敢说，安家杰虽然爱你，但还没爱到你是唯一的程度。所以，你除了做好他随时有备胎的准备，还要努力让自己恢复单身时的状态。”

乔小麦不明白什么叫单身时的状态，自己现在还没嫁人呢，不是单身是什么？

隔着电脑屏幕，阿眉笑得花枝乱颤：“哈哈哈……单身女人不一定都有单身状态，有些女人明明结婚了，却依然活得很自我，很独立，比单身女人还有魅力；而有些女人明明没嫁人，甚至连个男朋友都没有，就是没有男人追求，为什么？因为她邋遢、迂腐，没一点女人样儿！”

“你的意思是说我现在邋遢、迂腐？”乔小麦不可置信地将自己上下打量一遍，身材虽说没有阿眉那么好，至少也是肥瘦适宜，脸蛋虽说有了熟龄的痕迹，可也并非沟渠纵横，怎么就成了邋遢？如果说个性迂腐，她觉得说“唠叨”更适合自己。这一点阿眉不了解，她没有同居的经历，不懂得男人有多么小孩子气，连吃饭这种小事都要呼喊上三五遍才听得到，换洗衣服更要三令五申才肯照办，遇到这样的男人，女人怎么可能不唠叨？每天活得像部复读机一样，难道自己就不嫌累么？阿眉的不理解倒也可以理解。

好在阿眉没有跟她再纠缠这个问题，转而跟她讲旅途中应该注意的事项：“如果你想达到自由得想要飞的那种境界，那就找好目的地，一个人背包走天下，爱去哪去哪，喜欢做什么就做什么，反正到陌生的城市没有人认识你；如果你想安全稳妥一些，那就报个团旅行，跟团走虽然时间安排上会紧一些，但至少有导游照顾，如果再遇上一个不错的旅友，那你的旅途就十全十美啦！”

“我这婚事还不知何去何从呢，哪来的心思想什么旅友！”乔小麦反驳道。

“婚姻如履，内在的舒服比外在的美观更为重要，就好比旅途中的风景，美与不美，眼睛比耳朵更有发言权。最有意思的当属坐在你身边的那个陌生的同行者，他是微笑的，你的旅途就是轻松的，如果再有那么一点年轻和帅气，那么恭喜你，这场旅行已经成功了一大半。”阿眉调笑着告诉她。

乔小麦却不以为然。她心里一边纠结着该去哪个城市，一边算计着是独自旅行还是跟团走，哪一样更省钱。她想去看海，又想去爬山，觉得这两样在冬季好像都不太适合，还是南方的气候更宜人一些，于是就查起了杭州的旅游线路。查来查去，她觉得一个人去的成本实在太高，吃住玩行，哪一样都要算计，头疼得很，索性报了一家旅行社，对方称明天下午就有团出发。如果走苏杭线，行程正好一个礼拜，因为是节前最后一次发团，费用特别优惠。这让乔小麦动了心，立即在网上下了订单。

安排好行程之后，乔小麦开始大肆购买旅行用品，从洗漱用品到运动装备，最后又到超市买齐了吃喝。满满两大兜东西，细算下来，也是一笔不小的费用。看她这般采购，安家杰笑话她是逃难的难民，乔小麦笑着说，将来他也是这般模样。

两人这样调侃着，倒多了几分亲切。不知是乔小麦即将到来的远行让安家杰生出不舍，还是安家杰忙前忙后帮自己整理行装让乔小麦感动了，那天晚上，两人竟然琴瑟和鸣地有了一次高质量的性爱。这是安家二老来了之后，两人的第一次亲密互动，安家杰竟然激动得手都在颤抖。乔小麦想笑话他，又羞涩万分。这种感觉只有在两人的初夜才有，现在竟然因为一次即将到来的小离别变得趣味盎然。两人难舍难分，乔小麦呻吟连连，惹得安家杰几次伸手捂她的嘴，示意门外还有两双耳朵。乔小麦的心瞬间又沸腾了，反过身来抱住安家杰，声音更是一浪高过一浪："怕什么，这是我们的小家，再说，你爸你妈还有偷听墙根的习惯不成？"安家杰拿她没办法，吻痕渐次成花，他已经沉沦得不成样子，哪里还顾得上隔墙有耳？

此刻，安家二老倒没有贴墙而立，而是关在自己屋里密谋。

安妈妈看到乔小麦一直不停地进出采购，从衣服到吃食，几乎面面俱到。她想问，又怕问了招人烦，前几天的事大家心里都有疙瘩，她这个准婆婆也知道多管闲事招人嫌，可不问，这心里又起起伏伏的，怕乔小麦真的离家出走。

"老头子，你说，那闺女在想什么呢？又是吃的又是穿的，该不会是想离开这里吧？"安妈妈一脸担忧，"是不是我哪句话说得重了，惹她不高兴？一整天只见她进进出出的，就是一句话也不跟我说，让人担心。"

安爸爸为人随和，在老伴跟准儿媳为结婚起争执时，他不止一次劝过，年轻人的事由他们自己做主，想到老伴身体确实不佳，又怕有个闪失再闹出遗憾的事，所以就随老伴去跟两个年轻人起争执。这几天看准儿媳确实有点反常，他也不是不担心，但更令他担心的还是老伴的身体，毕竟是少来夫妻老来伴。

"你呀，就是想多了，做多了，说多了，何必呢？自个儿的身体最重要，为他们操心得操到什么时候？再说了，家杰眼见着就到了三十而立的年纪，他有自己的主意，你就是操心也是瞎操心。"

安爸爸的话不无道理，安妈妈也不是不明白。可怜天下父母心，她只是希望自己儿子早一天成家立业，自己能早一天抱上孙子，就嘟囔道："我不是想趁身体好帮他们看看孩子吗？"

“现在的年轻人，别说他们不想结婚，就是结了婚，也未必想生孩子，你这心操的……唉，还是注意自己的身体吧。”

“可是老头子，我就是想问问，那闺女究竟想干吗？买那么多东西，她想去哪儿？”

“去哪儿咱也管不着，人家有人家的自由。”

“那怎么成？怎么说也是快结婚的人，还是一个女人家，哪有什么自由！”安妈妈一听就急了，“不行，我得找她谈谈去。”

“行了吧，都几点了，还谈什么？人家都睡下了。”安爸爸想阻止，却快不过安妈妈的行动速度，他的手还没来得及伸出，安妈妈已经冲出了屋。

此时，屋里的乔小麦和安家杰正抱在一起畅想充满未知的旅途，安妈妈已经敲起了房门。两人赶紧起身，穿衣，再匆匆开门，浪漫温馨顷刻被打破。

进到屋里，安妈妈几乎气还没喘匀，盯着乔小麦放在屋内的两只满当当的袋子，毫不客气地发问：“小麦，你说说，你这是做什么？”

乔小麦没想到大半夜准婆婆敲门竟然是来兴师问罪的。

其实，她是想过跟准婆婆商量出行计划的，又怕对方寻根究底，索性什么也不说。甚至，当她拎着大包小包的东西进门，看着准婆婆一脸狐疑得不到解答而焦急万分的样子时，她心里还有那么一丝小窃喜，觉得这也是一种报复。就是不告诉她，让她急，让她猜，让她晚上睡不着觉。报复的小快感一过，却忘了准婆婆是快言快语、心里不愿意藏事的人，此刻闯进门来兴师问罪，倒让她不知所措。

“我没做什么呀，就是买点东西，这个……也不允许吗？”心里还是有些许不满的，毕竟是大半夜，准婆婆如此问罪，让乔小麦更坚定了逃离的念头。

准婆婆不依不饶。“你瞧瞧，你买的不是吃的就是穿的，这一堆一堆的，用得上吗？”边说边打开乔小麦面前的大包小包，从火腿肠到矿泉水，再从运动服到运动鞋，准婆婆是越看越不明白，“这些东西你上班用得上吗？”

乔小麦点头，却不愿意多语，看得出她十分不悦。

安家杰这次没有做旁观者，他也感觉到母亲深更半夜闯进房里来有些不礼貌，又觉得说不得，只好替乔小麦道出了实话：“妈，小麦休年假，想去旅行，所以就买了点旅行用的东西，时间紧了些，她还没来得及跟你说。”

“旅行？大冬天的，还想着旅行？”安妈妈十分不解，“不上班了？”

安家杰只好解释：“我们现在都有年假，十天小半个月都可以休息。”

“那也应该提前跟我说一声不是？这啥时走，又啥时回？”准婆婆不放心地看了看乔小麦，“闺女，你啥时回来？”

乔小麦耸耸肩，故意逗她：“早了一个礼拜，晚了就不知道了。”

“这……”准婆婆更加不放心，“什么早了晚了，难不成还会不回来？”

“那说不定。”乔小麦再也憋不住，扑哧一声笑了出来。

安家杰知道，她是故意在逗自己的母亲，赶紧帮她打圆场：“好了，妈，小麦逗你的，一个礼拜就回来了。你别操心了，这么晚了，赶紧睡吧，我们也该休息了。”

安妈妈依然不放心，走了两步，又回头叮嘱乔小麦：“那什么时候走呀？走的时候我给你包饺子，圆圆满满地走，圆圆满满地回来。”

这话倒是把乔小麦小小地感动了一下，终于说了句："明天下午出发。"

准婆婆前脚离开，乔小麦紧跟着上前一步锁了门，回头冲安家杰吐舌头："你妈可真有意思！这大半夜的，折腾人！"

安家杰这次没有附和她，反过来责备她："你也是的，这么大的事不跟我妈提前说，让她担这个心，这是你不对。"

乔小麦倒不生气，她的心已经随着旅行团提前出发了，如诗如画的苏杭美景早就进了她的梦乡。她心情大好，自然不跟安家杰计较，转身脱了衣服，沉沉睡去。

让乔小麦想不到的是，第二天早上一起来，就被准婆婆感动得满满的，一桌子都是她喜欢吃的，从全麦面包到温热的牛奶，还有煎饺和营养细面。看看时间，不过早上七点，小麦不知道准婆婆是几点起来做这些的，但能想象到她在这个大冬天的早上是怎样忙活的。

"阿姨，这么丰盛的早饭，辛苦你了。"乔小麦是个容易感动的女子，声音带着感激的颤音。

准婆婆笑得像这初晨的阳光，连声音都透亮透亮的："不辛苦，应该的，吃饱了出去玩不会太想家，好好玩，呵呵。"

这样一说，更让乔小麦感动了，想到自己昨晚还跟她闹脾气，赶紧道歉："昨天我不是故意不告诉您，只是太晚了，所以才没说……您别介意啊？"

准婆婆依然笑得爽朗："我没啥，你和家杰商量好了就成。"

这更让乔小麦觉自己不应该那么小气，带着满心的愧疚，吃完早点主动刷了碗，还帮准婆婆倒了一杯红茶。准婆婆握着那杯茶，笑得无比亲切，一个劲儿地嘱咐她外出要注意安全，连说了两遍，还觉得不放心，再叮嘱她：“有事一定给家里打电话，一个女孩子在外面可别让人欺负了！”

乔小麦想笑，却觉得眼角有温湿的东西溢出来，她急忙抹了一把，顺从地点了点头。

准婆婆笑得更开心了，莫名地看着她笑。乔小麦的心就温软起来，感觉像第一次见到准婆婆一样，亲切，爽朗，自然。这个清晨气氛变得温馨动人，惹得乔小麦有些舍不得离开这个家。

再不舍，还是要出发的。安家杰送乔小麦到旅行社集合点，一路上他也唠叨得不成样子，让乔小麦觉得自己不是外出旅行，仿佛是上战场似的。听了一遍又一遍的嘱咐，乔小麦心里却蜜一样甜，感觉安家杰对自己还是在乎的，甚至在上车那刻，忍不住转身轻轻拥抱了安家杰。

这个拥抱让两人都产生了深深的依恋。带着对安家杰和家的留恋，乔小麦一个人的婚前旅行开始了。

（二）恐惧再婚的邻座男人

这是乔小麦第一次单独外出旅行。

旅行团为了节省成本，全程以车代步，从所在城市到杭州，需要半天一夜，这对乔小麦来说，是种无尽的折磨，因为从上车的那刻起，她就有些后悔。满车的人，不是三两为伴，就是一对对情侣在咬耳朵，而她却落单了，就连她旁边的座位都是空的。看着那个空座位，乔小麦有一种想哭的感觉，自己这是犯得哪门子浑？说单独旅行就单独旅行，根本没考虑孤单有多可怕。

给安家杰发信息，告诉他车开动了。安家杰回复得很快："一个人要小心，别什么人都搭理，路上要看风景也要防骗子。"一条短信就把乔小麦逗乐了，有多久两人不曾这样短信联系过。在一起时，无非就是拿起电话就打，三两句说完，或者发个短信问对方什么时候回，要吃什么，如此而已。

乔小麦回复安家杰："一上路就感觉到了孤单，这孤单让我害怕。"

安家杰的安慰短信无比妥帖："旅途孤单不可怕，可怕的是一个人心灵的孤单，不要怕，我在。"

乔小麦笑着，却想哭，心里不知怎地就怪起阿眉来，谁说安家杰不爱自己了？这样的甜言蜜语，如果不爱，谁能说得出来？当然，车在路上，人在途中，想反悔已经晚了，只好边走边看。

车行至中转站的时候，有十分钟休息时间，众人下车方便，乔小麦也想下去，又怕自己的行李被人调包，想了想，把随身包塞到邻座底下，反正没人跟她抢，她有这个方便。再上车却发生了让她意想不到的事情。

包没了。

那里面除了两套衣服，还有藏在衣服里的数码相机。

乔小麦立刻就急了，高声喊导游，说自己丢了东西。导游一脸无辜地告诉她："旅行条款里写着个人财物个人负责，你怎么这么不小心？"

一句话问得乔小麦差没跳起来骂娘："你这是什么服务态度？信不信我投诉你？"

导游不跟她一般见识，反过来安慰道："你丢东西我们大家都同情，但你这么大的人了，怎么就不能好好看着自己的东西呢？”

“我一个人要方便，还要带着包吗？我要是有人看包，还用得着你来指教吗？”乔小麦气得想下车，这场旅行让她很不愉快。

导游被骂，心里不悦，还想跟她辩解，被其他乘客拉开了。乔小麦也被邻座劝住。战争是平息了，可乔小麦心头的怒火远没平息，衣服丢了无所谓，相机可是进口货，还是当初跟安家杰攒了两个月的钱才买下来的，有价值还有意义，她舍不得。给安家杰发信息时，就差没哭出来，她告诉他：“这场折腾，我受够了！”

只一个转瞬，旅行成了折腾，安家杰劝她：“顺其自然吧。”乔小麦看了就委屈，如果事事都顺其自然就好，那为什么不能结婚，非要这样一番折腾？

心情不爽，再看车窗外的风景，竟满目萧瑟，连自己的座位旁边何时有了新乘客都不记得了，直到对方坐下来，伸脚进去，探出车座底下好像有东西，指着问她：“小姐，这是你的东西吗？”乔小麦这才看到，自己的包正完好地在对方手里呢，心一喜，抢过来，点点头，不知说什么才好。

“这种旅行车车座高，座位底下空隙大，这包差点被你塞到后面车座，你力气可真大，呵呵。”对方笑得爽朗，乔小麦的心情也随之大好。一种失而复得的小幸福瞬间蔓延，她一遍又一遍地跟对方说谢谢。

有了这样一个小插曲，两人很快熟悉起来。当乔小麦听说对方也是单独出来旅行时，不禁又多了一层朦胧的亲切感。旅途中的人总是需要有朋友支撑的，她强烈地感觉到，自己需要这个朋友。

“在家千日好，出门半日难。我看这车里的人都有伴，除了你我，不如咱们也相互帮助一下吧。”男人看着乔小麦笑，他身上那种成熟男人的儒雅让乔小麦很受用，自然答应。

有了邻座男人的加入，乔小麦的旅途立刻轻松起来。车再进服务区时，不管是谁下车，总有一个在车上看东西，尽管男人一再说不需要，乔小麦却坚持："我还是不相信别人。"说完又觉得不妥，再加一句："除了你。"一句话把男人逗得大笑，脸上的皱纹像半秋的菊花。乔小麦看了他一眼，迅速在心里揣测："是个中年人了吧。"

也许是她不懂得掩饰，邻座男人竟然猜出了她的心思，主动介绍起自己："我叫汪嘉正，四十二岁，做贸易，一个人出来看看风景，也考察一下市场。"

"乔小麦，小公司职员，休年假，一个人出来玩的。"乔小麦显然没说真话，但她知道，路上相识的人，有什么真话可讲，更何况，安家杰的短信不停地告诉她，不要和陌生人说话。

汪嘉正一脸沧桑，却透着真诚："这么大冷天一个人出来旅行，也真是够勇敢的。"

"你不也一样？"乔小麦反诘。她知道，一个有着事业有点年龄的中年男人，中途跳上旅行车，也绝对不像他说的那样简单。

汪嘉正没回答，两人就此沉默。这种出于礼貌的沉默，让两人心知肚明，他人事，莫问莫理，红尘中哪个人没点烦心事？

车行至中点城市，正值晚上，天冷，导游建议大家下车去吃点热东西暖胃，因为接下来还有一整夜的夜车。汪嘉正提出请乔小麦去吃小火锅，乔小麦希望AA制，汪嘉正立即笑了，说："看不出，你跟别的女人还真不一样。"

乔小麦一字一顿地告诉他："你跟别的男人也不一样。"

“哪里不一样？”

“你肯请我这个陌生人吃火锅，说明你比别的男人大方啊！呵呵……”乔小麦此话一出，两人同时笑了。说笑间，一个小火锅就入了胃，一顿饭拉近了两人的距离。时间尚早，两人围着火锅又聊了一会儿，乔小麦不停地接到安家杰的短信，知道他也快上路了，要去的城市是青岛，他说那里有吃不完的海鲜。乔小麦回复他，吃死你。然后自己咯咯地乐了，这一乐，让汪嘉正明白了，她还是个恋爱中的小女人。

“为什么不跟男朋友一起出来玩？自己出来多受罪。”汪嘉正好心地提醒，“再说路上一个女人也不安全。”

乔小麦打趣他：“那你为什么不带着太太和孩子一起出来玩？一个人出来不怕太太怀疑你吗？”

她的问题倒让汪嘉正为难了，看看乔小麦，欲说还休，沉默了少许，这才告诉她：“她早就不要我和孩子了，我们离婚好多年了。”

乔小麦为自己的冒失道歉，又觉得过意不去，借口去前台要杯水喝，顺便就把账结了。她的这个做法让汪嘉正觉得很可爱，坚持把饭钱塞还给她：“我从不花女人的钱，请女人倒是可以。”

乔小麦在心里惊呼，这个男人很Man，怎么就让太太劈腿了呢？想问，又怕自己多嘴再生事，上了车索性闭目养起神来，夜越来越深，不一会儿就睡着了。

再醒来时，车再次停靠在服务区，乔小麦被汪嘉正小声地叫醒，问她需不需要下车活动一下。乔小麦摇头，目光却落在身上披着的一件衣服上，那是汪嘉正的外套。

汪嘉正把衣服取过来，声音低沉地告诉她：“虽然有暖气，但前座的人好像晕车，不停地开车窗，我怕你受风，所以就……我没有别的意思。”

乔小麦不语，心思万千。面对这样一个旅途中的旅友，她不知道应该如何去对待。

汪嘉正以为她不悦，赶紧又说：“我真的没别的意思，你有男朋友我是知道的，我也有女朋友，而且……而且快结婚了。”

此话一出，乔小麦来了精神，掉过头来看汪嘉正，对方像做错了什么事情似的，低头不语。这表情更让乔小麦确定，他心里有事。

“你女朋友不知道你一个人出来旅行吧？”乔小麦一语中的。

汪嘉正倒成了孩子，不停地点头：“你聪明。”

“为什么？”乔小麦的心里瞬间涌起千万个剧本，也许是汪嘉正背着女友想外出做坏事？也许是他想在婚前出轨？又或许他在别处还有外室？要知道，这可是一个有身家又儒雅的男人，算起来是二婚，但二婚男人依然有市场呀。她越想越兴奋，睡意全消，双眼圆睁地看着对方，期待着一个意想不到的答案。

汪嘉正有片刻的小犹豫，知道乔小麦一直盯着自己，又不能不回答，只好压低声音说：“我是出来逃婚的。确切地说，是她想结婚，我怕结婚。你……能理解吗？”

这个回答倒是乔小麦没想到的。

她没想到，一个中年男人也被逼逃婚，更没想到，自己会在旅途中遇到“志同道合”的战友。

心直口快的她不禁欢呼：“呀！真想不到，咱俩同病相怜哪！”

这一次，换来的是汪嘉正的惊讶，他也没想到，乔小麦是个如此爽直的女子。

“这么说，你也是逃婚出来的？”他问。

乔小麦点头又摇头，想了想，才把自己和安家杰的故事说出来。从想结婚到怕结婚，再到如今不知何去何从，她一一说给汪嘉正听，对方一边听一边点头，倒还真有些同病相怜的感觉。临了，乔小麦满是委屈地说：“他总说我是个‘面包女’，其实我何尝想现实来着？可你说，居家过日子不精打细算能行吗？我也没要求他给我豪宅名车，哪怕是一室一厅的小房子，能够知道这是自己的家也成呀！我这样的要求过分吗？”

汪嘉正点头，表示支持：“他只是条件不允许，你应该理解他。不过作为男人，为心爱的女人创造良好的生活条件，这也是必须的，不怪你。”

被人理解总是欣慰的，乔小麦迫不及待地想听对方的故事。汪嘉正倒也不负所望，将自己的故事和盘托出：“我前妻当年跟她的初恋跑了，丢下我和女儿。我一边照顾女儿一边做生意，如今十年过去了，女儿大了，生意也安稳了，好多人都劝我是时候找个人过下半辈子了，所以，才认识了现在的女朋友。她是老师，教小学英语，人还不错，比我年轻十多岁，我本着对她对大家负责的态度，希望能了解一两年再谈结婚。没想到，刚认识半年她就急着要嫁，说自己不想三十岁还嫁不出去……”说到这儿，汪嘉正停了一下，喝了一口水，接着说，“我理解她，但她一点儿也不理解我，毕竟我还有个女儿。”

乔小麦终于听明白了：“是你女儿反对，是吧？”

汪嘉正点头：“孩子接受不了新妈妈是一方面，另一个原因是，我跟她有些事情也谈不拢。”

“不就是结个婚吗？有什么谈不拢的？”乔小麦越发好奇了。

“财产。”汪嘉正一脸严肃地说，“再婚的人跟你们头婚的不一样，除了牵扯到孩子，还牵扯到财产。”

（三）请让我来帮助你

汪嘉正的恐婚理由让乔小麦很费解。在她的理解中，二婚的人再次选择婚姻时，更应该懂得什么叫知冷知热。毕竟人生已经过半，不抓紧时间享受爱情和生活，还在财产这种事情上纠结，那该是多浪费时间和生命的事情啊！

可是，汪嘉正却告诉她；“我不能把我的财产都留给孩子，而不结婚对她不负责任；也不能把财产都给她，却把孩子给落下。”

“那就一人一半，这有什么可矛盾的？”乔小麦还是不理解。

汪嘉正听了，笑她幼稚，又觉得不妥，赶紧解释：“不怪你，是你没经历，所以不懂得。你不知道一个女人进入婚姻需要的是什么，也不明白一个孩子面对一个陌生的家庭成员究竟有多么憎恨。”

“这是……什么意思？”乔小麦越发糊涂了。

汪嘉正一一跟她解释：“女人找老公，都想一把抓，特别是经济，她也不例外，她想要的是我的全部，而这些全部，我不可能答应；孩子要的是一个父亲的全部，这个全部里绝对不包括后来的家庭成员。你能听明白吗？”

乔小麦似懂非懂，有点被对方绕晕了：“她想要全部，孩子也想要全部，你不知如何是好，就是这样，对不对？”

“确切地说，这也不是主要原因。主要是，我根本不相信婚姻。”汪嘉正这才说到正题，“你知道，我的第一次婚姻是被人背叛，这对我打击很大，我还没能完全走出来，所以这第二次婚姻，我想慎重些。”

这一次，乔小麦听懂了。对方是一朝被蛇咬，十年怕井绳，无可厚非，但也绝对不能一概而论。她劝他：“别把女人都想成一种模样，你前妻不好，不等于后来的女朋友也不好，人跟人不一样，女人跟女人也不一样。”

“这个道理我明白，可这道弯儿我就是绕不过来。”汪嘉正苦笑道，“这不，想不通，我才跑出来散心的，呵呵……”

乔小麦被对方的自嘲打动了，自己又何尝不是无奈出门呢？说是旅行，其实哪有那么轻松？

她不再寻根究底。同是天涯沦落人，理解万岁。

汪嘉正似乎也陷入了回忆里。作为一个中年男人，不管是家业还是情感，他都有比乔小麦多得多的烦恼。

乔小麦深知这一点，也不再去打扰，闭上眼睛假寐。车在暗夜里飞驰，乔小麦听到车进了一个又一个站点，也能听到一群人上上下下，但始终不再睁眼。

终于，最难熬的长夜过去了。第二天早上醒来时，车已经驶进杭州市。尽管是冬季，路旁的垂柳已经颓废，当车驶进西湖时，大家还是被清澈的湖水吸引。旅客三五结伴下车，在导游身后依次进入景区，一路上奔波的疲累很快就散去了。

乔小麦刚下车就接到了安家杰问她到了没有的短信。

她笑，对方还真会掐时间。这会儿天刚亮，他竟然没睡懒觉，还帮自己算着时间。小小的感动又溢满胸膛，回复他：“到了，你也该出发了，路上风景美不胜收，你要注意安全。”

汪嘉正一直跟在乔小麦身后，直到她发完信息，他才跟上来，这让乔小麦很受用，觉得他是一个知进退、有风度的成熟男人。当她当面表扬对方时，汪嘉正却笑了：“这是做人的基本原则，你这个女人还真容易感动。”

“别女人女人的，难听死了，好像我有多老似的。”经过一路的交流，两人显然已经熟络，乔小麦全无陌生感，竟然当众撒起娇来，“我比你小那么多。”

汪嘉正被她逗乐：“哈哈哈……那就叫你丫头吧！这好听吧？”

“丫头也比女人强。”乔小麦边说边往前冲，西湖上泛起的小舟让她来了兴致，她不顾一夜疲劳，嚷着要坐船，三五个人从她身后冲上前，乔小麦把愣在原地的汪嘉正一把拉上来：“走呀，来西湖不坐船，遗憾不遗憾！”

一行人泛舟湖上，所有烦恼瞬间忘掉。船夫讲着西湖的传说，把乔小麦一下子拉到神话情境里，她问汪嘉正：“哎，其实你应该相信爱情的，白娘子为报恩不仅许身许仙，还为他受了几千年的罪，这样为爱付出的女人，你觉得不应该相信吗？”

汪嘉正笑她：“丫头，神话而已，你还真信？”

“我就信，这世上就是有爱情存在的。”乔小麦纠正道，“不然，你看这船上一对又一对，人家都那么幸福。我看你，应该上上爱情课，要不要我来帮你？”

汪嘉正彻底被乔小麦逗乐了，笑得很爽朗。一行人终于玩够了，回到岸上，下船时凌空一跳。乔小麦因不小心踩了缆绳，人差点跌进湖里，汪嘉正眼疾手快地拉住她，一把把她拽上了岸，等确认她有惊无险，这才笑："还说你帮助我，我看哪，得我来帮助你喽！"

乔小麦大笑，心情随之大好。

游完西湖，在导游的强烈要求下，众人被强带到一个叫乌梅的小镇。说是小镇，不过是一处卖茶叶的地方，热情的销售不停地说着西湖龙井的好，说得人感觉不买便是损失，最后又来了个惠宾大行动，买一送二。这在众人来看，实在优惠得不得了。乔小麦也上前抢了两筒，交钱时，发现汪嘉正已经替她付过了。

"这怎么好意思？我买东西送人，还要你来买单？"乔小麦边说边把钱塞给对方。

汪嘉正却坚决不收："你不是说要帮助我吗？我想好了，拜你为师。如果你能让我相信爱情，别说茶叶，就算是天上的仙桃，我也让人摘下来送你！"说这话时，他把自己手机里的一条短信递过来给乔小麦看。

上面赫然写着："我是真心爱你的，不求回报，只要能跟你在一起，我求天上的云作证，求地下的人为媒，请你相信我！"

不用问，这是汪嘉正的女朋友发来的，肯定是寻不着他，坐不住了，才发来这样的示好短信。看着这条短信，乔小麦心跳加速，一是因为这短信很暧昧，汪嘉正却把它公布出来给自己看，多少有些不好意思，二是自己虽然是恋爱中人，却从未对安家杰说过类似的话。

"这个女人不简单。"乔小麦由衷地说。

汪嘉正当即赞同："所以我才不敢随便娶她。"

"你想怎样？"

"我想让你这个老师帮我分析一下，她究竟爱的是我这个人，还是我的家产。”

“又来了，又来了，张嘴闭嘴家产家产的，你以为全天下有钱的男人只有你一个吗？”乔小麦不满地反诘，“别把自己想象成天下唯一的男人，人家职业不错，年龄不错，还是首婚，条件比你也不差呀！”

这话明显带着对二婚男人的歧视，汪嘉正却并不生气，反而赞赏乔小麦的心直口快：“如果她能跟你一样，想说什么就说什么，那我还真娶了！”

“哈哈哈……你是说我没心没肺，傻乎乎的吧？我就是傻，出了名的傻！”乔小麦自己承认，“所以，我也没你女朋友那么好命，找你这样一个豪门。”

不过一句玩笑。乔小麦心想，汪嘉正肯定不是什么豪门，哪有豪门像他这样单枪匹马地出来玩的？再说了，就算是小豪门，那公司里总应该有不少事情吧，哪有闲情逸致出来玩？也正因为如此，乔小麦才对汪嘉正没有距离感。她天生的仇富心态，万一对方真是个李嘉诚那样的豪门，她怕早就躲远了。

不过，乔小麦还是决定，好好帮一下汪嘉正，让他相信爱情，相信这世上还有好女人。

（四）分开之后才说相思

旅行是个技术活儿，智者乐水，仁者乐山，跟团旅行更是不易。

一行人有想去爬山的，有想去游湖的，还有想去购物的。导游在争取众人的意见之后，第二天采取了分头行动，规定日落时分在某处集合。众人四下散去时，汪嘉正问乔小麦想去哪里玩。乔小麦想了想说："听说灵隐寺很灵光，我想去算命。"

乔小麦以为汪嘉正会笑她，却不料对方很赞同："跟我不谋而合，一起吧！"

两人打车赶到灵隐寺，又一起往山上爬。这一爬，乔小麦有些吃不消，汪嘉正一会儿递水一会儿扶携，累得不轻。乔小麦打趣他："你现在是不是特想求菩萨，赶紧给你换一个旅友？我这个旅友太拖累人了！"

汪嘉正笑道："再累也得坚持，马上就到山顶！"

乔小麦灵机一动，趁机相劝："你也知道，爬山需要坚持，爱情和婚姻也是这个道理，有了坚持和不懈的努力，才会有幸福和永恒。"

汪嘉正却不赞同："丫头，不是所有事都能因有坚持和努力就可以永恒的！"

"但我相信爱情是可以的。"乔小麦边走边说，"像我和我男朋友，就是一路坚持过来的。这么多年在一起，也有过争吵，有过分手的念头，可我们还是好好在一起。彼此不放手，坚持走下去，这就是胜利！"

"既然你俩这么相爱，你为何还要逃婚一个人出来旅行？"汪嘉正不服气，"你不要跟我说，你想一个人清静清净。其实你在逃和想的这个过程中，已经把爱情这回事给否定了！"

"没有！我对爱情历来相信！"乔小麦不服。

"既然你相信，那我问你，你男朋友现在在哪里？在做什么？他都有跟你汇报吗？"汪嘉正半点情面不留，"我们都出来大半天了，我也没见他给你打过电话。"

这话有点伤人，却提醒了乔小麦。昨天实在太累，一进房间就睡了，早上醒来又没来得及看电话，上午手机没响，她认为是安家杰刚到青岛，所以没及时跟自己联系，急忙拿出手机，这一看却有点慌了。

“糟了，我手机没电了！”

“这时候没电？也太巧了吧？”汪嘉正逗她，“不要怕我笑话，说没联系就没联系，有什么不好意思的？”

“是真没电了。”乔小麦把手机递过去，“不信你看！”

汪嘉正看了看手机，再递回去：“可怜的丫头，回去赶紧充上吧，你那个小男友会误会的，这大半天联系不上，还不定着急成什么样子！”

“更糟糕的是，我出门时啥都带了，就是没带充电器！”乔小麦彻底没了底气，“真是麻烦！”

汪嘉正赶紧安慰她：“不要怕，我有，借你。”

“是吗？太好了！赶紧，赶紧上山，求完签，我们马上回去充电！”乔小麦说完，不知哪里来了力气，抛开汪嘉正的扶持，脚底生风似地往上爬去。她干脆利落的行动，让汪嘉正在心里打了一个叹号，这么可爱的女孩子，应该有一份安稳美好的爱情。

两人终于到了寺院前，买了香，进了院，拜完之后，又各抽了一支签。乔小麦看着不知所云，找和尚求解，但解一支签要两百元，她觉得太贵，想要和那和尚理论，最后还是汪嘉正把钱递了过去，和尚这才开始解释：“‘若无缘，六道之间三千大千世界，百万菩提众生，为何与我笑颜独展，唯独与汝相见？若有缘，待到灯花百结之后，三尺之雪，一夜白发，至此无语，却只有灰烬，没有复燃。’这支签说的是姻缘，有缘无缘尽是无言。”

说了这么一大通，乔小麦越听越糊涂，想再追问，却被汪嘉正给拦了下来："算了，这种事信之则灵，不信则无。我们走吧。"

下山时，乔小麦追问汪嘉正抽的是什么签，对方不答，脸上的表情却轻松许多。乔小麦立即明白了："一定是上上签，说不定，你会因为这支签回去把人家娶了呢，对不对？"

汪嘉正笑了："你还真是聪明，一语中的。签上说，我的缘就在手里。所以，我想好了，还是回去把她娶了吧。人生几十年，再错过就只能下辈子再续前缘，那得多遗憾啊。"

乔小麦本来还有一肚子的话要说，没想到，一支签竟让对方想明白了，她觉得佛的力量还真大。

汪嘉正告诉她，其实再婚的人之所以害怕再进围城，最主要的原因是不想再错一次，毕竟前面有过一次失败的婚姻，再失败一次，那他的人生就真的一败涂地了。

汪嘉正说："其实我也不是不想再婚，只是我不知道，她究竟爱的是我这个人还是我的钱。丫头，你会不会为了钱嫁给一个你不爱的男人？"

乔小麦被问得失语。红尘颠簸中的女人，都明白现实是扼杀爱情的无情刃，可是，如今在一个男人面前赤裸裸地承认，又觉得太过残忍。

"我也不知道，但我可以帮你想个办法，能让你知道，你现在的女朋友是不是这样的女人。"乔小麦莞尔一笑，"就是不知道，你舍不舍得？"

汪嘉正想了想，点头："有点不厚道，还是愿闻其详。"

"很简单，找一个年轻的高富帅，让他去勾引你女朋友。如果你不怕鸡飞蛋打的话。”乔小麦坏坏地笑，“当然，也说不定，你女朋友死心塌地爱着你，不会飞。”

汪嘉正听了哈哈大笑，指责乔小麦满肚子坏心眼儿，笑完了，又若有所思。

“你会这样去验证你的男朋友吗？”他突然发问。

乔小麦不知如何接他的话，而且也确实没想过用这一招来试探安家杰。

眼下，她最想做的事情就是赶紧回去充电，她想知道安家杰在哪儿，在做什么。

回宾馆充上电之后，乔小麦的心还是小小地颤抖了一下：安家杰给她发了十二条短信，字字关心，只差没能飞过来，问她究竟发生了什么事，电话竟然大半天打不通，让他好焦急。

他这一个焦急，令乔小麦无比开心。安家杰如此在乎自己，这场单独旅行也值了。

按行程，下午还要去西溪湿地，乔小麦却不想去了。她待在宾馆里给安家杰发信息，知道他中途车坏了，正修着，不免有些担心。冬天天冷，怕他感冒，又怕他备的吃食不足，所有的担忧齐齐涌上心头，只恨自己没陪在对方身边。

这时候她才知道，原来在乎是相互的，原来自己仍深爱着安家杰。

晚上，汪嘉正喊她下楼一起吃饭，乔小麦拒绝了。她不停地发短信陪安家杰聊天，对方的车一直没修好，说要在中途过夜，可前不着村后不着店的，怕要在车上度过漫漫冬夜。这个消息让乔小麦的心再次提了起来，自然没什么胃口。

汪嘉正还是体贴地将饭菜捎回宾馆。当他知道乔小麦食不知味的原因之后，默默地注视了她三秒钟，突然开口说："丫头，谢谢你，你和你男朋友让我看到了爱情，你也让我又看到了爱情的力量，我相信你们会幸福的！"

一句话说得乔小麦差点涌出泪水来。刚出来两天，她心里就开始记挂安家杰，这份感情是相处两年培养出来的，也是自己曾经想逃离、如今逃离了又突然回归的爱情。

（五）验证爱情

一个人的婚前旅行，就是重走一回爱情。

出门不过两日，本是抱着玩乐的心，可出了门才知道，身边突然少了一个人，竟然有太多的不适应。

最让乔小麦不适应的是，晚上没有了安家杰暖被子。她怕暖气的燥，更怕电热毯的焦灼。每到冬天，总是他暖好被子，或者干脆一整夜抱着她，乔小麦才能睡去。

眼下，宾馆空调虽然很温暖，却吹得乔小麦极不舒服；关了又觉得冷，浑身打寒战。被窝里冰凉，温暖自己的只有自己，这让她倍觉孤单。

彻头彻尾的孤单。

这孤单让乔小麦想起了安家杰太多的好，比如，他每次晚归，都会带她喜欢的吃食，算是道歉，也算安慰，这是他的一份心。比如，她每次生气，都是他跑过来安慰，道歉，明明不是他的错，但他喜欢说老婆不高兴就是我的错。又比如，之前听他"画饼充饥"觉得那是虚伪、浪费生命，是空谈，现在想起来倒没觉得那是理想、是抱负，而是让自己温暖的甜言蜜语。

睡不着的夜里，乔小麦给安家杰发信息，直到对方说手机快没电了，这才有了休息的意思。可躺下来又觉得一个人冷清得很，没忍住，将电话打过去，安家杰接了。乔小麦心想，这么晚了给还在荒郊野地吹凉风的他打电话，按他平时的脾气一定会生气，却不料对方一接起来，就问她："小麦，还好吗？有没有不适应？在杭州吃得习惯吗？晚上冷不冷……"

乔小麦突然流泪了。

好话一句三冬暖，恶语相向六月寒。

想起过去自己对安家杰的再三指责，她觉得，问题全是自己造成的。明明可以用话来温暖对方的心，却一次次用尖刀刺出伤痕。

"家杰，我睡不着的时候，想起过去太多的事，感觉都是我不好，我脾气不好，我任性，我对你太过严苛，以后不会了。相信我好吗？"

乔小麦突然的温柔让安家杰有些不适应，在电话那头嘿嘿地笑了："你这是梦游还是背台词？好肉麻！"

"当然是真心话！"乔小麦赶紧纠正，"确切地说，我是良心发现。怎么，你不相信？"

"相信是相信，就是感觉怪怪的。你好久没有这么温柔了，我都有些受不了。"安家杰显然很乐意享受这份温柔，"小麦，如果你总是这样温柔，那该多好！"

总是这样温柔。这样的承诺，乔小麦不敢轻易给。世上哪个女人不懂温柔？不过是被现实所累，温柔被油盐酱醋取代，所以才有了男人们所说的泼辣。

“你也一样，以后对我多一点关心，多一点责任，我就很满足了。”乔小麦反将安家杰的军。

安家杰被问住，在电话那头支吾了半天，这才表示：“小麦，我在车上坐了一整天，也想明白了很多事。其实咱俩之间是有感情基础的，你心里有我，我心里更有你。我一直记得，刚认识你那会儿，是在夏天，你一身洁白的连衣裙，在那么多女孩当中，显得那么清纯，连微笑都像天使。我在一瞬间就爱上了你……我一直在问自己，究竟为什么回不到当初。其实不是感觉没了，也不是感情丢了，而是我们变了。”

“我们变了？”乔小麦轻声问。

“是，我们变了。年龄越长，越觉得感情可有可无，只把工作当首要任务，这是我们男人的弱点。你们女人正好相反，年龄越大，越想抓牢一段感情，这才有了男女之间不断的冲突。这是男人女人永远的矛盾所在，也是我和你这几天发生不快的原因所在。”安家杰这番话显然是经过一番深思才说出口的，看得出来，一场旅行还没开始，他已经明白了婚姻的真谛。

乔小麦欣喜，感动，不知如何应答，安家杰能想到这些，让她仿佛看到了未来和希望。

这时，安家杰的电话传来嘟嘟声，弱电信号，两人不约而同道别。

刚挂了电话，又有电话打来，乔小麦一看是个陌生号，不想接。可对方固执地坚持，无奈接起，发现是阿眉。阿眉问她身在何处，貌似很焦急的样子，乔小麦一问，才知道阿眉的感情出现了新问题。

“我突然觉得，我不爱他了。”阿眉急切地说，“你来帮我分析一下，我是不是应该选择身边这个。”原来，阿眉在回来的旅途中认识了一个高富帅，确切地说，比她之前那位富二代还要一表人才，身份还要略胜一筹，所以，阿眉的心里产生了波动，她告诉乔小麦说："不是我见风使舵，实在是前任不解风情，我每天给他发信息说我想念他，他只回我三个字：'我也是。'天天如此，你说说，他这是敷衍我的短信还是打击我的热情？我连着给他发了七天一样的短信，他连续给我回这三个字，我受够了！"

"不就是一短信吗？有那么重要吗？你说想人家，人家说 Me too，这有什么不对？何必那么较真呢？"乔小麦劝阿眉，"再说了，刚认识的高富帅真的比追了你十年的富二代可靠？你要想清楚再下决定。"

"小麦，你不懂，你不懂感情。一个男人要是真爱你，是不会这样敷衍你的，你说一句我想你，他一定会飞过来看你，这才叫爱情。"阿眉强调，"不信你试试你们家那位，你天天说我想你，看他怎么回复你！"

乔小麦劝不住阿眉，倒觉得阿眉的点子不错。挂了电话，立即给安家杰发了一条"我想你"的短信，心里冒着幻想的泡泡，这一夜，就那么安稳地睡着了。

第二天，乔小麦还没收到安家杰短信之前，先被汪嘉正的敲门声惊醒，对方喊她一起吃早饭，这一次，乔小麦答应了。

两人正吃着早饭，汪嘉正接到了一个电话。他的表情时而担忧，时而欣慰，看得乔小麦一头雾水。等他放下电话，乔小麦才知道，原来他的女儿感冒了，照顾女儿的是新任女友，女儿在电话里告诉他："阿姨熬的小米粥真甜。"就这么一句话，倒把汪嘉正的心也甜透了。

他笑着告诉乔小麦："其实想想，她还是个不错的女人，之前是我想多了。”

乔小麦趁机点拨：“不是每个女人都是冲着你的万贯家财来的，也有女人只爱人不爱银子，这样的女人就是难得的金子，你再不抓牢，损失可就大喽！”

“哈哈哈……”汪嘉正难得笑得如此爽朗，“是，我得赶紧下手才行！”

乔小麦用眼神示意他，赶紧给女朋友发条感谢短信，汪嘉正照办，一会儿对方回复了过来。这一次，汪嘉正没有给乔小麦看内容，但乔小麦从他的表情里已经读明白，甜蜜恋爱已经开始，这个再婚男人心里的恐惧感正在渐渐消失。

这时候，乔小麦更加相信，爱情是有力量的，爱情的力量在于坚持。

有个旅伴的旅途其实是幸福的。一路上，汪嘉正对乔小麦照顾有加，从杭州到苏州，从吃喝到玩乐，可以说是无微不至。他喊她丫头，她叫他大哥，两人亲如兄妹。说起自己的感情进展，汪嘉正表示：“丫头，我虽然不像你们年轻人那样百分百地相信爱情，但你的话我记住了。我会试着去好好爱她。”

乔小麦一脸欣喜，也一脸心事。

被阿眉不幸说中，安家杰给她的回复竟然也是那三个字，不多不少。从开始到现在，眼见着一个礼拜就要过去，她发“我想你”，他就回“我也是”。乔小麦不知道安家杰是在敷衍自己，还是这就是男人的风格？

想问汪嘉正，又觉得年龄上有代沟，索性不给人家添麻烦。

更让乔小麦不满的是，也许是在青岛玩疯了，安家杰有时候一天也不打个电话。后来连短信发得都少了，就算回复她的问候，也总是简短的一两个字。这让乔小麦觉得，自己在安家杰眼里竟然不及一处风景可爱。

好旅伴可以缩短旅途时间。

在苏州玩了三天，因为汪嘉正的陪伴，乔小麦觉得这场旅行过得挺快的。确定回家的日期之后，乔小麦给准婆婆打了电话。准婆婆倒是很兴奋，说想她了，一直等她回去之类的话，让乔小麦突然有了家的感觉。

回家途中，汪嘉正是要提前下车的。道别时，乔小麦跟他互换电话，并劝告道："相信爱情，好好去爱对方。"其实说这句话时，乔小麦知道，汪嘉正面临的事情那么多，就算他想爱得全心全意，也未必有这份力气。人至中年，有太多世俗需要考虑，她理解他。

"羡慕你和你男朋友的那份爱情，你们也会幸福的，祝福你！"

汪嘉正留下满满的祝福下了车，挥挥手，坚定地走远。看着这个旅友的背影，乔小麦在心里默默祝福。刚才她没接他的话，只是不想破坏汪嘉正刚刚对爱情树立起来的信心，世上的爱情哪来的圆满？最近这几天，自己对安家杰是有那么一点点不满的。

眼见着假期结束，就要回到那个家，乔小麦突然觉得，这一个礼拜的旅途真是喜忧参半：喜的是，她帮到了一个恐婚的中年男人；忧的是，自己依然爱着的安家杰一出远门就如同放了缰绳的野马，好像离自己越来越远了。

阿眉有短信传来，问乔小麦对安家杰的考验有没有过关。

乔小麦不知如何回复，正犹豫间又收到一条短信，是汪嘉正发来的，他说："丫头，你说的验证办法我试过了，她过关了。说起来有点不道德，一个大男人用这种手段去试探爱他的女人，我还真是汗颜。但有时候爱情的确需要验证方能安心，你说对吗？”

乔小麦读完才明白，为何汪嘉正转变那么快，原来不是自己有力量，也不是爱情有力量，而是试探爱情的方子有力量。想到这儿，她突然迷惘了，难道自己和安家杰的爱情也要这样验证一番吗？

第五章

私奔小情侣

旅行的真正趣味在于，不辞万里远走天涯，原来不过是为了印证天涯只是咫尺之遥。一个男人的单独旅行，最忌讳的就是坐在自己对面的是一对恩爱小情侣，如果他们还是私奔出来的话，更容易刺激男人想结婚的那根神经，因为在男人的心里，只有自己不想结婚的理由，没有自己征服不了的女人。

（一）安家杰的多舛旅途

男人对于单独旅行的幻想跟女人完全南辕北辙。如果说女人希望在旅途中将缠身的纷扰想个明白看个透彻，那男人对单独旅行幻想最多的就是来场艳遇。

虽然安家杰对艳遇这种事持否定态度，但不代表他不渴望。就拿去青岛旅行这件事，他跟乔小麦说的理由是想看海，特别是想看冬天的大海有多么汹涌澎湃，说这话的时候是豪情万丈，其实他没说心里话。

安家杰其实是受了同事陈莱茜的影响。陈莱茜是烟台人，从烟台苹果到烟台海鲜，无一不向安家杰炫耀："我们那里的海鲜，十块钱管饱，蛤肥鱼鲜，螃蟹更是一只有一斤，包你吃了一顿还想下一顿！最重要的是烟台的焖子，绝对全国第一，那叫一个特色！"安家杰喜欢吃海鲜，每回单位聚餐，他总是打扫海鲜盘子的那一个，陈莱茜抓住了他这个弱点，一直把他往有海的城市推。

但是安家杰不傻。他知道乔小麦忌讳陈莱茜，如果旅行直奔烟台，乔小麦的神经一定会竖起来，怕刺激到她，所以就改道去了青岛。反正都是沿海城市，哪里的鱼和虾都一样吃。

也许是因为骗了乔小麦的缘故，他心里起初是有一点小愧疚的，一路上对乔小麦嘘寒问暖，在感动乔小麦的同时，自己也悟到一个道理——女人是需要哄的，而且需要天天哄。想想自己这两年从热情到淡漠，真的是冷落了乔小麦，所以电话里也就变得深情款款起来。只是男人的动物性让他没能保持多久这种热情。等到了目的地，安家杰的心一下子野了，拿相机总好过拿手机，哪还有时间跟乔小麦卿卿我我？

不知是因为后面的冷落还是起初的欺骗，连老天爷都看不下去了，以至于刚上路，车还没行至青岛时，安家杰所乘的大巴就坏了。前不着村后不着店，又是晚上，车上的乘客只能边骂边等，而那一夜胶东地界竟然下起了雨夹雪，寒意让安家杰有点小感冒。在电话里他对乔小麦报平安，可一到青岛，整个人就有些受不住了，跑到宾馆附近的卫生所打吊瓶。

卫生所很小，只有两个床位，安家杰一路劳顿加上受了风寒，挂上吊瓶之后竟然昏昏沉沉地睡过去了。吊瓶打完，护士没注意，差点来了个血倒流，得亏旁边的一个小姑娘叫醒他。小姑娘跟他一样，重感冒，算是病友了。安家杰怼她一再表示感谢，起身要离开时，却觉得头重脚轻，这时小姑娘又劝他："大哥，实在不行，让我老公送你回去吧。"

安家杰回身看了看小姑娘，二十岁上下的年纪，眉清目秀，没想到竟然是已婚女人，他很惊讶："青岛人结婚真早。"

小姑娘的脸突然涨红了，张了张嘴，想说什么，又觉得不方便，笑起来："我……我不是青岛人，我是来旅行的。"

一听对方也是来旅行的，安家杰来了精神，坐下来跟她聊起了青岛。同在异乡为异客，没说几句，两人就熟悉起来，小姑娘自我介绍说："我叫洛佳，河南人，今年二十一岁。"

安家杰报上姓名，想说自己已经三十岁了，又怕这年龄会把对方吓跑，只好改口说："我今年二十七岁。"说完，又觉得虚伪得可以，加了一句："不过看着很沧桑，是吧？"

洛佳被他逗得嘿嘿地笑了："大哥，你真有意思，二十七岁就沧桑，那我岂不是也快老了？"

安家杰跟着笑："哪里，五岁一个代沟，你比我年轻着呢。"

两人左一句右一句，聊得很是投缘，这时有个小伙子从门外进来，洛佳一看到就喊："老公，来，我给你介绍一下，这是咱们的新朋友安哥，也是来青岛旅游的，跟我一样，一到青岛就感冒，真有缘呢。"回头又给安家杰介绍："我老公，陈辰。"

陈辰看着倒比洛佳大几岁，也正是大的这几岁让他对安家杰有点排斥，目光里透着不信任。安家杰倒很理解，成熟的人总比幼龄的人更难接受，但想到自己一个人在旅途中难免寂寞，还是挺愿意交下这个朋友的，于是主动把手伸过去："你好，我叫安家杰，今年……

二十七岁。”

“我比你大一岁，二十八，你应该叫我大哥。”陈辰笑了，露出来的一对小虎牙倒透出一些孩子气。

安家杰的嘴半张着，叫不出口，心里笑自己，为了拉近距离随意更改的年龄，距离倒是拉近了，却把辈分给弄丢了。他自嘲地笑了笑，向陈辰点了点头，转移了话题：“你们俩很般配。”尽管说这话时，他的内心是有点小纠结的，毕竟，一个二十一岁的女孩跟一个二十八岁的小伙，年龄和心智的差距还是存在的。

陈辰笑得诡秘，带着一丝嘲弄，反问他：“真心话？”

“当然。而且……我很羡慕你们这样成双入对地出来旅游，有个伴儿，多好！”安家杰笑得尴尬，在心里不得不佩服陈辰的聪明劲儿。这个哥们看起来还真不简单，找这个漂亮的小女生，哄人的功夫肯定上乘。

陈辰没理他，这时洛佳的吊瓶也打完了，两人起身跟安家杰告别。

看着他们成双成对地离开，安家杰突然在心里生出些许落寞。也许是身体上的不舒服让他产生了依赖感，也许是刚到陌生环境给了他孤独感，总之，这一刻他特别想念乔小麦。所以，当天晚上乔小麦给他打电话时，他拿出热恋时的劲头，说尽甜言蜜语，把电话那头的乔小麦哄得云里雾里。放下电话，究竟说了些什么，其实他自己也不知道。

这就是男人吧，心里有你，有时候还真不一定就是爱到不能缺席，只是那个时刻，他寂寞得不行。

因为是自费旅行，安家杰不像跟团的乔小麦，被导游催着一个又一个景点地走，想去哪，想玩什么，完全自己安排，所以安家杰尽量选择不花钱的景点，而这一点，完全是陈莱茜在做“场外指导”。

陈莱茜告诉安家杰，青岛的五四广场是免费的，海边更是免费的，到青岛不去这两个地方，实在是一种遗憾。所以，第二天，待身体缓过劲儿来，安家杰第一站就去了五四广场。

让他想不到的是，在五四广场上又遇见了昨天的那对小夫妻。唯一不同的是，这一次两人上演的不再是恩爱，而是一场激烈的争吵。陈辰不明所以地发着脾气，竟然把洛佳骂哭了。

（二）私奔的小情侣

情侣间难免争吵，但如果在大庭广众之下争吵，那实在是有碍观瞻。安家杰最见不得一个男人当众让自己的女人哭。

洛佳哭得很伤心，隔着围观的人群，安家杰就听到了她的哭声。安家杰顾不得许多，推开三三两两看热闹的人，挤到他们面前。不知是洛佳受的委屈太多，还是在异地终于能看到一个相识的人，洛佳突然冲他跑过来，仅有的几步路，却简直是飞奔，这让安家杰更产生了保护她的念头。

“你们这是怎么了？昨天还好好的，怎么回事？”安家杰把矛头指向陈辰，显然，此时泪水涟涟的洛佳让他更心疼。

陈辰看安家杰的眼神还是那么不友好：“我们之间的事，你还是别管了。”

安家杰听这话倒觉得好笑，反驳道：“我们都已经是朋友了，遇上了怎么能不管？再说，洛佳身体刚好，你怎么能……这样对她？”

他的话让洛佳更觉委屈，哭成了泪人。安家杰武断地认定，是陈辰欺负了洛佳，赶紧安慰："没事，洛佳，安哥在，你俩有什么难处，就跟我说说。"

洛佳一脸感激地点头，却惹得陈辰不乐意。他上前拉过洛佳的手，转头怒视安家杰："我们夫妻之间的事，与你何干？真是多管闲事！"

一句话把安家杰说成了个大红脸。他心想，自己还真是管闲事，人家毕竟是小两口，自己插在中间算哪门子事？

"那个……我没别的意思，我只是觉得，大家都是来旅游的，能遇上就是一种缘分，有什么难事，我能帮的一定帮，你千万别误会。"

这样一解释，气氛融洽了些。陈辰松开洛佳的手，表情突然颓废了。这时，洛佳主动走到安家杰身边，哽咽着说："安哥，我真是越来越没信心了，有些事……怎么这么难啊！"

听这话的意思，他们还真遇上了难事。安家杰想安慰哭泣的洛佳，又怕陈辰再误会，只能好言相劝："大家活得都不容易，你们是夫妻，两个人共同面对困难总要容易些的，想开些，没有过不去的火焰山！"

安家杰这话显然也是说给陈辰听的，却不料，陈辰听了没什么反应，洛佳倒不乐意了："安哥，我说的难不是生活，是感情。我就不明白，为什么真心相爱到头来会变成这样？我好难过啊！"

说到感情，安家杰突然觉得自己还真是傻。人家小情侣闹矛盾，自己这个外人还说三道四，难怪陈辰不痛快。

安家杰起身想走，洛佳却仿佛遇到了知音，拉着他不放："安哥，你也是男人，你帮我来评评理，我不顾一切地跟他跑出来，难道爱得还不真吗？他为什么就不能相信我呢？"

安家杰没听明白，什么叫跑出来，难道不是小夫妻共度蜜月吗？

他回头看洛佳，小脸上全是委屈，再转头看陈辰，发现对方一脸不自然。

这两个人有问题，或许根本不是夫妻；年龄有差距，而且看着也不像正常夫妻出来度假。这样一想，安家杰就觉得自己惹上麻烦了，眼前这个看起来楚楚可怜的洛佳难不成是小三，抢别人的老公来度假？

作为一个男人，尽管内心羡慕所谓的艳遇，可这种故事一旦真的发生在自己身边，又会觉得道德难容。

瞬间，安家杰想挣脱这对情侣的纠缠："感情的事需要两个人共同面对，你们还是自己解决好一些。"说完，又觉得不过瘾，对洛佳还是有过好印象的，不免再劝上一句："你还年轻，有很多事会想明白的。"

洛佳看他要走，眼泪如同眼前涨潮的大海，澎湃得难以控制。这一哭倒显得她更像二十一岁的幼龄女，让安家杰再次产生了一种男人的保护欲。

他站在原地迈不动腿，只好把目光投向陈辰。

"我们的事不用你管。"显然，陈辰对他还是十分抵触。

洛佳却对安家杰充满信任，站到安家杰身边对陈辰喊："你怎么能这样对安哥说话？"转头哭着对安家杰说："安哥，我和他真是……没法说了。"

这话让安家杰的联想更加广阔，小三小四怕还是好的，最怕是拐带妇女。他这样想着，眼神里就流露出对陈辰的不信任，直视变成逼视，仿佛自己此刻保护的是一个受拐骗的小女孩，而陈辰成了人贩子。

这时，一直沉默的陈辰叹了一口气，敏感的他似乎猜到了安家杰的想法，赶紧向他解释："我和洛佳不是你想的那样，我们不是情人也没有不正当关系，我们是私奔出来的。"

"私奔？"安家杰差点没叫出声儿来。什么年代了，还需要私奔来成全一段感情？

陈辰倒也痛快："对！我比她大七岁，她家里人不同意，没办法，所以就……"

洛佳哭得更委屈了，拉着安家杰求一个公道："是呀，安哥，我都不计名分跟他跑出来，吃苦受难的，可他却说我不是真心的，你说，哪有这样冤枉人的？"

安家杰迅速理好思路，通过陈辰的讲述，总算弄明白了。原来，洛佳老家在河南开封市，而陈辰只是到开封打工的一个外乡人，两人因工作关系结识，一见钟情，洛佳带陈辰回家见父母，没车没房没家世的陈辰被洛佳父母拒绝，拒绝的理由是年龄有差距，但实际原因是什么，彼此心知肚明。陈辰想过放弃这段感情，但深爱他的洛佳不同意，执意跟着他，最后两人竟然想到了私奔。一路上，从河南到河北再到山东，他们走了好几个省份，身上带的钱快花完了，洛佳的病又让他们陷入了经济危机。也许是出于愧疚，她背着陈辰给父母打电话请求支援，父母趁机叫女儿离开陈辰，通话无意间让陈辰听到，误以为她不愿意跟自己过苦日子，想离开自己，所以两人才吵了起来。

陈辰对安家杰说："我知道，是自己度量不够，但我确实不自信，你们都年轻，不知道年龄大的男人对于家庭和婚姻有多么渴望。洛佳年龄那么小，我心里真是觉得自己配不上她，怕她离开，怕她不要我，所以就控制不住地怀疑……”

安家杰在心里叹息，自己何必报，假年龄，一岁之差竟然让对方把自己当成了孩子，看来，有时候还真装不得嫩。

安家杰还是理解陈辰的，这是一个男人深爱一个女人的表现，因为爱，所以怕失去，因为无法令对方生活得更好，所以更怕对这份感情失去掌控。他劝洛佳:“陈辰其实也没错。作为男人,我敢肯定，他特别爱你，特别怕失去你，虽然他的疑心让人觉得不舒服，但你得理解，这就是他爱你的方式和体现，因为太在乎，所以就难以控制自己的情绪。如果你也爱他，就给他多一些肯定，多一些安全感。”

“安全感？”洛佳止住哭，一边抹泪一边问安家杰，“不都是男人给女人安全感吗？”

“男人也需要安全感，特别是面对自己心爱的女人，我们更希望能天长地久。”这一刻，安家杰突然觉得自己成了爱情专家。而这话也让陈辰对他另眼相待，看他的眼神明显友好多了。

洛佳似乎有些明白了，转头问陈辰:“我真的让你感觉不安全吗？”

陈辰上前握住她的手:“我只是怕你突然离开，留下我一个人，我真的不知道该怎么办，我已经习惯了有你在身边，对不起，刚才是我太冲动了！”

情人间的安慰总是这么有力量，一句对不起，让洛佳再次泪水肆意。她扑进陈辰怀里，索性哭了个痛快，一边哭一边唠叨:“我以后不跟父母联系，不让他们知道我们在哪儿，你去哪我就去哪儿，好不好？”

安家杰是个局外人，这话听得他满身心的不舒服。尽管劝小情侣劝得无比动容，但他实在不理解，究竟要多好的感情才用得着私奔？他想到了自己和乔小麦的感情，尽管也曾缠绵过，炽热过，但像洛佳和陈辰这样的爱情状态，压根就没出现过。他更不敢想象，如果让乔小麦抛弃亲人跟自己私奔，对方会不会答应？

这时，乔小麦的短信突然传来，只有四个字："我想你了。"

安家杰看着这条短信，思绪还飘在回忆里，跟乔小麦之间，有多久没说过这样肉麻的话了？他想了又想，好像当年追求她的时候，自己说这样的话更多一些，如今换乔小麦来说，倒觉得有些怪怪的，心里也不知为何，竟然缺了那么一点点冲动，有的只是小小的感动。

眼前的洛佳和陈辰不管不顾地拥在一起，央求安家杰给他们来张合影。照完相，安家杰又忙着给海边盘旋的海鸥照相，竟然忘了给乔小麦回复。

和一对小情侣一起玩了大半天，中午还一起吃了午餐。吃饭时，乔小麦的短信又来了，还是那句：我想你了。

安家杰觉得她还真是矫情，随手回了一句：我也是。

有点漫不经心，但被眼尖的陈辰发现了，问他："跟弟妹互通情话呢？"

洛佳偏过头来，一脸甜蜜地偎在陈辰肩膀上。这对私奔的小情侣，还真是一点都不顾及一个单独出来旅行的男人的感受。就在这一刻，安家杰突然很想问乔小麦，你愿意跟我私奔吗？

手机屏幕上，安家杰已经完整地打出来这句话，只差一个发送，想了想，又怕问出去后引起不必要的误会，最后又一个字一个字地删除。这时，又有信息传来，是陈莱茜的。一路上，她的信息比乔小麦的信息来得还频繁，她问安家杰在青岛有没有艳遇。这一问，倒给了安家杰那么一点触景生情的意思，索性把刚才想发的信息发给了陈莱茜："你愿意跟我私奔吗？"

发完了，心里突然萌生出一种悔意，明知陈莱茜对自己有好感，这短信问得要多暧昧就有多暧昧。他不知道她看了会是怎样的表情，却又那么想知道对方的反应。这种纠结让他一度对乔小麦发来的短信产生了倦怠。

而陈莱茜那头却意外地沉默了，她的反应让安家杰很是气馁。

（三）诱惑人的恩爱秀

如果说女人之间成为朋友，只需交换彼此不轻易吐露的小心思就足够，那男人也一样，如果再加上两个男人都喜欢喝点酒的话，酒肉穿肠过，男人之间的友谊就更加深厚，气味相投对他们来说比什么都重要。

所以，当陈辰拿着一瓶地道的老白干来跟安家杰对饮时，两人越喝感情越深，最后竟然商量要搬到一个旅馆住，发展成了邻居。这下子关系更进一步，每天一同约伴外出，一同吃饭，时间打发得倒是很快。但不过两天光景，安家杰对这种结伴旅行就产生了厌倦，不是因为三个人成行麻烦，实在是小情侣的恩爱秀让他难堪。

比如昨天去的海底世界，洛佳非要拉着陈辰一起在接吻鱼面前来个亲吻照，陈辰是接受了，可负责拍照的安家杰觉得不自在，又不好意思撂了相机不拍，只好忍着尴尬，免费看了一场恩爱秀。他以为就此可以告一段落，却没想到，从海底世界出来，洛佳和陈辰又拿着一罐汽水，把两根吸管插到一起，学着电影里的桥段，来了个情侣对饮，这样精彩的镜头当然也是要记录的，已经成为他们御用摄影师的安家杰就责无旁贷地拍拍拍。镜头里的人是嘻嘻哈哈，恩爱无比，镜头外的安家杰却被刺激得不知如何是好。他觉得，这对小情侣是自己这场旅行中的意外，完全是被上天派来考验自己的忍耐力的。作为男人，他也有七情六欲，非要把真人恩爱秀秀得这样赤裸裸，还真让他有点吃不消。

拍这些照片的时候，他多么希望乔小麦能给自己打个电话或是发条短信，至少也能缓和他单枪匹马的尴尬，可是没有，乔小麦没有给他只语片言。

晚上，和小情侣一起共进晚餐，本来安家杰是拒绝了的，但两人极力邀请，洛佳更是一脸真诚："安哥帮了我们那么多忙，我们请你一顿是应该的，再说，这两天你一直给我们拍照，更应该谢谢你。"

陈辰的邀请显得很有说服力，他掐住了安家杰的死穴："你一个人出来旅行，很孤单的，跟我们做个伴儿，还热闹点儿，来吧！"

确实让他说中了，几天来的旅行，尽管有这对小情侣为伴，但跟他们在一起，他们越是表现得甜蜜，安家杰就越是觉得自己孤单。他一度怀疑这场婚前旅行来是不是有点头脑发热，还不如跟乔小麦一起，至少有个伴儿。

想到这儿，安家杰不免埋怨起乔小麦，出什么馊主意不好，非要来什么单独旅行，明明就是让自己出来难堪的。一路上除了双双对对的情侣，还真没有几个跟自己一样有闲情逸致出来单独旅行的。这婚前旅行，一点儿也不好玩！

所以，当乔小麦再传那条"我想你了"的短信时，他敷衍似的回复“我也是”。的确是敷衍，因为安家杰此刻想得更多的是，如何才能早点回家，避免再受这样的尴尬。

尴尬归尴尬，但饭还是要吃的，更何况小情侣一番真诚相邀。

落了座，喝了酒，话也就渐渐多了起来。陈辰问起安家杰为什么一个人出来旅行，安家杰顺势打开了话匣子，当他说自己和乔小麦各自来了一场婚前旅行时，陈辰和洛佳表现出了莫大的不理解。

“这怎么可能？一个人的婚前旅行？你还让她一个人也出去了？一个女人单独在外面旅行多不安全呀！”陈辰不可置信地问安家杰，“你就不怕她有外遇吗？这路上什么人没有！”

安家杰却摆摆手，一脸自信：“哪那么多坏人？还是好人多。再说了，我也相信小麦，她不是那种水性杨花的女人。”

这话对于洛佳这种单纯的小女生颇有吸引力：“安哥说这话我爱听！我也相信嫂子是个好女人，不会乱来的。再说，安哥也是个不错的男人，眼光好，一定不会选错人！”

这样的恭维让安家杰听着特别舒服，又扬手要了一打酒，对陈辰说：“不醉不归。”

陈辰一直觉得自己比安家杰大一岁，以大哥的身份自居，劝他：“喝多了伤身体，少喝一点！别到时晚上弟妹查房，你再说不清自己在哪里，那可就坏事了！”说完，又回头告诉洛佳：“你别嫂子嫂子的，家杰比我小，你得跟着我叫，知不知道？你这傻丫头！”一句体己话，让洛佳幸福地将头依偎过来，这样的腻味让安家杰心里很不受用。

几次想解释，自己其实比陈辰大两岁，又怕说出来会被他们误会，说自己不真诚，索性闭了嘴，只好吃了这个哑巴亏。

陈辰显然对安家杰说的婚前旅行很感兴趣：“为什么要单独走一

趟婚前旅行？婚前旅行能让你想明白什么呢？两个人相爱直接结婚不就完了吗？”

这样的问话让安家杰想笑，也只有刚恋爱还不曾经历爱情倦怠期的男人才会想着结婚。他想告诉陈辰，结婚对一个男人来说压力有多大，而跟同一个女人过一辈子又是一件多么不可思议的事情。可是看到洛佳在旁边听着，说这话好像有点挑拨人家感情的意思，想了想，说：“我和乔小麦都不想这么早结婚，确切地说，我俩恐婚。”

“恐婚？”洛佳不由得插话，“既然相爱，为什么会恐婚呢？跟自己心爱的人在一起生活难道不是最幸福的事吗？”说这话时，眼神又含情脉脉地看向陈辰。

安家杰知道，洛佳这种单纯的小女生，就是渴望着跟心爱的人在一起，什么生活什么现实，她压根就想不到。

但是乔小麦不一样，尽管她也曾单纯过，但生活的磨砺已经让她成长为一个战士，一个跟现实开战的战士。她赢了，现实就输了；现实赢了，她就输了。很显然，在这场对垒中，乔小麦输了，她输给了现实,所以才有了房子车子的要求。现实让她越来越不需要爱情，对爱情的忽视就是对安家杰的忽视，所以，他们才需要一场婚前旅行来想明白何去何从。

“我们都怕婚后不幸福，所以要想得更清楚一些。”安家杰如是解释，“恋爱不能太久，太久了心就会纠结，所以，趁相爱正热乎，你俩赶紧结了吧！”

一席话说得这对小情侣面面相觑。

陈辰显然不死心，以他对爱情的理解，除非是女人不想嫁，男人不想娶，不然怎么会结不成婚？就像他跟洛佳一样，家里再反对，不是还可以私奔吗？因此，他不太相信安家杰刚才的话，觉得太过冠冕堂皇，就有些挑衅地问："是人家不想嫁你吧？"

"不想嫁？切！去年她天天嚷着结婚结婚，是我不想结。"这话触及安家杰大男人的神经，他几乎是嚷着告诉陈辰，"我安家杰想追的女人没有追不上的，想娶的女人也没有娶不了的！"

陈辰深知自己失言，赶紧上前敬酒。

酒至三巡，安家杰喝得有点多了，陈辰也喝得不少。走出饭馆时，陈辰都开始吐了，洛佳心疼地上前服侍，一边心疼地骂陈辰："知道喝多了对身体不好，还喝这么多！你说说你，就算不为自己考虑，也得为我考虑不是？将来再结了婚，有了孩子，你还不得为家庭考虑呀？趁早把酒戒了吧！"

陈辰享受着洛佳一遍又一遍的唠叨，听得安家杰都能背下来了。他想，如果此刻有人能这样唠叨自己该有多好！莫名地又想起乔小麦，当初她也是这样劝自己戒酒的，自己还嫌她唠叨惹人烦，现在想来，女人唠叨你、烦你，其实是在乎你、爱你。

这样一想，安家杰突然特别想念乔小麦。

旅行的真正趣味在于，不辞万里远走天涯，原来不过是为了印证天涯只是咫尺之遥。一个男人的单独旅行，最忌讳的就是坐在自己对面的是一对恩爱小情侣，如果他们还是私奔出来的话，更容易刺激男人想结婚的那根神经。因为在男人的心里，只有自己不想结婚的理由，没有自己征服不了的女人。

这一刻，安家杰有了结婚的冲动。

（四）多灾多难的旅友

男人的旅行多跟山水关联，因为他们喜欢运动。

安家杰提议去崂山。三个人便带上必备的水和食物，一起乘车往郊区赶。正值周末，阳光灿烂，爬山运动的人自然不少。乘客间挤来挤去，没怎么注意，陈辰的钱包就丢了。

洛佳知道后，哭了起来："这是我们最后一点儿钱，这下别说爬山，就连吃住都是问题。"

陈辰也很自责，可作为男人，他除了沉默，再不能说点什么。

安家杰见不得女人哭，更看不得哥们为难，主动从钱包里拿出一千块钱，递给陈辰："拿着，不用你们还，友情赞助。"

听他这样说，洛佳哭得更凶了："安哥，你真是个大好人。"

陈辰却不敢接："不用，我明天去找份工作，可以活命的。"

安家杰知道，这涉及男人的脸面问题，劝他："明天找工作，不等于后天就能发工资，再说，你今天怎么过？"看陈辰有些犹豫，安家杰硬把钱塞进他手里，再劝，"实在过意不去，就发了工资再还我！"

这才算是给了陈辰台阶下，陈辰接过钱，对他一脸感激："家杰，我都不知道该说什么才好，谢谢你，这钱一定会还的。"

安家杰只是笑了笑，他没指望对方还钱，一来萍水相逢，二来不过是举手之劳，旅途中的人最怕经济命脉断了，这点他不是不知道。然而，让他想不到的是，陈辰竟然煞费苦心地找了张纸，给他写了借据，最后还签上了自己的大名。这让安家杰对陈辰生出许多好感，他相信洛佳的眼光没有错，这是一个值得托付的男人。

买了票，三个人一路往山上行进。崎岖之余，偶尔还会踩到不知名的虫子，吓得洛佳哇哇大叫，安家杰告诉她："冬天也是有蛇的，可要小心。"这下更把洛佳吓惨了，白着一张小脸儿说要下山。

陈辰劝她："那么贵的门票，还是安哥掏的钱，可不能浪费。"一句话又把洛佳说得很委屈。刚才丢钱本已经够心烦，再浪费一张门票，她自然舍不得，咬着牙跟在两个大男人身后，一步步地往山上走去。

三个人一边走一边聊着天，安家杰问陈辰以后对生活有什么打算，陈辰知无不言地告诉他："我和洛佳之所以一直旅行，就是想边走边看，找一座两人都喜欢的城市安家，一辈子生活在那里。"

听着很浪漫，但作为"过来人"，安家杰比他更明白，生活在现实里的男人应该正视现实。他劝陈辰："洛佳是家里的独生女吧？她家人一直反对你们来往，这个结不解开，终究会是个大麻烦。如果可能，还是应该替洛佳父母想一想，他们只有一个女儿，自然希望洛佳能留在身边，如果你再把她带到别的城市生活，那只能让矛盾激化。"

陈辰点头："我不是没想过，不瞒你说，我也试过在她父母面前好好表现，甚至愿意一生一世照顾他们，直至终老。可洛家二老根本不听，他们觉得我没有能力让洛佳幸福，也没有能力让他们晚年幸福。我不知道自己还应该怎么做、做什么，所以……"

"所以，你就选择了逃避？"安家杰反问，"你是一个成熟的男人，你觉得逃避是解决问题的办法吗？"

"当然不是！"陈辰很快回答，"我试过面对，可我失败了，不逃避，又能怎样？"

"有句话叫'精诚所至，金石为开'，你为什么不试着用真诚打动他们呢？”

“那我应该怎样做？怎样才能打动他们？”陈辰一脸迷惑。

安家杰没有急着回答，他也在想答案。在想答案的同时，他突然觉得乔小麦的父母人真不错，至少，他们没有因为自己一无所有而拒绝自己。在这一点上，他觉得自己应该好好感谢两位老人。要知道，一段恋情被女方家人承认，对于恋爱中的男人来说，那是一个相当大的肯定。

“有了。”安家杰灵机一动，“你可以试着先回开封找工作，或者干脆自己开创事业，事业有了，爱情自然也就不远了。洛家不是嫌你一无所有吗？那你就奋斗给他们看看，这叫对症下药！”

以为自己出了什么高招，却不料，这话让陈辰无比郁闷：“你说得是轻松，可你知道创业有多难吗？别说资金和技术，就说人脉这一条，我也达不到呀！我就一个普通打工仔，没那么多本事，就算有人给我投资，我也怕输了，还不起。”

这倒是实在话，是安家杰没想到的。

“说的也是，如果让我自己奋斗，我也觉得有难度。可是，作为男人，真的就没有办法打动岳父岳母了吗？”

这话似乎是在问陈辰，又似乎是在问自己。这个问题让两个大男人突然间沉默了。他们这才觉得，婚姻是两个家庭之间的事，不是相爱就可以的。

安家杰再次觉得，自己是无比幸运的，不仅跟乔小麦相爱，跟她的家人也可以沟通，这对于爱情来说，是多么难能可贵。

陈辰的沉默，让一直跟在身后的洛佳心疼。她听到了他们的对话，快步跟上来发表自己的意见：“从爱情走进婚姻真的那么难吗？我看是你们男人想多了。我爸妈虽然反对我和陈辰的事，但那是因为我是他们的掌上明珠，他们怕我以后过得不幸福，所以才有意考验陈辰的。我觉得，只要有真心，什么人都能打动。我相信，我爸妈不是冷血动物。”这话显然是说给陈辰听的。

安家杰表示赞同。

洛佳喘匀了气息，接着说：“再说了，女孩父母不放心，是怕你们对人家女儿不好，好好想想，他们要求多简单啊！再说了，我们女人也一样，就是要求自己找的男人可以一辈子爱我们，这个要求也不高呀？所以，你们得懂得回报，懂得珍惜。”

这话说得安家杰心里很不是滋味。因为乔小麦曾经说过同样的话，在同居一周年纪念日那天，她说：“家杰，我不希望你大富大贵，只要你一辈子对我好，这就是我最大的财富。”

原来，女人对爱的要求如此一致。

说话间，已经到达山顶，安家杰随手拍了一张山松的照片。他要发给乔小麦，告诉她，自己的心跟这棵不老松一样坚定不移，能扛得住风霜，能耐得住严寒。

可惜山顶没信号，信息半天没发出去。安家杰气馁地收起手机，看天色已晚，加上冬季白天时间短，三个人匆匆往山下赶。下到一半的时候，天气突变，雪花落下来，山路一下子变得湿滑。乌云裹挟着雪粒砸在脸上，很疼，洛佳有点娇气地喊起来：“什么鬼天气！”也许是来时丢了钱包心情不好，也许是想到了她远在开封的父母，也许真的是坏天气引得她心烦意乱，她又哭了起来。这一哭，三个人的旅途就显得没那么愉快了。

陈辰劝不住，只能保持沉默。天色越来越暗，洛佳想打电话，却没有信号，哭得就更大声了，边哭边说："连电话都欺负我！"

安家杰突然间觉得，这样的女人他可受不了，心里对她有了那么一点小反感，不由得加快了脚步，把陈辰也落在了身后，三个人之间的距离越来越远。安家杰好不容易才将洛佳的哭声甩在身后，突然听到陈辰大叫一声："家杰，救命！"

暮色中，他看到陈辰突然从下山路上滚下来，心一惊，赶紧奔上前去。最后，陈辰还是滚落下来，头部受了伤，有血丝溢出。怕有脑震荡之类的后遗症，安家杰赶紧背上他往山下最近的医院赶，如此一折腾，天已经黑透了。

确认陈辰包扎一下就可以走了，安家杰这才松了一口气，洛佳又哭了。他感到厌烦，加上爬山确实是件累人的活儿，索性躲了出去。这时，传来乔小麦的信息，内容竟然跟前两天一样："我想你了"。这样的短信让安家杰觉得很没意义，跟洛佳的哭一样，天天发，时时哭，有点小烦人，所以，这一次他没回。

（五）告别，回家

陈辰的伤并无大碍，这让安家杰多少放下心来，毕竟爬山的建议是他出的。

陈辰为人豁达，一再安慰安家杰："我真的没事，你没必要自责，你帮了我们那么多，得感谢你才是。"

洛佳却哭得厉害："安哥，我和陈辰以后怎么办呢？"

安家杰想说，生活总有很多办法，一时之间又指不出哪条路更适合他们，只好告诉她：“用心去做，总会幸福的。”

陈辰是个聪明人，自然知道安家杰这是在暗示自己，赶紧上前跟他握手：“能遇到你这样的旅友，真是上天对我和洛佳的厚爱。我一直想不通何去何从，现在明白了！路是人开的，事是人做的，我相信我和洛佳以后会幸福的！”

看他踌躇满志，安家杰的心算是放下了。其实在他心里，何尝不想感谢这对小情侣？正是他们的出现，他才真正意识到自己无时无刻不在想着乔小麦，甚至已经有了结婚的念头。过去总以为条件不成熟不足以完婚，现在看来，两个人只要相爱，怎样相处，去哪里生活，其实都是一样的。

“我得感谢你们，你们让我重温了一回爱情。出来之前我以为我和我女朋友之间不相爱了，或者走不下去了，现在想想，当初也是无比恩爱的，只是时间久了，忘记了怎样去爱，怎样去跟对方表达。”安家杰由衷地说。

这会儿，洛佳算是听明白了。也许是年龄小的缘故，生活她不懂，但爱情她懂。

“安哥，不管你跟你女朋友有什么事，什么矛盾，只要你爱她，就应该懂得包容她，就像陈辰包容我一样。我哭，他可以陪着我哭；我笑，他可以陪着我笑，这就是爱情最好的表达。”

洛佳的话不无道理，也让安家杰对她另眼相看。这一刻他才意识到，或许真是这份对爱情的执着，才有了她这段私奔的故事。

除了祝福，安家杰再想不出别的表达。

但安家杰还是要跟他们道别，因为他答应过乔小麦，这是一场一个人的婚前旅行，他不能总跟这对小情侣纠缠在一起。他要单独走一段自己的旅途。

告别时，安家杰没有说理由，陈辰和洛佳也没问。三个人相互握手，又相互拥抱，仿佛突然间成了亲人。三人约定，安顿好之后再通电话。

告别之后，安家杰打包住到临海的一家宾馆。尽管费用高了些，但视野开阔，推开窗就能看到海。单独享受美景，他感到了自由、畅快，却唯独少了一份浪漫。

陈莱茜的电话就是在这时打来的。几天都没回他的信息，安家杰一度以为那条短信将她得罪了，甚至怀疑只是自己自作多情，陈莱茜对他根本没意思。

然而，陈莱茜说出来的话却让他百般震惊。

“你在哪儿？我明天飞过去找你，我觉得……我们应该当面谈谈。”

这样的开场白干脆、利落，却又让安家杰摸不着头脑，只好一边思考一边拒绝：“呃，那个……我还有两天就回去了，或许你到了我也回去了。”

“也对，一个礼拜的假期，你已经用完了。”陈莱茜仿佛在自言自语，“可是，不当面说，我怕又错过……”

“错过？错过什么？”安家杰被对方说得糊涂了。

“错过彼此呀！”陈莱茜就差没在电话那头跳起来，“安家杰，你怎么出尔反尔呢？不是你说要跟我私奔的吗？难道你是在耍我？”

“私奔？”安家杰差点没吓出冷汗来。他记起来了，自己本来是想发给乔小麦的信息，鬼使神差就发给了陈莱茜。信息可以发错，但意图不能错，他赶紧解释：“莱茜，是这样的，那就是一个玩笑！”

“玩笑？我不信，你对我就是有好感的，怎么可能是玩笑？你一定是不好意思表达，所以趁旅行时说了出来，这叫什么来着？酒后吐真言，对不对？”陈莱茜在电话那头笑得很甜，“你知道吗？收到这条短信，我既开心又难过，开心的是你终于表达了，难过的是，我为什么没跟你一起去青岛。”

陈莱茜如此认真，让安家杰坐立不安，他赶紧打断她的幻想：“你真的误会了！那是有缘由的，我这次出来旅行，遇上一对私奔的小情侣，是他们的故事让我突发奇想，想看看有没有人愿意跟我私奔，那会儿你刚好给我发来信息，所以就……所以就发给了你……”

“你是在玩我？”陈莱茜听明白了，火了，“你怎么可以这样？这种短信也可以胡发吗？”

“是，是我错了，对不起，莱茜，我道歉，好不好？”安家杰不知如何是好，还想继续解释，可陈莱茜不给他继续解释的机会，瞬间将电话挂了。

安家杰深知理亏，赶紧发短信过去，很真诚地说对不起。

许久，陈莱茜回了一条信息，反问他：“如果你不喜欢我，怎么会听我的话去青岛？你这叫爱屋及乌，你敢做为什么不敢承认？”

安家杰又慌了，这还真是一个认死理的姑娘。他不知道怎样解释才能让她明白，她真的不是自己喜欢的类型。如果说有那么一点儿喜欢，也是因为她身上的年轻和活力，他觉得自己或许可以因为靠近她也变得年轻有活力，这只是一个年华逝去的男人对青春的一种怀念和祭奠。

单纯的解释显然已经行不通，这给安家杰的旅行留下了一点小遗憾。然而更遗憾的是，安家杰对这场个人旅行还抱有一丝美好幻想时，母亲的电话又打了来。

离开家时，他特意叮嘱老妈，没事不要打电话，旅行就是要放松的。母亲在这点上做得倒是很好，一个礼拜没来一个电话，如今电话打来，倒有点意外，接起来，还是意想当中的唠叨："明天就满期了，赶紧回来吧。妈想你了，儿子！还有，小麦也要回来了，你俩不如一起回来吧，玩也玩够了，回来好好商量商量结婚的事情。"

如果说，以前听到母亲催婚，安家杰难以接受，觉得有压力的话，那现在听到这样的话，他倒觉得正中下怀。一个人的旅行对他来说其实挺没意思的，特别是想到那对小情侣，尽管打打闹闹，家里也一大堆事，但两个人一起出行总是甜蜜多过烦恼。甚至有时候安家杰一个人背包进旅馆或是走在街上，人们投过来的眼神都让他觉得，单独旅行是件挺卑微的事，就如同歌里唱的那样，孤单的人是可耻的。他不想要这种可耻，更不想把这种可耻继续下去。

想到这儿，安家杰赶紧给乔小麦打电话。小麦的声音从那头传来时，他的心一下子就落了地儿，觉得安稳、踏实。

这一次，安家杰拿出恋爱时的甜言蜜语，告诉乔小麦："一个人的婚前旅行真是不好玩，太孤单，太难受了，还是跟你在一起好，至少不孤单。"

"跟我在一起，只是因为不孤单吗？"乔小麦反问他。

安家杰知道自己又说错了话，赶紧重申："不孤单，还有人爱，想想就幸福。小麦，我们结婚吧，好不好？"

第六章

旅途有多远，相遇知多少

旅途是怎样开始的不重要，重要的是如何结束，再远的旅途也挡不住回家的路，再美的相遇最终也只能是旅途中的一点小纪念，结束时挥手说再见，之后就真的再见了吗？一小时，一天，直至一个月，如果你还在回忆那点纪念，那就得想想，你的心是不是落在了旅途中……

（一）乔小麦VS林小峰

女人想结婚的时候，就算全天下人都反对，只要心爱的男人首肯，也会嫁得义无反顾；反之，女人的心思不在结婚这件事情上，就算所有人都认为该嫁了，女人还是不会嫁。

说到底，女人有时候就是一种倔强的动物，和爱有关，和心情有关。

此时，乔小麦的心情就极其不爽。旅途中，心灵孤独的她本想着和安家杰好好修复一下关系，却没想到，竟被阿眉一语中的，对方除了在短信里敷衍自己，在行动上也极为怠慢。

听到安家杰说“跟你在一起，至少不孤单”时，乔小麦差点没把手机摔了。

同居两年，七百多个日日夜夜的厮守，就算爱情磨尽了，至少还有亲情在，混到最后竟然只成了一个伴儿，这让她极其不甘心。虽说少来夫妻老来伴儿，但现在婚姻还没开始，她想要的不仅是一个伴儿，更重要的是这个男人心上有自己，爱自己，虽不至于没有自己就活不下去，但一定要有那种强烈的想厮守到老的念头。

显然，安家杰这时的求婚让乔小麦很不满意。所以，她没有立即答应，只是淡淡地应了一句：“此事再议。”

安家杰看不到乔小麦脸上的失望，如果他再追加一句誓言，或许她也就点头了，可是，安家杰瞬时放下了电话。他以为，两个已经熟悉到不能再熟悉的人，用不着那么讲究，自己该说的说了，该做的做了。他以为，只要自己开了口，乔小麦就等于是答应了，却完全忘记了结婚本是两个人共同要面对的事，不是熟悉了就可以忽视对方的感受，不是已经在一起了就可以走走结婚的形式，不需要考虑对方的感受。

安家杰是轻松了，乔小麦却郁闷了。她不是不想嫁，毕竟，哪个女人不需要一个安稳的家和一副可靠的肩膀，就算这个男人不是自己的长期饭票，至少也是心灵上永远的依靠才行。很显然，安家杰的表现让乔小麦越来越不满意。他对自己的忽视，让乔小麦有一种自己这辈子只能嫁进安家的感觉。这种感觉让她产生了叛逃的念头，凭什么安家杰说不婚就不婚，说结婚就结婚？凭什么只有在孤单时才记起娶自己这回事？

心里一这样想，乔小麦就觉得百般委屈。想到自己这两年来的付出——早早过上了家庭主妇的日子，算计着衣食住行，算计着买房购车，算计着今天攒钱能买块卫生间的瓷砖，下月再攒一点能攒出一只青花瓷碗……如此细算下来，可谓一分一厘都在算计，甚至连逢年过节，父母亲友给的压岁钱都红着脸接过来存上，以备结婚专用。然而，就是这样算计着过日子，还是没有让安家杰心甘情愿地娶自己。开始他不想结婚，似乎婚姻带给他的不是幸福而是束缚；后来他想结婚了，就来个突然求婚，完全不顾及自己是何种感受。嫁不嫁这样的男人，乔小麦犹豫了。

旅行团的车已经逼近市区，乔小麦却突然不想回家了。在那个所谓的家里，守候的准公婆也令她头痛。想起准婆婆装病逼婚，她就感觉很恐惧。同为女人，她根本不了解自己的心思，难道还有不想做新娘的女人吗？无非条件不成熟，感情不稳定，女人不敢贸然走进婚姻。可准婆婆不理解，她认为自己和安家杰就应该结婚，就应该顺从她的意愿。这个准婆婆真有些强势，更强势的还有私下取钱存钱的事，那十万块是乔小麦千辛万苦从牙缝里省出来的，里面还有她妈妈偷着给她的零花钱。想到自己的父母没花自己一分半厘，竟然被准婆婆捷足先登，说什么是为自己存着，存来存去，还不都是自己攒的吗？这件事让乔小麦的心里一直有个疙瘩，不是计较，而是她厌恶准婆婆的强势。这种先入为主的做法让她害怕今后婆媳之间的相处。

男人不体贴，婆婆又强势，这样的家庭让乔小麦对婚姻这事再次望而却步。乔小麦突然决定先回那个家了。

旅游车已经渐渐驶入城区，路过新建的游乐城时，乔小麦跟导游申请下车。提着行李站在站点，乔小麦不知何去何从，这时天公不作美，竟然下起冬雨，打在脸上、身上，湿漉漉的，还有点疼。乔小麦一边理顺被打湿的头发，一边弯腰护着行李箱。在匆匆行人的注目之下，孤单的她心里莫名涌起一丝悲凉。

有那么一刻，感觉头上的雨停了，乔小麦兴奋地起身，却差点跟一个男人撞个满怀。乔小麦发现，雨还在下，是眼前这个男人好心地为自己撑起了雨伞。对方一脸温和的笑，很年轻，蓝色牛仔配黄色羽绒服，在这个阴霾的冬季显得那么温暖。

“谢谢。”乔小麦感激地道谢。

男人笑得很真诚：“不客气。”

乔小麦抬头看看对方，突然发现，为了给自己和自己的行李遮挡，男人的一只肩膀已经被冬雨打湿，这让她更加过意不去，赶紧上前把伞推到对方身上：“因为我，你自己淋湿了，真对不起。”

男人还是很真诚地哭着，坚持着把伞再递过来：“没关系。”

乔小麦不同意，又把伞推回去，而对方也坚持将伞移到她这头。两人推来让去好一阵，最后折中，一人一半。

车来了一辆又一辆，两人始终站在原地，没有谁先走。最后，倒是乔小麦忍不住了，问对方：“你要去哪里？”

男人笑着回答：“哪里都去，哪里也不去。”

这话说得云里雾里，乔小麦没听明白，男人又解释道：“我是到这里出差的，办完事想顺便玩一下，没想到刚出门就遇上下雨。”

乔小麦此时已经从对方的口音里听了出来他不是本地人。虽然自己在这座城市生活多年，也是个外来户，此刻还是个刚刚独自旅行回来的外来户。她觉得，自己和眼前这个男人是一类人，都是异乡人。

如此一想，距离就拉近了些，乔小麦告诉男人：“冬雨最折磨人，一时半刻停不了，你还是打伞先走吧。”

“让我把一个女士单独留在这里淋雨，那我成了什么人？再说，看你这架势也是旅游来的吧？大包小包的，怪不容易的，还是一起等吧。”男人坚持得很。

雨越下越大，乔小麦有些不知所措，但想到对方要为自己在雨里站这么久，于心不忍，想了想，告诉对方：“我就近找个宾馆就成，你还是忙你的去吧。”

男人听了，立即告诉她：“站点对面就有新开的宾馆，我就在那里住，干净又便宜，不如我送你过去吧，我也算是回了家，呵呵。”

乔小麦点了点头，任由男人帮她提上行李。两人打着伞，穿过马路往对面走去。车太多，又起风了，男人一只手提着行李箱，一只手握着伞，没握牢，伞竟然被风吹走了，人正在十字路口，又不方便追。两个人只好提着东西匆匆往对面宾馆跑，男人一边跑一边告诉乔小麦：“能有个人一起淋雨，还真是件幸福的事情。”

乔小麦很想告诉他，两个人一起打伞那叫幸福，一起淋雨其实是件倒霉的事，充其量是玩得过分的浪漫。

乔小麦已经不相信所谓的浪漫了，和安家杰已经玩够了这种“画饼充饥”的浪漫。空中楼阁，中看不中用，更当不了衣食住行。生活是把现实刀，逼着女人懂得世间冷暖，明白有情饮水饱其实是傻子才干的事。

所以，她没回应对方的幸福论。男人毕竟年轻，对幸福的要求简单到不能再简单，哪像自己，承受过现实的千锤百炼，早就不相信这些幼稚的浪漫。

帮乔小麦把行李送进房间之后，男人自我介绍叫林小峰，二十八岁，比乔小麦还年轻一岁，喜欢旅游和美食。林小峰告诉乔小麦：“在我心里，这世上最浪漫的事就是和心爱的人一起游遍千山万水，再拍一套值得珍惜的相片留作纪念，晚年时一起看着相片回忆，多浪漫的事。”

看着林小峰一脸幸福状，听着他一次次说起浪漫，乔小麦认定，这是一个没经历过爱情，或者还没被爱情伤至彻底的男人。

只有对爱情充满幻想的人才会时刻想要浪漫。

乔小麦笑着告诉林小峰：“像你这样的男人已经不多见，难得的单纯。”

听乔小麦这样说，林小峰笑得更加灿烂，一副大男孩的样子：“单纯不好吗？”

“好。单纯的人更容易幸福。”说这话时，乔小麦不知怎地就记起了自己和安家杰的开始。起初，两个人也这般单纯过，单纯地相信能在一起就会幸福，单纯地以为爱情能战胜一切，而生活却给出了另一个答案。

林小峰很会察言观色，看出了乔小麦有满腹心事，赶紧献策：“不如我给你个讲个笑话吧！”得到乔小麦应允，他一脸坏笑地说，“我只讲和鸡蛋有关的哦，听好了！一个鸡蛋去茶馆喝茶，结果它变成了茶叶蛋。一个鸡蛋去松花江游泳，结果它变成了松花蛋。一个鸡蛋跑到山东，结果它变成了卤蛋。一个鸡蛋生病了，结果变成了坏蛋。哈哈哈……好笑不好笑？”

一个二十八岁的单纯男人，连讲笑话都如此单纯，乔小麦想笑，又觉得这个笑话其实没什么可笑，但出于礼貌，还是扯了扯嘴角，以示鼓励。

林小峰看得出乔小麦不是出于真心地笑，又接着讲：“你求过佛拜过菩萨没？”

乔小麦不知他葫芦里卖的什么药，点了点头：“求过。”

“可你知不知道求谁会灵验？”林小峰笑着问。

乔小麦突然记起，在灵隐寺求签的事，至今也想不出那支签究竟预示着什么：“佛祖，菩萨，还是别的神仙？”

“哈哈哈，我来告诉你，求谁最灵验。相传有个村庄的菩萨庙非常灵验，每天祈求拜佛的人特别多，有一天菩萨也在排队拜神。旁人就问，你为什么也来拜神。结果菩萨说，求人不如求己。”林小峰说完，收起笑容，一脸真诚地看着乔小麦，“你看，菩萨都说求人不如求己，你就想开些，不管遇到什么事，都开心点吧！”

乔小麦回想刚才的笑话，确实好笑，又颇有哲理，再加上对方如此懂得人心，她不由得感动了：“谢谢你。”

“如果有什么我能帮你的，说出来，我和你一起分担。”林小峰热情地说。

可他不知道，纵然他再热情，乔小麦也不会跟他吐露一个字。怎么能跟一个刚认识的陌生人说起自己的私生活？又怎么能说自己相处两年的男朋友连求个婚都毫无诚意？

林小峰不笨，乔小麦不说，他也不再问。看窗外雨停了，太阳也出来了，于是动员她：“既然大家都是出来旅行的，不如做个伴，听说前面有个新开的娱乐城，我们一起去玩玩吧！”

乔小麦本来就想趁机调整一下心情，难得两人如此默契，便点头答应。两人下楼后才发现，雨还在下，寒气逼人。乔小麦犹豫着是回去拿伞还是就此打住，而林小峰已经毫不犹豫地冲进雨里，一边奔跑一边喊：“能在雨里奔跑也是一种幸福。你不要怕脏了衣服，衣服脏了可以重新洗；你也不要怕被淋湿，湿透了才能感觉到雨的奥妙，最主要的是放下一切，感受开心！”

放下一切，感受开心。这句话让乔小麦的心门瞬间打开，紧随林小峰冲进雨里奔跑、淋雨，一路上竟酣畅无比。乔小麦心里不止一次地骂自己犯神经，过去也看到过有情侣在雨中穿行，她觉得那样做很傻很天真，淋感冒了还得浪费一碗姜汤，觉得这样做的男人也不靠谱，再美再浪漫终不及一把伞来得实际，遮风挡雨才是上策。现在因为林小峰，她觉得自己过去那种想法其实才是真傻：不经历，哪懂得两个人在风里雨里不管不顾彻底解脱彻底放松的快乐，这种自由和畅快真是妙不可言！

哪怕路上行人纷纷侧目，乔小麦只觉得自己像一只刚蜕完皮的蜻蜓，第一次勇敢地飞行在风雨里……

（二）狗和男人哪个更忠诚

有时候，男人和女人之间的陌生感，只需一个契机就能打破隔阂。

一场酣畅的雨，冲刷出一段不再陌生的交情，在娱乐城玩了一圈下来之后，乔小麦和林小峰已经变成了无话不谈的朋友。

林小峰对乔小麦说：“我对这个城市有种莫名的熟悉感，总感觉很亲切，虽然是第一次来，但很喜欢这座城市。”然后看看乔小麦，又问她，“你为什么来这里？”

乔小麦本来想说，自己本来就生活在这里，想了想，又怕自己先前的谎言被戳穿，只得硬着头皮说："我就是路过，来玩玩的。"

"旅行？"林小峰笑起来，一口白牙很耀眼，"你还喜欢一个人旅行呀？带那么大一个旅行箱，真牛！"

乔小麦想说自己的旅行刚刚结束，这里不过是终点，却又觉得，这样的私事跟一个刚认识的人谈起容易尴尬，只得笑笑，算作回答。

"一个人旅行其实挺好的，可以想明白很多事，开心的，不开心的，在旅途中都可以悟个明白。"林小峰接着说，"我的工作性质就是常年出差，这就意味着常年旅行。起初我很抗拒一个人出来，觉得很孤单，到了后来，路过一个又一个城市，接触过一段又一段的故事，突然发现，其实一个人旅行蛮有意思的。认识不同的人，经历不同的事，在陌生的城市感受别样的温暖，其实是件很令我感动的事。"

"每座城市都有令你温暖的故事么？"乔小麦讪讪地问。她记起有人说过，常出差的男人嫁不得，因为他们最容易搞外遇。

林小峰倒不计较，爽朗地一笑："我知道你在想什么，我们这些常年出差的男人在你们女人眼里算不得好人。但我身正不怕影子歪，在别人眼里你是什么样子不重要，重要的是你自己得明白自己是个什么样的人。"

乔小麦点了点头，回味着林小峰的话，突然觉得这个男人看似简单，其实内心还是很有想法的。莫名地就想起自己和安家杰这场婚前旅行来，她想知道，在男人心里，一个人的婚前旅行究竟意味着什么。

"如果给你几天时间，让你来一场一个人的婚前旅行，你会去哪里，做什么，又会是怎样的心情？"乔小麦问。

林小峰显然被她的问题问倒了，怕自己没听仔细，眨了眨眼，重复了一遍她的问题："一个人的婚前旅行？"

"对，一个人的婚前旅行。确切地说，你和你女朋友对结婚这件事好像都疲惫了，都不知道婚后能不能过得幸福，所以，你们决定各自来一场旅行。这时候，你会选择去哪个城市，做些什么事？"乔小麦很认真地解释道。

林小峰依然爽朗地笑："呵呵，这倒是个好问题。婚前旅行，还真是一件新鲜事儿，如果哪天我要来一场单独的婚前旅行，我想我会去一个很远很宽阔的地方，比如西藏、云南，离家越远，越能想明白自己需要什么。"

"越远越好？"乔小麦若有所思，"远了是不是更能明白爱情和家的意义？"

"这个不好说，我现在还没有女朋友，所以不敢妄言。"林小峰笑得很调皮，靠近乔小麦，边观察她的表情边问，"你别告诉我，你到这里来是为了一场婚前旅行！"乔小麦脸一红，没想到自己的心事全写在脸上，越是如此，林小峰越是肯定，"一定是的，怎么样，想明白了吗？"

"我……"乔小麦不知道要不要承认。承认了吧，怕对方再问一些令自己尴尬的问题；不承认吧，那就直接是在说谎，骗这样一个爽朗真诚的朋友，她于心不忍。

看她吞吞吐吐，林小峰倒没有逼宫，眼睛落到乔小麦身后不远处，突然大叫一声："哇！快看！多可爱的小东西！"

乔小麦回头一看，发现一只毛茸茸的小狗正一步一挪地向自己靠近。她迎上去，发现这只小狗受伤了，走路一瘸一拐，表情痛苦，雨淋湿了它的全身，滴下来的全是脏水。想抱它，又觉得它浑身脏得很，更怕有跳蚤，只好打住和它亲近的想法。

倒是林小峰毫不顾忌，上前抱起小狗，跟她说："这小狗也就两三个月大，可能是被人遗弃的，腿也受了伤，太可怜了，我们抱回去吧！"说完，抱着小狗便往回走，一边走还一边催促乔小麦，"你跟上点儿，我们先去给它打针。"

乔小麦觉得这个男人真是好可爱，对一只小狗竟如此用心，善良得可以。

宾馆隔壁就是一家宠物医院，医生给小狗做了检查，确认只是腿受了皮外伤，并没伤着骨头，他们拿了药，顺便给它洗了澡，这才抱着干净可爱的小狗回宾馆。

刚进宾馆大厅，又被服务员拦住说，宾馆不允许带宠物。这让乔小麦很为难，她甚至想劝林小峰扔了小狗，林小峰不干，跟服务员争执起来，最后还把大堂经理招了来。在大堂经理的协调下，林小峰加付了一半的房钱，这才把小狗带回了房间。

对于林小峰的执着，乔小麦既敬佩又感到好笑，这样的事如果被安家杰遇上，他一定会把小狗扔了，或者干脆置之不理。这样一对比，乔小麦不知道是该表扬林小峰的同情心，还是赞赏安家杰不惹麻烦的成熟。男人跟男人真的不一样。

回了房间，接到准婆婆的电话，被问及为什么还没到家，乔小麦说了谎："半路上耽搁了一天，明天就回去。"电话里，准婆婆告诉她，安家杰明天也会到家，说完之后，还在电话那头沉默了许久。乔小麦无话可说，默默放下电话，静下心来之后才想明白，准婆婆之所以沉默，是希望自己问候一下安家杰吧。

想到这儿，乔小麦才发觉自己和安家杰已经两天没有联系过了，电话、短信皆无。

一对恋人，同在异乡，竟然可以毫不牵挂，这是一种危险信号。

想要一个人静静，门却被林小峰敲开了。对方抱着小狗，做出一副可怜相，一进门就向乔小麦诉苦："这小东西一进我的房间就汪汪地叫，不知是哪里出了错，要不，我们一起去医院再给它好好检查一下吧？"

乔小麦抱过小狗，小东西不停地舔她的手，她认定小狗是饿了。拿出自己的饼干，在水杯里泡软了喂小狗，它竟吃得无比欢畅。

林小峰见小狗不叫了，立即笑了："哇！都说母性最伟大，此话果然不假！我以为它病了，没想到……竟然是饿了！嘿嘿，还是你有办法。我看这小狗应该跟着你。"

乔小麦却推辞："我怎么能带一只小狗呢？"

"我一个大男人带它实在不够细心，你不怕我饿死它呀？再说，我明天还得去见客户，单独放它在房间，咬破了床单就不好办了。你又不是不知道，宾馆那边可给我下了死命令，不许弄坏弄脏东西。"林小峰恳求地说，"要不，明天我忙完，再过来接它，OK？"

乔小麦想了想，也是。别说他有公务在身，就算一个普通男人养一只小狗也不会多么细心，更何况常年出差在外，带只狗出行极其不便。再看看跳着闹着的小狗，相当可爱，便动了恻隐之心："这小狗你也带不了，不如送给我吧！"

"你不怕旅途上带着它困难？"林小峰关切地问。

乔小麦想说自己已经到家了，又不能说出真相，只好点头："我离家没多远了，你不同，要坐火车，带着它根本不方便，再说，我也很喜欢这个小东西。”

“那倒是。真得感谢你的同情心。不过，我也喜欢这小东西，不如……不如这样吧，狗你来带，它的名字我们一起取，怎么样？”林小峰想了想，说，“我看就叫小雨吧，雨中捡的。”

乔小麦抱起小狗，看了看，发现是条小公狗，不禁笑了：“一个男孩子叫小雨，也太矫情了吧？你看看，它的嘴巴、耳朵，还有四只小脚全是黑色的，背还那么宽，将来一定是只大狗，取这样秀气的名字，怕它也不愿意吧？呵呵……”

“背部宽阔，四肢发达，像什么呢？哦，像车！”林小峰悟出什么似的，大叫，“哈哈，我想起来了，像车，一辆可以载去你的哀愁、带给你欢乐的车！不如就叫它宝马吧，车中豪杰，贵气，说不定能给你带来好运！”

宝马。这名字让乔小麦想笑，又觉得与众不同，低头唤了一声小狗：“宝马？宝马？”没想到，小狗竟然回头冲她回应：“汪，汪汪。”这一声叫得乔小麦越发觉得，收养一只小狗实在是件有意思的事。她抱起宝马，回头告诉林小峰：“成交！”

林小峰乐得直笑：“希望宝马能给你带来快乐！有句话说得好，狗比男人忠诚。虽然这么说我们男人不太厚道，但狗确实是这世上最忠诚的动物，你以后就有一个对你无比忠诚的伙伴了！”

狗比男人忠诚。乔小麦在心里暗笑。男人和狗，自古以来就有太多典故，为了一根骨头，狗与狗之间可以发动战争；为了一个美女，男人们何尝不是大动干戈？

她没有回应，毕竟眼前的林小峰也是男人，这话怎么说都是对他的一种贬低。

林小峰也发现了自己的失言，赶紧为自己挽回："瞧我，自己骂自己，哈哈哈，真是高兴坏了！好啦，宝马既然有了去处，我也放心啦。我得回房准备明天用的资料，你也累了吧？早点儿休息，明天早上我来喊你吃早饭。"

乔小麦笑了笑，目光一直放在宝马身上。这个小东西也正眼巴巴地看着她，就这么遇上了，喜欢上了，仿佛天生有缘，乔小麦有种想带它回家的冲动。

送走林小峰，乔小麦又帮宝马洗了个澡。尽管在宠物医院洗过，但她觉得狗跟人一样，越洗越干净，越干净越舒服。小东西也很顺从，双脚趴在地上不动不叫，似乎还很享受乔小麦双手带来的爱抚，洗完不忘冲她汪汪叫两声，以示感谢。

突然到来的宝马，激起了乔小麦强烈的母性，她一直抱着它，爱不释手，嘴里不停地念叨着："宝马，宝马。"说话间，安家杰的电话就来了，接电话时，她还不忘冲小狗说："宝马，你要乖哦。"

安家杰听到了，不解，乔小麦便把捡小狗的事说了出来。当然没有说自己到家却不回家，而且还认识了一个新朋友，只说自己在外面多留了一天，捡了只小狗，想带回家。

安家杰的第一反应是小狗很脏，别让它传染上了病，劝她扔掉。

安家杰这态度乔小麦不是没有预料到，但她已经对宝马有了感情，就据理力争："天天洗澡，怎么会脏？再说，狗也是有感情的，你对它好，它就对你好，哪能说扔就扔？怎么说也是一条生命。这狗我养定了！"

似乎没有商量的余地，安家杰在电话里也不便说什么，只好应承："你喜欢就好。"

“你喜欢就好。”这话在两人恋爱时，乔小麦总能听得到。刚在一起的小半年，她喜欢半夜起来喝冰水，总是指使安家杰到冰箱给她取。不管是夏天还是冬天，安家杰都会听话地冲到厨房，取出冰水，倒上，再递到床前，等她喝完，再把杯子放回去。起初乔小麦觉得不好意思，安家杰却说:“你喜欢就好。”听着无比贴心。再后来，安家杰就没那么听话了，懒得起身，懒得伺候，乔小麦自然不乐意，两人也为这个小习惯吵过打过，最后还是折中处理：安家杰晚上负责倒一杯水放在床头，乔小麦也只能改了喝冰水的习惯，随便什么水，伸手能拿到就好。

回过头来想想，爱情和婚姻无非就是一个习惯的过程，殷勤的不再殷勤，挑剔的不再挑剔，但双方已经习惯，习惯成自然就是生活。

“那我明天带宝马回家。”乔小麦如是说，“你什么时候回来？”

安家杰赶紧汇报:“我已经在路上，明天中午就到了。”

“好。”乔小麦答得干脆，“我们的事，回来再说吧。”

听得出来，乔小麦有些不高兴，安家杰赶紧解释:“这两天先是换了宾馆，接着又去了几处景点，实在忙得没时间打电话，你相信我，我一直是想着你的。而且，我们不是也说好了吗？回去就结婚。我想跟你在一起，小麦，我是爱你的。”

“我想跟你在一起。”“我是爱你的。”这样的话要是放在过去，乔小麦会感动不已，现在听来竟觉得像在听台词。不是不相信安家杰的真诚和真心，只是欠缺一点小感动。

“真想跟我过一辈子吗？”她问。

安家杰这次没让她失望，回答得很肯定:“想好了，一辈子，小麦，回去我们就结婚。”

“回去就结婚？”乔小麦问安家杰，又像在问自己，“会不会太仓促？什么都没准备呢。”

“我和爸妈已经商量好了，他们帮咱们出首付，买个精装小公寓，月供咱们还负担得起。”安家杰讨好地说，“其实，我本来是想回去给你一个惊喜的，可还是忍不住跟你说了。我知道，你一直想要有自己的房子，我跟爸妈说了，这次就买你中意的户型，按你的意思装修，一定让你满意。”

这话听得乔小麦真的感动了。对于一个熟悉生活懂得现实的女人来说，给她一个安稳的家好过一千句一万句甜言蜜语。

“这就算求婚了吗？”乔小麦温柔地反诘，“戒指呢？玫瑰呢？”

“一样也不少。”安家杰赶紧说，“等我回家，一样一样地解决。小麦，我想你了。”

“我也想你了。”乔小麦心跳加速，回答完了，又突然记起自己曾经这样试探过对方，突然问，“前几天，我一直发短信说我想你，你为什么不告诉我你也想我？有一搭没一搭地说什么‘我也是’，多敷衍人呀！”

安家杰一边道歉一边把自己在青岛路遇私奔小情侣的事说给她听：“遇上他们，我感动过，也厌烦过，最后还帮助了他们，不是我有多善良，而是从他们身上我想明白了一件事。你想想，他们为了爱情可以跟亲人反目，不顾一切私奔，而我们处在亲人们的关怀中，还能幸福地在一起生活，为什么就不能好好珍惜呢？”

一番话将乔小麦一度埋怨的心一点点打动，她知道，这番话安家杰说得很用心，很真诚，她不得不承认：“你说得对，我们是应该好好珍惜。”

“那么，等我回去，我们一起商量婚事，好好的。”

“我知道了。”乔小麦打着哈欠，心想，安家杰毕竟还是爱自己的。再摸一把睡在自己身边的小宝马，心一下子柔软起来，觉得自己今天还真是幸福，一头是忠诚的小狗，一头是忠诚的男人。打动女人的心就是如此简单，只要让她感觉到幸福和踏实。乔小麦飘在半空的心瞬间落了地。有一个相爱的男人,有一个即将属于自己的家，这对女人来说，也算是幸福生活的开始了吧？

是这样的，她想。

（三）安家杰VS黄凌梅

安家杰对乔小麦的表白是真心的。

一个人的婚前旅行，在他眼里虽然是自由多过孤单，但置身美景当中还是希望能有一个人和自己同行。

男人再独立，情感上终究也是孤独的，更何况，他们有时候跟孩子一样，很希望身旁有个女人来照顾自己。

和乔小麦共同生活的两年，安家杰承认，乔小麦对自己的照顾比较多。比如，每天早上她总是早起十分钟做早饭，再喊自己起来。他喜欢吃中式稀饭，而她喜欢的却是西式面包，为了他的胃口着想，乔小麦总是中西合璧。时间实在来不及，也只能跟着他一起喝稀饭——东北人喜欢的玉米渣子，这点他曾经感动过。一个女人宁可委屈自己的胃，也要让男人吃上自己喜欢的东西，这不仅是女人贤惠，更是一种牺牲。安家杰觉得，乔小麦是做妻子的不二人选，虽然后来她把房子、车子当成结婚的首要条件，但他理解，这就是生活。你可以强求一个女人生活节俭，但不能强求一个女人结了婚还跟着自己租房子，受房东的气，不断地搬家。这种流浪的日子会令女人恐惧婚姻。想到这儿，安家杰彻底理解了乔小麦当初为什么那么抗拒结婚。

她没有错，错的是自己条件达不到。安家杰默默地对自己说。

此时，长途车已行至半路，因为是一个人旅行，不断地赶车，赶夜路，更让他明白了什么叫漂泊。

漂泊令男人疲倦，更何况女人呢？生活亦如是。安家杰就像发现了真理一样，默默地把感受记下来，想发给乔小麦，又怕打扰到她休息。夜已深，他希望她的美梦别被自己打断，爱一个女人也应该让她做一个安稳的美梦。

越是这样想，安家杰的内心越是豪情万丈。车至中转站正是凌晨，同车的旅客要去吃点热乎的东西垫底。司机索性停车，给大家半小时的时间去吃饭。

安家杰拿上行李包，进入中转站一家馄饨店，要了一碗馄饨。吃了一个觉得味不对，想吐，看周围的人吃得津津有味，就忍了，狠狠咽下去，有种盐进嗓子眼儿的感觉，不敢再吃第二个，倒把汤喝了个底朝天。喝完还觉得渴，出了馄饨店在旁边的超市买了两瓶水，往车的方向走，走了几步，被脚下的什么东西绊了一下。他低下头寻找，发现不远处一个黑乎乎的东西，捡起来，发现是个钱包，打开，里面有厚厚一沓人民币，这把他吓着了。刚想喊谁丢了钱包，又觉得深更半夜的，自己这一嗓子恐怕会把贼招来，最好的办法是先看看里面有没有什么证件。

钱包的颜色是一种精致的红，很显然这是一款女士钱包，里面除了钱还有几张银行卡，不用问，这个失主还真挺富裕。安家杰继续翻，想找到身份证之类的证件，却没有，翻遍了只有一张购买衣服的发票，发票写的是某型号的女款上衣，金额4888，抬头处写着"个人"。唯一的线索又断了。安家杰有种小失落，捡到有大额现金的钱包，又是这样一个夜黑风高的半路，换了别人或许还会暗自庆幸，但是接连几天的个人旅行让安家杰觉得，一个人出门在外已属不易，若再把护身的银子丢了，那怎一个惨字了得？所以，他想找到失主。

原地转了一圈，又等了有足足十分钟，中途下来吃饭购物的人不断涌现，却没发现一个回来找钱包的。司机在那头已经催着大家上车，安家杰急了，上前跟司机商量，能不能晚会儿开。等司机明白他的意图之后，也觉得这是一件大好事，所以决定号召乘客一起帮忙寻找失主。

众人拾柴火焰高，在大家的帮助下，安家杰竟然真的找到了失主，而且还同在一辆车上，对方叫黄凌梅，从南方小城过来进货的，下车买了点东西，结账出来把钱包往包里塞的时候，没想到塞错了地方，直接掉到了地上。因为天黑，人声嘈杂，又没听到，所以也一直没发觉。

安家杰把钱包递给黄凌梅的时候，心里莫名悸动，对这个女人，他是有印象的。

黄凌梅是半路上的车，本来司机不想停，因为长途车不允许中途上人。安家杰看她一直不停地挥着手，小小的身子在寒风中不停地发抖。最让安家杰印象深刻的是她那张秀气的脸，典型的南方女子，干练中透着精致，有一股知识女性的味道。这是安家杰中意的女人类型，看起来不算漂亮，却有无穷尽的女人味。所以，安家杰劝服司机停了车，这才让黄凌梅上来了。

“谢谢你。”钱包失而复得，黄凌梅很感动，边说边从钱包里拿出一沓钱递给安家杰，“这是感谢费，请收下。”

安家杰急了，有意做好事，怎么可能收好处费？还被对方冠以“感谢费”。他哭笑不得地把钱推回去：“我想要钱，就不必还你钱包了，收起来吧！”

他的做法引来全体乘客的掌声，黄凌梅却一脸坚决：“我从来不白白接受别人的帮助，这钱你必须收下！”说完，硬是把钱塞进安家杰的手里，转身回了自己的座位。

别说全车人的目光都在自己身上，就算此时只有他一个人，安家杰也绝对不会收一分钱。这成了什么事？捡一钱包，再收人家一沓钱作为回报，还算好人好事吗？

再看看眼前的黄凌梅，人如其名，一副盛气凌人的模样，仿佛安家杰收感谢费，自己拿回钱包，不仅理所当然，而且不必再对他表示任何感谢。

这个女人有点不近人情。安家杰在心里暗暗思忖，开始以为是个知识女性，没想到不过是一个被利益和现实熏染的小商人。

安家杰快步走到黄凌梅面前，在她没反应过来时，再次把钱递到她手里，一边递一边说：“这钱我不会要，如果你实在不想收回去，那就拿出来请大家吃东西吧！”这话引来车上乘客的一致赞同，众人再次鼓掌附和。掌声中的安家杰竟有点小骄傲，看着还没缓过神来的黄凌梅，满脸得意地说：“听听，群众的呼声有多高！看来，这个好人得你来做喽！”

黄凌梅没想到他会来这招，做了这么多年生意，在她的意识里，人与人之间除了利益纠纷，怎么可能有人给钱还不要的？她没缓过神来是真的，对安家杰这种高姿态的做法不理解更是真的。可是，众人已经站到了安家杰那边，自己倘若再坚持，倒显得不近人情。看着安家杰那一脸的得意，她索性来了个借花献佛，就当钱已经给了安家杰，反正自己也不损失什么，于是就痛快地答应了："那好吧，麻烦司机先生再给十分钟时间，我下车给大家买吃的去！"

众人一致同意，司机也乐得送人情，停了车。黄凌梅下车，安家杰也跟了下去。两人一前一后地走着。

安家杰对黄凌梅说："你是个痛快的女人。"

黄凌梅却对他不屑一顾："你是个不贪财的男人。"

安家杰这才意识到，自己不收钱这事还刺激到了黄凌梅，他再次解释："其实人和人之间不是有钱才能解决一切，真为了这几个钱，我还不如当初不还钱包给你，你说呢？而且你也看到了，刚才大家都帮着找失主，说明人和人之间还是有真情在的。钱包有价，情义无价，你应该相信大家伙是真诚的。"

黄凌梅突然停下，转过身来，差点跟安家杰撞到一起，又急急往后退了两步，对他说："我是个商人，我只知道利益是永恒的，所谓的感情都是暂时的，或者说，大家是相互利用的。所以，收起你那套'真情论'吧。你才多大，给我上课？真是好笑！"

明明是一番好意，却换来对方如此一番奚落，安家杰着实不高兴，站在原地不想走了。他心想，这可真是一个不通人情的女子。

黄凌梅看了他一眼，倒也没觉出什么不妥，兀自往前赶，一点也没有等他的意思。这让安家杰急了，心想，大半夜的，一个女人带着那么多钱，要买那么多东西，万一有个差池，又是在一个人生地不熟的地方，也就不跟她计较了。他追上去，在黄凌梅身后，寸步不离地跟着。进了超市，黄凌梅几乎看都不看，从食品到饮料，走一路拿一路，直到购物车载不动了，这才作罢。安家杰劝了几次，说根本不用这么多东西，她不听，兀自推到收银处，付了账，又大包小包拎着往外走。

黄凌梅不理安家杰，倒让安家杰不安起来。这个身材娇小的南方女人，身体里仿佛蕴藏着巨大的能量，让他不由自主地紧张。顾不得计较，安家杰上前抢过她手里的大包小包，匆匆往车上赶。

上了车，众人吵着嚷着吃东西，黄凌梅却仿佛虚脱了似的坐回座位，看都不看眼前的热闹景象。安家杰被众人感谢着，却没有了先前的自豪感，相反，他一直在思考，黄凌梅这个女人身上究竟有着怎样的故事，她的内心是不是跟表面一样冷。

（四）有一种女人叫特立独行

当男人对一个女人产生兴趣时，心会不由自主地被对方牵着走。

黄凌梅越是冷漠，安家杰越是急切地想了解她。漫漫长夜，又睡不着,车内笼罩的热气愈加反衬出车外的严冬之寒。独自外出的人，内心难免生出一种寂寞的冷清，而安家杰内心更多的是一种猫抓狗咬般的纠结感：想睡，睡不着；想说话，又是满车的陌生人，只好再次将目光投向黄凌梅。

意外的是，这一次竟然跟黄凌梅的目光撞到了一起。

熟男熟女，隔空相望，这目光究竟有多少深意，彼此心知肚明。

安家杰不知哪里来的勇气，起身跟黄凌梅旁边的乘客商量换座位，得了应允，如愿坐到黄凌梅身边。本以为黄凌梅会对自己表示欢迎，却不料对方第一句话就让他坐立不安。

“你换过来让我觉得拥挤了。”黄凌梅不客气地说。

安家杰这才注意到，自己确实比刚才换座的乘客胖了些，可再胖也不至于占尽空间，更何况他还认为自己年轻帅气身材好，所以黄凌梅的话让他微微有了些自卑感。

“那……要不，我再换回去？”他试探着问。这样问的时候，心里已经打定了主意，对方只要说换回去，他一定会回去，这关乎男人的面子。

黄凌梅没有这样回答，反而笑了，这一笑，两人的距离拉近了。

“故意逗你的。你可以开我的玩笑，为什么我就不能开你的玩笑？”黄凌梅嗔怪道，“你这人可真有意思，追着给我上课还没上够？还要换了座位再来讨打？”

听她说得轻松，丝毫没有敌意，安家杰这才松了口气，手抚胸口，似有意还无意地说：“哎哟，我可不敢再给您上课，您这一举一动一言一行可让我揣摩不定，怕您不高兴呢，哪还敢惹您哟？”

讨好的话，黄凌梅还是能听得出来的。她微微笑了笑，露出一对可爱的小虎牙。他趁机又讨好：“您这一笑，真有点天下第二的意思。”

“天下第二？”黄凌梅不明所以。

“天下第二可爱小虎牙。”安家杰解释。

黄凌梅来了兴致，十分好奇地追问：“那天下第一是谁？”

“我妈呀！”安家杰毫不犹豫地回答。其实，他自己也知道，老妈根本没有小虎牙，不过是为了讨好黄凌梅，信口胡说罢了。

但女人就是这么好哄，几句讨巧的话就足以令她们开心，就算再聪明再警惕的女人，面对讨好和欣赏，也会有些许迷失。

黄凌梅的脸色缓和多了，先前的不友好渐渐消失了。她真心地对自己先前的态度进行了自我批评，并诚恳地跟安家杰道谢，安家杰再不敢得意。从交谈中他已经了解了黄凌梅的个性，这是一个带点小骄傲的女子，个性独立，为人封闭，想打开她的心门着实不易。可是，男人面对个性独特的女人，总是容易生出征服心理。充满征服欲的安家杰更是迫切地想要了解黄凌梅的一切。

“其实你笑起来挺好看的，为什么总是故意摆出一副冷冰冰的样子，拒人于千里之外呢？”

这话问得很有技巧，直奔主题，却又带着一种美的肯定，让黄凌梅听起来不至于难以接受。

“我有那么冷吗？如果给你冷的感觉，那可能是一种误会吧。”黄凌梅不得不为自己辩解。

安家杰知道，对方这是聪明地将皮球踢了回来，于是，又赶紧踢回去：“误会不怕，就怕你内心真的需要温暖，却又不愿意对别人敞开，这就等于为自己关了一扇门，同时也为关心你的人关上了一扇门。”

安家杰说得很艺术，黄凌梅听了感觉很凄凉。她刚刚绽放出来的笑容瞬间凝结，被人看透心事的感觉油然而生，不得不佩服他的聪明。

“你是个聪明人。”

“聪明人最怕一种人。”安家杰又卖了一次关子。

“哪种人？”黄凌梅再次被勾起兴趣。

“一味掩饰的人。确切地说，是虚伪的人、难以接受的人。”安家杰意有所指。

黄凌梅听出来了，对方这是变着法儿地说自己虚伪。她非但没生气，反而笑了，兴趣渐浓地问安家杰：“我哪里虚伪了？跟你一没利益纠纷，二没情感纠葛，我何必虚伪？”

“听听，你自己也说了，一没利益纠纷，二没情感纠葛，三呢，还是一个连姓名都不知真假的陌生人，所以，在我面前你有什么可掩饰的？只能说，你的心理负担太重，你的心里背着一座山，太沉！”

仿佛被说中心事，黄凌梅突然失语。

安家杰深知，对于这种特立独行的女人，就得下猛药，唯有镇住她，才能让她说实话，于是接着下药：“再说，你我不过一站路的缘分，就算你跟我说，你昨天杀了人，今天打了劫，我也不会去告发你的，因为咱俩根本就是陌生人。对陌生人都不敢轻易敞开胸怀，对于你身边最亲近的人，怕也难打开心结吧？我能想得到，你跟你最亲的人一定也做不到坦诚，是这样吧？”

“你怎么知道？”黄凌梅十分惊讶，“难不成，你是学心理学的？”

安家杰故意卖关子：“再大胆揣测一下，你和你爱人一定相处得不太好。”

黄凌梅的头一点点低下去，眉目间透出一股忧虑。再懂掩饰的女人，在感情这件事上也难以镇定，看得出来，她的确感情不顺。

安家杰正为自己的一语中的感到得意，却突然听到黄凌梅的呵斥：“你也太自以为是了吧！我根本没有爱人！”

这让安家杰很意外，对方的表情里明明透出一股哀伤，那是一个女人情伤之后才有的情绪流露，她怎么突然之间就否定了呢？而且黄凌梅表现得越愤懑，他就越肯定自己的猜测没有错。

“你心里明明藏着一个人，为什么要否认呢？”他再加了一把火，“爱一个人是件幸福的事，难道不是吗？”

这话却招来黄凌梅的怒斥：“爱一个人也是一件可耻的事，你又怎么会了解？”

爱一个人是一件可耻的事，安家杰还是第一次听到这种说法。显然，这是一个有故事的女人。

有故事的人，背后总藏着太多的难言之隐，所以不得不用冷漠将自己掩藏至深。

这一刻，安家杰似乎理解了黄凌梅。对方一脸的愤懑、委屈，还有些许女人特有的柔弱和无助，令他动了恻隐之心。他不再追问，试着找一些轻松的话题，黄凌梅却只是听着，面无表情，不回应，不作答，如木偶一般。冷漠是她唯一的态度。

安家杰意识到，这个有故事的女人身上藏着无尽的秘密，而她过度的冷漠，其实就是过度的隐藏，究竟她心里有多少故事是不为人知的呢？

这个特立独行的女人让他觉得很好奇，他想试探，想了解，又怕试探会坏了刚刚建立起来的信任，想了解又无从下手，只好一忍再忍。

次日凌晨，车驶进一个小镇，下车买早点时，安家杰特意给黄凌梅捎了一份。也许是昨夜一路的颠簸和心事，让这个女人在凌晨睡得特别香。起来时，看到安家杰已经把早点买好了，一种被照顾被宠爱的感觉油然而生，她发自内心地冲他一笑：“谢谢。”

这个微笑，带着女性天生的温柔，安家杰再次心动。他边递早点边对她说："真想感谢我，就把手机号留一个吧，我们还可以继续做朋友。"

（五）归期如虹

男人和女人成为朋友，最重要的条件是相互欣赏。

安家杰深知这个道理，所以当他提出留电话时，心里也是盘算过的。对方愿意留，说明自己在她眼里还是有可取之处的，反之，这场相识也只能当作昙花一现。

还好，黄凌梅并没拒绝，甚至十分爽快地告诉他："这个是我跟家人联系的号码，我打给你，你记一下。"

两人交换了号码，气氛突然变得不一样，吃早点时，两人双双沉默了。

车行至中途，黄凌梅到了目的地。下车时，她一边收拾东西一边压低声音对安家杰说："认识你挺好的，保重。"说完，她匆匆下了车，留下安家杰一个人在那里失神。

这个女人真是不一般，他在心里暗暗叹息。他总觉得有那么一股力量牵引着他，说不出这力量来自何处，或许是她身上的神秘感，或许是她透露出来的那种忧郁。总之，他有些心动，虽然不至于爱上对方，但那种特别的吸引力是独一无二的。

男人也会有那么一两个死党的，跟女人的死党一样。女人谈的是心事是异性，男人跟死党也不例外。

安家杰顾不得老王晚起的习惯，把电话打了过去。响了半天对方才接，吵了睡眠自然免不了一番奚落。当听说安家杰在半路遇上一个不一样的女人时，老王立即来了精神，但听完安家杰的叙述，除了笑他花心还笑他多情。

“人家也没说喜欢你，瞧你小子紧张的，跟第一次和女人上床似的，喋喋不休，回味无穷，至于吗？”老王说话总是这么直接。

安家杰说：“那种感觉真是不一样，你没经历，所以不了解。看到她，第一眼就觉得不一样，坐在一起，又觉得她不一样，看她的表现，又觉得她身上肯定有不一样的故事……总之，这是一个跟一般女人不一样的女人，你能明白吗？”

“明白。我当然明白。你小子是看上人家了！心动了！看来，这个女人还真是不简单！”老王哈欠连天，脑子却极其清醒，提醒安家杰道，“不过小子，你可记着，你是有未婚妻的人，你上次打电话不是说，要跟乔小麦一回来就结婚的吗？可别因为这次婚前旅行，把人家给甩喽！”

老王说起乔小麦，安家杰这才意识到，自己确实有些出格。

和黄凌梅不过萍水相逢，再欣赏再有好感，也不过是一夜露水，太阳一出来，山是山，水是水，重逢又谈何容易？

安家杰心下怅然，沉默不语。

老王再次提醒：“老安，你小子可别前庭不净又后院失火呀！玩过了就累喽！”

“什么叫前庭不净？什么叫后院失火？”安家杰不明所以。

老王解释：“你和陈莱茜之间发生了什么，难道你不知道？这事还没弄清楚呢，又扯上一个艳遇，你小子想干什么？真想让乔小麦这座后院失火？引火上身你以为很舒服吗？没看过别人也就算了，还没看到我这副惨模样？别玩啦，收收心，男人也需要一个踏实的家，兄弟，悠着点儿吧！”

说起陈莱茜，安家杰倒有些犯愁。对这个新同事，他确实只有好感没有爱意，别说双方年龄差距有点大，就算门当户对，在他眼里，陈莱茜还是不及乔小麦。从长相、身材，到个性，他早就暗自对比过，陈莱茜除了年龄上的优势之外，跟乔小麦简直没有可比之处。可是，黄凌梅不一样，她身上处处透露出来的女人味，不管是青春逼人的陈莱茜还是贤惠优秀的乔小麦，都比不了。

男人就是这样，吃着碗里的，看着锅里的，哪怕家花再美，也敌不过野花有味。更可怕的是，家花还没娶进门，男人就已经冲着野花玩起了抛物线。

好在有老王这个“失足前辈”处处提醒着安家杰，他才不至于收不回心来。

老王不放心地劝告安家杰：“这次婚前旅行，有什么艳遇什么出轨的情况，你就自己吞进肚子里，打住，回来就跟乔小麦好好过日子吧！别玩过了！”

“哪有什么艳遇，更没有出轨，我是干干净净地出去，清清爽爽地回来！”安家杰为自己辩解道，“这世上还有比我更清白的男人吗？唉，真是天下无知己哦！”

老王大笑：“哈哈哈，我可不做你的知己，免得将来你小子惹出桃花债，乔小麦拿刀杀过来，我受不起。我只能告诉你，收收心，千万别把自己丢在了旅途上。旅途是怎样开始的不重要，重要的是如何结束。再远的旅途也挡不住回家的路，再美的相遇最终也只能是旅途中的一点小纪念，结束时挥手说再见，之后就真的再见了吗？一小时，一天，直至一个月，如果你还在回忆那点纪念，那就得想想，你的心是不是落在了旅途中……你现在的心已经丢了一半，赶紧捡回来！”

“丢钱丢人都能捡回来，没听说丢心也能捡回来的！”

“不怕你丢心，就怕你的心是喂了狼喂了狗，到头来，你甘愿剖开心腹让人吃，人家还不领情还嫌腥和臭！”老王恨铁不成钢地劝道，“纪念只是生活的一味作料，再好吃也成不了主餐，所以你要想清楚哪头轻哪头重！”

安家杰答应着，收了线，被老王一再提醒让他觉得应该给乔小麦打个电话。

浪漫过去，生活总得归于现实。安家杰在心里暗暗告诉自己，乔小麦才是自己唯一的归处。

让他想不到的是，电话响到忙音，乔小麦都没接。

此时的乔小麦，正在卫生间帮着宝马小便。小狗太小，上不得马桶，她不得不跟在屁股后面擦拭，一切弄干净之后，又记起林小峰早上要喊她吃饭。既然不想再跟对方纠缠下去，既然已经打定主意和安家杰结婚，她不愿再生一点枝节。

将宝马收拾干净，乔小麦为自己打理行李，一切收拾妥当之后，才发现手机有两个未接电话，是安家杰打来的。她赶紧回过去，把自己的情况说清楚之后，安家杰告诉乔小麦：“我中午就到家了，你呢？”

乔小麦差点说自己已经到家了，又怕露馅儿，赶紧说：“我刚下车，正为宝马服务，一会儿带它回家，你回来时，我跟阿姨就把饺子包好了。”

回家的饺子，代表着团圆。这令安家杰心里一暖。

有个女人在家里等自己，终究是件幸福的事。更何况，这个女人还是自己爱了两年，期望白头到老，从此不离不弃的那个人。

“小麦，我想你了，特别想现在就看到你。”安家杰说这话时，一半是情深，一半是只有他自己才明白的隐情。这隐情里，是他不能言说的愧疚。明明有一个相爱的人，却为了一个半路相识的女人心动。他觉得自己对不起乔小麦，除了说想她爱她，不知道还有哪句话能表达自己的歉意，能安定自己这颗不安分的心。

乔小麦看不到安家杰的表情，更不清楚他身上发生的事情，以为是这场一个人的婚前旅行让安家杰饱尝了孤独之苦，所以才有感而发。这让她觉得，自己跟林小峰在雨中牵手奔跑是多么愚蠢的一件事。所以，她赶紧告诉安家杰：“我也特别特别想你，你快回来吧！”借着这句话，她更加认定自己躲避回家这件事做得实在不对，可这是一个不能说出来的错误，只能在以后的日子里慢慢改正。所以，乔小麦决定，不再跟林小峰当面道别，在对方敲门之前，她要先行离开，不留任何痕迹。

放下安家杰的电话，乔小麦拖上行李，抱上宝马，匆匆结账出了宾馆，直到坐上出租车才舒了一口气，仿佛逃离什么灾难似的，直到怀里的宝马跟她撒娇，才又觉得是自己大惊小怪了。

林小峰不过是一个好玩又善良的朋友，自己何必跟做贼似的，连个招呼都不打就离开？这样做是不是太过分了？回答她的，只有怀里乱吠的宝马。这个小东西饿了，乔小麦不由自主地抱紧了它。

第七章

为爱归来，生活却回不到原点

爱情的主体是一起生活，一起生活需要时刻准备被现实考验。这考验就像一枚毒鼠强，本意想扼杀钻墙角的老鼠，却不小心被人当成了芝麻，捡起来，吃下去，毒性不够又药得难受，挣扎到最后，只能落得一身后遗症。

（一）甜里掺了点苦

人和人之间的关系，最受欢迎的就是久别重逢，哪怕是小别再聚，也容易热情得让人难以自持。

乔小麦一路忐忑地抱着小狗，思忖着回了家如何跟安家杰的父母交代。她生怕自己不小心说漏了嘴，坏了气氛，更怕浑身是嘴也说不清楚为何过家门而不入。这让她很不自在，毕竟说谎不是她的强项。

实际情况却完全出乎她的预料。准公婆并没问她半点关于晚回家的事，相反，一进门就嘘寒问暖，怕她在外边冷了饿了，好不热情。准婆婆更是拉住乔小麦的手，不停地相着面，一遍又一遍地重复着说：

“瘦了，瘦了，在外面一定吃得不好，把闺女饿瘦了！”

这话说得很真诚。乔小麦知道自己是偏瘦体质，天天吃肉也不见胖，在外面风吹日晒，休息不好加上食欲全无，肯定是要瘦的。准婆婆眼尖，能瞧出自己瘦了，而且一副关切的样子，这令她十分感动。

乔小麦从包里拿出买来的茶叶递过去，准婆婆更是一脸欣喜：“瞧瞧，小麦就是懂事，还给咱们带东西了，这大老远的，背回来多不容易呀！”说这话时，眼神一直瞟乔小麦带回来的大包小包的行李。当发现还有一只小狗时，准婆婆赶紧跳起来：“这是哪儿来的？怎么还带着一只狗呢？”

“它叫宝马，是在路上捡的。”乔小麦解释道，“昨天下雨，看它可怜，就抱回来了。”

准婆婆再次尖叫，似乎对小狗有种天生的恐惧，一边叫一边往后退：“下雨？你昨天走到哪儿了？这边也下雨了呢！”

乔小麦惊觉自己快漏底了，便赶紧收住嘴，把话题转移到小狗身上：“阿姨，我不知道你不喜欢狗，如果知道，我就不带它回来了。可是，这毕竟是条生命，带回来再扔出去，是不是有点残忍？”

被乔小麦问住，准婆婆也不便多说什么，只好喏喏地表示：“是条生命，是条生命，既然来了，就让它住下吧。”

乔小麦听了心头一暖，知道这是给自己面子，只差没来个千恩万谢，赶紧回屋找了个纸箱子，把宝马装进去，然后带回了自己的房间。

一切收拾妥当之后，乔小麦给自己和宝马洗了个澡。等她身心舒服地从卫生间出来，见准婆婆满脸怀疑地坐在客厅里，显然是在等她，一副欲说还休的样子。乔小麦知道对方也是藏不住事儿的主儿，于是赶紧问："阿姨，发生什么事了？"

准婆婆不说话，也没动，只是看看她，手里拿着一张单子。

乔小麦上前把单子取过来，低头一看，不是别的，正是给小狗去看病的收据，上面清清楚楚写着本地一家宠物医院的名字，上面还有电话，更重要的是，日期是昨天的。

"你是在这儿捡的狗？还是昨天捡的？这事怎么解释？你昨天说回来却没回，是不是故意躲我们？还是嫌弃我们在这儿等你回来觉得不舒服？"

准婆婆字字如刀，一下下地刺进乔小麦的心里，疼，却真实。可是，乔小麦是不能说出真相的，她必须自圆其说，不然好多事更加说不清楚。

"阿姨，是这样的，这小狗是昨天我一个朋友捡到的，他带它去看的病，然后今天我回来时，交给了我，我就带了回来。"说到这儿，乔小麦发现准婆婆脸上的表情柔和多了，接着安慰，"其实你和叔叔住在这儿，让我特别有家的感觉，欢喜还来不及呢，怎么可能嫌弃你们呢？再说这几天我和家杰不在，是你们替我们看门守户，我心里哪能不感激呢？就连家杰也说，等他回来，一定得好好谢谢二老。所以，阿姨，你真的是想多了。"

说完这番话，连乔小麦也觉得，自己完全有做好媳妇的潜质，太能编了。什么欢喜什么感激，统统是瞎话，她在心里巴不得安家二老赶紧离开。有他们在，先有逼婚后有追问，就如同身边安装了两颗炸弹，让她每时每刻都生活在惴惴不安中，生怕不小心就成炮灰。

好在准婆婆心直口快又没什么花花肠子，事情在她脑子里能有个完整的情节，说得过去，她也就信了。

听完乔小麦的一番话，她还有些乐呵呵地说：“真的吗？我们真的没惹你烦？这太好了！我就说嘛，你是个讲道理的孩子，知道家有一老如有一宝的道理。好了，你这么说我也放心了，洗洗手，赶紧吃饭垫垫肚子。”

乔小麦放下心来，跟着笑了：“其实我还真挺想阿姨包的饺子的，特好吃。”

奔进厨房，以为迎接自己的是千思百想的饺子，却不料是两个炒菜外加一个馒头。她以为时间紧准婆婆来不及准备，就没说什么，当打开冰箱取冰水时，却发现冰箱里塞得满满的，冷冻层里的东西好多被翻到了保鲜层，连水瓶都被挤扁了。正纳闷，顺手打开冷冻层，以为准婆婆放了什么鱼虾之类的藏货，却不料里面全是饺子，满满两抽屉。

乔小麦就不明白了，明明冰箱有饺子，怎么就不下锅呢？还非要把冰箱塞得这样满？

“阿姨，饺子可以做现成的，既营养又好吃，干吗非要冻起来呢？”她不解地问。

准婆婆倒一脸坦然：“那是给家杰准备的，他爱吃这口，不是中午回来吗？一会儿他回来，我再给你们下饺子吃！”

本是很平常的一句话，若换在平常说，或许乔小麦就不多想了，虽说今天自己回来得早，可以等中午安家杰回来一起享受饺子的待遇，但不知为何，她心里就是堵得慌。凭什么早起的鸟儿就没有食吃？明明就是偏心，对儿子一个样儿，对媳妇另外一个样儿。

乔小麦突然记起一句话：婆婆不是妈。她觉得，今天是饺子，明天就是包子，后天可能连饭都不会为自己准备了，谁让这不是自己的亲妈呢？一切皆有可能。总而言之，婆婆和媳妇历来就不是一条心。

刚回来时的温暖突然有点寒意，甜里掺了点苦，一点儿胃口也没有了。宝马在她脚下饿得汪汪叫，乔小麦抱起它，回了房间，带上门，一个人坐在床上生闷气。准婆婆敲门问她为什么不吃了，乔小麦没好气地回答道："等安家杰回来一起吃吧！"话虽这样说，可就算安家杰回来，就算现在桌上摆的全是饺子，乔小麦也没了胃口。

给阿眉打电话问她是不是上班了，阿眉在电话里神秘地告诉她："我回来了，还带了一个伴儿！"

乔小麦第一感觉就是，阿眉把富二代甩了，弄了个高富帅回来，忍不住劝她："富二代可追了你十年，你连一份十年的感情都不相信，怎么能轻易相信另外一个男人呢？时间是试金石，可千万别冲动。"

阿眉在电话那头笑得得意："就算世上所有的男人都变坏了，但有一种男人是可以永远相信的。"

"哪一种？"乔小麦很好奇。

阿眉故意卖关子："你不会没遇上吧？"

"我？不过一次倒霉的旅行，没艳遇，没惊喜。"

"那你真是太悲催了，失去了一个找到好男人的大好机会。这种好男人呢，只有旅途中才有，他照顾你，宠着你，追随着你，而且还文武双全，可以为你讲笑话说段子，也可以为你出手打豺狼斗歹徒，简直就是男人中的战斗机！极品好男人！"阿眉的话让乔小麦感觉像在看电影，这种极品简直在人间绝迹了。

阿眉知道乔小麦不相信，就转了话题：“下午我和我的新男朋友请你和安家杰吃饭，到时随便点，算是给你们接风洗尘。”

“这么说，你是真把富二代甩了？”乔小麦一脸可惜，“这年头，找个能对自己痴情十年的男人，哪儿那么容易。”

“可他没过我的考验关，你又不是不知道。”阿眉抱怨，“谁让他三心二意的！”

想起阿眉的那场考验，乔小麦觉得自己也差点死在上面，跟她也抱怨起来：“还说呢，你那叫什么考验？简直叫祸害！我也考验过我们家安家杰，跟他说‘我想你了’，他也是漫不经心地回答‘我也是’。起初我也生气，也以为他不在乎我，可后来他让我明白了，事实不是那样的,他只是太忙或者不好意思直接说。男人嘛,能说出‘我也是’已经够给女人面子了，何必去较这个真儿呢？”

“我不赞同！”阿眉辩解道，“再忙也不差回一句话，再不好意思也比当年追求你要容易得多！你呀，一直被安家杰拍着哄着，每天生活在他的甜言蜜语里，早晚有一天会被他欺骗的！”

“怎么会？我才不会！”乔小麦反驳道，“倒是你，就喜欢玩浪漫，早晚有一天会被浪漫拍死在沙滩上！让你渴死累死！”

“得，一颗好心遇上你这片驴肝肺，我不恋战，但我可把丑话说在前头，哪天你发现安家杰背着你不三不四的时候，你可要好好想想我的话哦。”阿眉不想继续争执，赶紧放下电话，直到忙音传来，乔小麦还在拿着电话发呆。

安家杰会背叛自己吗？她从没想过这个问题。

从牵手到相爱再到同居，她一直以为，这辈子也就这样了，两个人都不会生变故。

（二）婚前双重准备

安家杰是中午回来的。

一进门，安家杰先跟父母汇报完毕，又回到房间跟乔小麦打招呼。不过一个礼拜没见，还是那张熟悉的面庞，不知为何，彼此看着，仿佛都有千言万语，又无从说起。

两人拥抱着，不说话，内心平静如水，这种感觉是乔小麦没想过的。以前也有过短暂的分别，比如十一或是春节长假，各回各家各找各妈，再回来时，总是激动得不知所以。这一次，两人竟然心如止水，究竟是感情过于稳定还是真的没了激情？

放开安家杰，乔小麦不知说什么才好。这时，宝马在一旁叫着，她像找着了话题一样，介绍起来："宝马，不到三个月，路上捡的，很聪明。"

"宝马？这名字有点意思，你取的？"安家杰仿佛卸下什么重担似的，跟着唠叨起来，"这小狗还挺好看的。"

问及名字，乔小麦不想回答，她怎能告诉他，这名字是另一个男人取的，只好附和着说："是啊，小狗好看我才收养的。"

安家杰仿佛记起什么似的，赶紧提醒道："我妈对狗毛过敏，你可看好了，让它尽量待在咱们屋里。"

乔小麦这才明白，为何准婆婆那么害怕小狗。

两人看着狗，逗着狗，竟然再无话，就这么沉默了，这场面是谁也想不到的。起初，乔小麦以为安家杰一回来就会跟自己说起婚事，甚至会激动地拉着自己去选婚纱和戒指，怎么也想不到，会如此沉静，沉静得连她自己都觉得再提结婚是件多么无奈的事。

安家杰也一样，回来是奔着结婚的，可见了乔小麦，就觉得是见了家人，眷恋中带着一种亲切，唯独少了一份激情。

两个人都明白，那种渴望的激情在同居的两年岁月里，已经悄悄流走了。余下的，是责任，是习惯，是必须交代给双方老人的一个结果。

这时，安妈妈在门外喊吃饭，乔小麦仿佛得了解脱似的，对安家杰说："赶紧吃点东西，你也饿了。"

来到餐桌前，果然是满桌子的饺子，还有四个安家杰最喜欢吃的菜。

乔小麦看着眼前满满一桌子的吃食，突然不想动筷子了。对于准婆婆的偏心，她是心存芥蒂的。准婆婆当然不知情，一个劲儿地催她也吃一点，乔小麦摇头，准婆婆却倔强地给她夹饺子。乔小麦突然间觉得她虚伪，在安家杰面前扮慈爱，这是她不能接受的。她没想给准婆婆留面子，从房间唤来宝马，毫不犹豫地把饺子给小狗吃掉。这个举动让准婆婆非常尴尬，更让安家杰有些不满，责怪她太宠小狗了。

"浪费粮食也就算了，浪费妈的一番心意，多可惜！"安家杰抱怨道。

乔小麦想告诉他，他的母亲有多自私多偏心，又觉得拿不出什么真凭实据，就算拿得出来，也怕被这对母子说小气和爱计较，只好把话咽了回去，抱起宝马出了门。

出门之后的乔小麦不知该去哪里，记起阿眉说下午请客的事，直奔阿眉约定的地点而去。

阿眉历来是个敢爱敢恨的女子，因为看不清自己的感情，所以才有了一场婚前旅行，没想到竟然直接带回来一个高富帅。

乔小麦看到高富帅的第一眼，就不得不佩服阿眉的好眼光：一米八的身高配上一副健身教练级的身材，长相斯文，谈吐优雅，最主要的还是对方的身家。阿眉私下告诉乔小麦，出身温州生意世家的高富帅老家有两个工厂和一家连锁超市。

“这么说，还真是个金龟婿？”乔小麦差点没叫出声来，“你怎么就钓上了？”

阿眉瞅一眼正在前台跟服务员交涉的高富帅，赶紧回头跟口无遮拦的乔小麦使眼色，生怕她说错话，只差直接捂上她的嘴：“你能不能小点声儿？什么叫我钓上了？我和他是真心相爱的。”

“真心相爱？”乔小麦差点没把嘴里的热茶吐出来，“你什么时候成了爱情基督徒了？过去不是非富二代不嫁，非豪宅宝马不入吗？今天怎么突然转性了？”说到宝马，突然记起自己还带着一条小尾巴呢。此时，宝马正在餐桌底下钻来钻去，怕它被人踢到，乔小麦赶紧把它抱起来。

“哎呀，赶紧把它弄走，别弄脏了饭菜！”阿眉不满地蹙起眉头，声音又尖又细，“有没有点公德心呀？竟然带宠物到饭店来。”

乔小麦无奈地解释：“你以为我愿意呀？家里待不住，所以带它一起出来了，我跟宝马现在是同病相怜，都是无家可归的流浪儿呀！”

“无家可归？又跟安家杰吵架啦？”

乔小麦点了点头：“刚回来就吵，我真是累了。”

阿眉一脸关切：“小麦，你知道奔三对于女人来说意味着什么吗？

是年华老去，青春不再，是再不恋爱就晚了，再不嫁人就没人要了。所以，我才建议你早点儿想明白何去何从。你们这样争来吵去的，只是一种没有结局的纠缠，到头来，你的青春白白牺牲，感情也被折腾殆尽，想想都觉得毫无意义。你为什么还不早做决定呢？”

“我何尝不想早早决定？想是一回事，做是另一回事，每次争吵时我总想再也不和好了，可每次他一示好我就心软，不知道这是为什么。唉，也许是我太没出息了吧！”乔小麦感慨起来，“就拿这次婚前旅行来说吧，出发的时候，我想如果自己想开了，就离开他，过另外一种新生活，认识一个新男人，开始一段新恋情。可是，当我踏上旅途，当他不断发来关心的短信，我的心又一点点儿软下来，觉得还是他最好，不怕你笑话，在旅途中，我还很想他。我想，这就是两年同居生活留给我的纪念吧！”

“爱情有时候就是一种习惯，你只是习惯了生活中有他的存在，并不代表你还爱着他。”阿眉以过来人的经验告诉乔小麦，“过去，我也曾有过跟你一样的经历，就拿那个富二代来说吧，我以为他追我十年那就是爱情了。其实回头想想，所谓的爱情，不过是两个人都还没遇到更好的选择，所以就认了命，以为身边这个人就是自己这辈子的选择，却并不知道，最好最适合的其实还在路上……”说到这儿，阿眉突然记起什么似的，抬头看前台的高富帅，又不由自主地笑了，“就像我和他，最好最适合。”

看得出，阿眉对高富帅相当满意，乔小麦也乐得顺水推舟：“你俩郎才女貌，确实般配。不过，你真的想就这么嫁了？不害怕了？”

阿眉一脸得意地笑着说：“过去害怕结婚，是怕嫁不好，现在遇上这么好的男人，怎么可能不抓紧？呵呵，当然，你也会有这么一天的。”

“如果我也有这么一天，我一定会含笑九泉的。”乔小麦开玩笑地回应。

阿眉听了，倒笑得诡秘：“含笑九泉可是傻子的说法。”

“那我应该怎么表达？”

“你应该一颗红心两手准备。”阿眉压低声音劝道，“婚姻是女人的归宿不假，但也是女人放弃单身身份的一种代价。不结婚的女人不管你多大多丑，在男人眼里总是有吸引力的，因为你单身，男人就以为自己还有机会；相反，一旦结了婚，不管你多漂亮多优雅，在男人眼里你是一个已婚妇女，身价就跟过时的电器一样，削价处理。所以你说，婚姻是让女人得到的多还是失去的多？当然是失去的多！既然婚姻让我们失去这么多，那就要在婚前计算好，做好双重准备，绝不打无准备的仗！”

“双重准备？”乔小麦很有兴趣，“快说说，哪双重？”

“一是心理准备，你得做好接受自己成为已婚少妇的这个事实；二是经济准备，必须保证嫁的男人可以让你衣食无忧。”

“原来如此。”乔小麦一边回答，一边暗暗思忖，自己和安家杰如此抗拒婚姻，是不是因为婚前准备没做好。想来想去，又觉得这些准备对自己来说其实挺无厘头的，自己对于是不是已婚身份并不在乎，在乎的是将来生活是否能安好，显然，安家杰目前没有能力令自己生活安好。

“看来，我真的要好好想想何去何从这件事。”乔小麦一边抚摸宝马一边回答，似在说给阿眉听，又似在说给自己听。

阿眉还有话要说，却发现高富帅已经回来了，她冲乔小麦使了个眼色，突然转了话题：“我男朋友可是个不错的男人哦，他让我觉得婚姻是件美好的事，对未来的幸福生活也充满了信心，所以，我真的很感谢他呢！”

看阿眉笑得一脸妩媚，乔小麦意识到，在这场婚姻角逐中，阿眉之所以放弃富二代转投到高富帅怀里，怕是早就做好了双重准备。

在高富帅的坚持下，乔小麦打电话给安家杰，要他跟阿眉的男朋友见个面。安家杰倒很给面子，一会儿就打车奔了来。四个人，两对情侣，一顿饭倒吃得很和谐。两个男人相互恭维着，两个女人明里暗里比较着。虽说乔小麦和安家杰这对情侣明显处了下风，但作为朋友，这种比较显得毫无意义，所以安家杰并不在乎。

但是乔小麦在乎。看着阿眉一脸娇笑地偎在高富帅怀里，畅谈着对未来新生活的打算，甚至说到了明年盛大的婚礼，这让乔小麦心里很不是滋味。一顿饭吃得味同嚼蜡，她低头不停地喂宝马。也许是她过少的言语引起了高富帅的注意，对方很殷勤地起身，一会儿回来时，手里多了一袋狗粮。他对乔小麦说：“我让服务员出去买的，让小狗跟人吃一样的东西，怕不好消化。”

阿眉赶紧夸高富帅人好心细。乔小麦也跟着小小地感动了一把，道过谢，又把目光投向只顾吃饭的安家杰，顿时心生不满。都一样是男人，对方出身好也就罢了，偏偏如此斯文有礼，连对待小狗都如此心细。她甚至都能想到平日里他是怎样殷勤对待阿眉的，因此也就理解了阿眉为何会弃富二代而选择了高富帅。

女人就是这样，男人不需太多语言，只要适时表现出贴心和细心，就能让她们感动得一塌糊涂，一糊涂就喜欢上这个男人。

至少眼下，乔小麦对高富帅是满意极了。虽然不至于要跟阿眉抢，她却在心里暗暗跟自己较劲：为什么就没有这样的男人看上自己呢?

（三）恩爱在分分合合之间

女人天生爱比较，又容易嫉妒，明知自己处于下风又不愿意认输，常常因此而痛苦异常。

一顿饭阿眉吃得心花怒放，乔小麦看得眼冒火星。同为女人，命运大相径庭，不管是男人的身价还是资质，高富帅都占了绝对的优势。安家杰在这只大象面前完全成了一只小蚂蚁，不起眼，还自以为很强大。

高富帅说起股票和黄金收藏，安家杰明明一无股票二无黄金，却还能跟对方扯得无边无际，尽管并非一无所知。但当对方问起买了什么股票，收藏了多少金条时，安家杰就成了哑巴。他的这个举动让阿眉忍不住发笑，本就对小白似的安家杰没有多少好感，她自然不会放过这个嘲弄他的机会："哟，听得云里雾里的，我还以为你有不少藏货呢，没想到你纸上谈兵的功夫还真厉害呀。"

安家杰就不乐意了，跟阿眉理论："不买不等于不通，买了也不等于就能悟得透。"

阿眉自然不相让，更想为自己的男友扳回一局，遂毫不客气地批评安家杰："不买，通也没用；买了，不通也赚钱，这才是差别。"

两人都不够友好。高富帅似乎悟透了什么，赶紧制止阿眉再说下去，这时阿眉将嘴附在他的耳边，悄悄说着什么。高富帅听了，若有所思地点头，对安家杰投来的目光也渐渐变了味，不再像先前那样热情，倒像是知道了他什么秘密似的，似笑非笑。

安家杰知道，阿眉一直瞧不起自己的一穷二白，但如此明火执仗地跟自己挑衅，还是第一次，而且还是在同性面前。他十分不悦，遂起身告辞。

乔小麦见状，赶紧拉安家杰坐下，却没拉住。安家杰说："我还有事，先走了，你们慢慢吃。"这也算是十分客气地道别了，但乔小麦知道，安家杰这是真生气了。

安家杰要走，留不住，大家也只好趁机解散。

阿眉挽着高富帅离去，乔小麦也快步追上安家杰。她刚追上来就埋怨道："安家杰，你今天真是过分，第一次跟阿眉的男朋友吃饭，就这样不礼貌，说走就走，你还是男人吗？一点儿度量也没有……"

她话还没说完，就被安家杰给挡了回来："我早说过，这个阿眉不是什么好人，今天跟这个，明天跟那个，不是富二代就是高富帅，这样的朋友你还拿来跟我炫耀，有意思吗？"

"明明是你不如人家，非要把气撒到我身上。"乔小麦很生气。

"阿眉就是故意寒碜我，我知道！她一直嫌我穷，这两年每次坐在一块儿，她不是显摆房子车子就是金子票子，哪次把我的感受放在心上？你跟这样的人做朋友，早晚会被她同化！"安家杰显得比乔小麦还生气。

"能同化早就同化了！我乔小麦是怎样的人，难道你还不明白吗？安家杰，你摸摸良心问问自己，两年了，你给过我什么？别说房子车子这些大件，就说吃的穿的用的，哪一样不是我在精打细算？人家跟阿眉刚认识没几天就左一条项链右一个戒指，你呢？你给过我什么！”乔小麦突然觉得胸口处有股怒气正喷涌而出，多日积攒的矛盾终于爆发出来，“安家杰，我越来越发现你是个难相处的人！不仅你难相处，你妈更难相处，我简直受够了！”

“乔小麦，你说我可以，说我妈就不行！她伺候你跟伺候什么似的，哪里得罪你了？倒是你，天天找这事那事的，跟我妈过不去，你究竟想干什么！”安家杰回身怒吼，“还有，你嫌我一无所有，好！你找有的去，你还跟着我干什么！”

安家杰一脸愤怒。乔小麦看着这张越来越陌生的脸，心想，这是怎么了，本是怀着满腔希望回来跟这个男人结婚过日子的，拥抱还没来得及，又急不可耐地吵起来，这种状态要多可怕就有多可怕。

“安家杰，既然你问我想干什么，那我就跟你好好说说，我究竟想干什么！抛开你妈先不说，我也知道，谁生的孩子谁心疼，她可以在心里疼你在表面上疼我，我也没希望她把我当闺女看，几个饺子不吃也罢了。现在就说你的问题，你回想咱俩在一起的这两年，你对婚姻有过设想有过计划吗？你知道我多大了？知道我有多渴望有个家有个孩子吗？是，我也承认，房子太贵，咱们这种普通人买不起，可你想过没有，房子不是婚姻的唯一，咱们在一起两年了，你至少应该有个态度，对我有个交代，至少有句话，让我觉得跟着你是踏实的是幸福的！可是你呢？你做了什么？不仅不想结婚，还花招百出地让我跟你联手骗你妈，目的只有一个，不结婚。我就不明白了，我乔小麦有那么差劲吗？以至于让你不敢跟我白头到老？”乔小麦话没说完，泪先落了下来，心里积攒的委屈如喷涌而出的小溪，捂不住，哗哗直流。

安家杰被乔小麦问住了。在他心里，虽然也渴望婚姻，有个美满幸福的家，可房子是道大关。没有婚房，就等于没办法给女人安全感，是房子挡住了他对婚姻的渴望。然而，这些能跟乔小麦说吗？一个大男人面对现实无奈也就够了，何必让女人跟着自己一起担忧？

眼前的乔小麦已经哭成了泪人，安家杰终于知道，她有多么渴望做新嫁娘。每次看着存折上上升的数字，她总会惊喜地告诉他，又攒够了一平米，那欣喜的表情他闭上眼睛就能浮现在眼前，那是一个女人对房子对家最深切的一种渴望。更让安家杰感觉歉疚的是，逢年过节，乔小麦连七大姑八大姨给的压岁钱也攒起来。在乔家，作为唯一的女孩，她受欢迎的程度远远超过几个哥哥弟弟，所以尽管已经自食其力，却还是被宠爱至深，而且这些钱远远高过两个人的工资。乔小麦总是说，女人都怕过年，她却盼望着过年，那样姑姑婶婶才会给她过节费，他们又会多攒一平米的钱！

当初，安家杰感动得抱紧乔小麦，发誓一定要买一座最好的房子给她，过上面朝大海、春暖花开的日子。如今，言犹在耳，怎么竟忘了这些诺言？

安家杰回过身，看着泣不成声的乔小麦，突然生出太多的愧疚，不由得加快脚步走近乔小麦，紧紧地抱住她说："对不起，是我不好，我对不起你！"

突然被抱住，乔小麦不知所措，这个怀抱里的温度有多久没在大庭广众下拥有过了？她记得最初恋爱时，有时候走着路，安家杰都会突然回头亲自己一口，羞涩混合着甜蜜，当时的乔小麦觉得自己是世上最幸福的女人，可是后来呢？两人之间竟渐渐有了矛盾，直到今天竟然在大街上发生争执。

泪水顺着乔小麦的脸颊不停地流，直打到安家杰的肩膀上，很快洇湿成片，她哽咽得难以抑制："安家杰，你太过分了！过去你哪舍得让我哭呀，现在天天跟我吵，你于心何忍？你是不是不爱我了？"

乔小麦问得安家杰愧疚倍生。刚在一起时，两个人有多少甜言蜜语，每天不说我爱你就仿佛太阳没升起一样的不正常，可是究竟从什么时候开始，他懒得说，乔小麦也懒得听，两人都沉默了，最后竟成了习惯，再没有讲话者，也没有了听众。

有一点，安家杰心里是承认的，他爱乔小麦。

"我当然爱你，可是，我也不知道应该怎样表达自己的内心，恋爱的时候可以有情饮水饱，可婚姻不一样，需要货真价实的真金白银。所以，小麦，原谅我一直不敢跟你求婚，我真的怕不能带给你幸福……"安家杰终于说出自己的心事，"其实我也渴望有个家，有你和孩子，我们三个人快快乐乐地在一起生活。可现实却是这么残酷，我们没有房子没有车，就算你肯跟我租房住，我也不可能看着你一辈子在出租屋里受罪。所以，小麦，你能理解我心里有多纠结多难受吗？"

这些乔小麦还真没想过。之前，她以为安家杰不想走进婚姻只是因为没玩够，甚至为此还埋怨过对方不为自己考虑，现在看来，是彼此沟通不够。

"家杰，我也不好，是我天天喊着房子车子，这些话一定给你带来不少压力，以后我不会再提了。说实话，有时候我自己都难以理解自己，为什么过去可以什么也不要，现在却突然变得什么都想要。我不知道这是年龄的原因还是心态的原因，可我知道，我的这些变化无形中让你对婚姻有了恐惧感，对不对？"乔小麦止住哭，一脸真诚地看着安家杰，"如果是，那我向你道歉。"

乔小麦如此通情达理，这是安家杰没料到的，在他印象中，乔小麦已经不再是相恋时的那番温柔模样，生活已经把她打磨成一个世俗尖刻的小妇人，如今想来，是自己误解了她。

“你没有错，错的是我，我没有能力让你过上好日子。”安家杰叹口气，松开抱着乔小麦的手，“不怕你笑话，其实有时候我恐惧婚姻，更恐惧责任。我怕结了婚，一头是工作，一头是家庭，两者负担起来我觉得累。所以，小麦，我突然也想明白了，阿眉骂我是对的，我没钱没能力也没责任心，确实不是一个好男人。”

听安家杰又说起阿眉，乔小麦赶紧解释：“阿眉人不坏，就是嘴快了点，你别往心里去，成吗？再说，结婚是咱俩的事，过日子也是咱俩的事，为什么要在意一个外人说的话呢？”

“她骂的也没错，我不应该跟她计较，一个没有身价的男人就没有社会地位，更不可能有家庭地位。”安家杰似乎很气馁，“躲避现实，其实是很愚蠢的做法！”

看安家杰一脸难过，乔小麦突然觉得自己刚刚发脾气实在有些过分，她深知安家杰身上流淌的是典型东北大男人的血液，怎么可能要求他面对别人的耻笑而无动于衷呢？更何况，自己明知阿眉跟安家杰不和，还非要他来吃这顿饭。

“家杰，是我不好，以后再不会让你跟她一起吃饭了，这件事就让它过去好不好？”乔小麦不忍看安家杰一脸难受状，好言相劝，“你看，咱俩旅行刚回来，本来可以说一些高兴的事儿，怎么说着说着竟吵起来了？多没意思！”

说起旅行，两人似乎有太多的话要说。安家杰一路拉着乔小麦的手往家走。

其实，回了家，两个人也并没说多少话，避开父母，关上房门，只有一番小别胜新婚的恩爱。在安家杰怀里，乔小麦不止一次地埋怨自己，有一个爱自己的男人就够了，何必强求房子车子呢？人生不过短短数十载，非要拿婚姻跟现实抗衡，自己还有多少大好年华可以浪费？

恩爱在分分合合中磨炼着，升华着，继续着。

安家杰在高潮最后一刻，激动不已地告诉乔小麦："老婆，我爱你。"就这么一句简单的话，乔小麦的心再次被打动了。犹如恋爱时一样，她激动又甜蜜，回身抱过安家杰，轻声说："老公，我们结婚吧！"

（四）房奴需要有个伴儿

听到乔小麦说起结婚，安家杰仿佛醉酒之人突然清醒一样，猛然睁开眼睛，看着怀里的乔小麦，不相信似的问："结婚？你是说咱俩结婚？"

乔小麦一脸认真地点头："不是咱俩，难不成还是我跟别人吗？"

"我的意思是说，你真的想好了吗？不怕跟着我受罪？你看，很现实地说，我现在没房没车，连存款都没几个，你不怕……"

知道安家杰要说什么，乔小麦已经伸手将他制止："日子是苦是甜，我们不是正在尝试吗？经过这两年的生活，我什么都了解。只要你保证这辈子只对我好，我相信什么都不是问题。"

没想到乔小麦会转变得如此之快，安家杰感动之余还有些不敢相信："我一直以为你已经从'家常女'变成了'面包女'，没想到，你竟然又做回了‘家常女’。”

“切！什么‘家常女’‘面包女’，我什么也不是，我就是我。”乔小麦笑得花枝乱颤，“呵呵，其实我更愿意做个‘物质女’，需要什么就追求什么。可惜呀，年龄不饶人，我又这么爱你，所以只能跟现实妥协啦！”

从乔小麦半真半假的表白中，安家杰一半感动一半自责，他在心里问自己，究竟是自己想多了，乔小麦根本没有变，还是自己变了，变得向现实低头的同时，也滋生出一颗多疑敏感的心？

“对不起。”安家杰由衷地说，“我一直误会你。我以为物质在你心里重于一切，是我想多了。”

乔小麦倒也不生气：“物质虽重，不及爱情。我还没修炼到可以为物质放弃爱情的地步。”

“小麦……”安家杰感动得不知如何表达自己。

乔小麦收起笑容，从安家杰怀里挣脱出来，一副沉思状：“其实，一切的改变还要感谢这次婚前旅行。因为旅行，我感受到了没有你的孤独，没有你在的日子我觉得自己就像少了一只手一条腿，更像一辆少了一只轮胎的车，颠簸之中总觉得不安定。于是，我就知道了，我是爱着你的，既然爱着，为什么还要计较那么多？人生不过短短几十载，我们已过了近半，余下的日子如果还在相互折磨和计较中度过，那多没意义！所以，家杰，我应该跟你道歉，我让你犯难了，让你有压力，对不起！”

安家杰默默地听完，看看身旁的乔小麦，小脸蛋严肃，不像说笑，有点告白的意思，却又在做着自我批评。这是他不太熟悉的乔小麦，太过感动的乔小麦，他不知该说什么，怎么说，才能表达自己对乔小麦发自内心的感谢。

“我也要感谢这次婚前旅行，它也让我悟到了很多。一路上，我心里想的都是你，我怕你迷路，怕你受欺负，怕你不适应一个人的旅途……小麦，这两年来特别感谢有你的陪伴，你是我的左右手，我就是你失去的那只车轮胎，你没有我会不安稳，我没有你心里会发空。过去，是我疏忽了你，对不起。”

“我们都有疏忽，但愿以后不要再这样。”乔小麦上前抱住安家杰。

一种心意融合的感觉让安家杰长叹一口气。早知有些事可以沟通解决，何必绕这么大一个弯子，把自己和乔小麦都折磨得不成样子。现在乔小麦再次成为恋爱时的那个女孩，直爽，可爱，而自己也不知从哪儿涌来了灵感，满嘴的妙语连珠。

心情一好，安家杰跟乔小麦开起了玩笑：“小麦，我不仅是你丢失的那只轮胎，还是你最好的座驾，宝马最高系列，任你驱使！你可要好好把握哦。不然让别的女人抢了先，你就要哭鼻子啦，要知道，你老公可是很帅的哦……”

乔小麦不以为然：“切，再好的车，如果没有停车位，也是个遗憾。所以，收起你的自负，把目光投向现实，你记着，必须给我一个让我满意的婚礼，一生一次，我可不希望你成为我的遗憾。”

“遵命！老婆大人！”

“……讨厌！”

两人嘻笑了一会儿，乔小麦像突然记起什么似的，拉着安家杰的手问：“说说，你的单独旅行有没有艳遇？”

安家杰赶紧叫屈：“我倒想有呢，谁知道遇上的不是一对就是一双，我都没办法插脚，所以也没有女人跟我劈腿，唉，遗憾！”

“哟，没有外遇还成了遗憾？安家杰，你还真有歪心思！看我不废了你！”乔小麦嬉笑着做打状，安家杰一边躲一边问她旅途上的人和事，这一问，倒让乔小麦记起一个人来。

不是汪嘉正，是林小峰。没有告别，没有留联系方式，她就偷偷地带着小狗走了,她觉得自己做的这件事实在不妥。可是已然如此，无法挽回，索性也就放下了。

“哦，我遇上了一个面临再婚的中年男人，有点钱，怕未婚妻看中的不是他这个人，所以我帮他设计考验了他的未婚妻，结果女方过关，他就放心地回去跟人家结婚去了。”乔小麦轻描淡写地说，“一个女人去做婚前旅行，是要想明白究竟要不要嫁这个男人，绝对不是想着出去找艳遇的，没有这个心思，自然也不会出什么岔子。”

“我相信你。”安家杰微笑着抱过乔小麦，“你的人品我相信。”两年的相处和了解，乔小麦是那种懂得过日子又会过日子的贤惠女人，个性决定命运，他相信她是一个好女人，做不出出格的事。

与此同时，安家杰记忆里那个冷傲的黄凌梅突然冒了出来。往事历历在目，一张秀气的小脸在安家杰眼前晃，挥之不去，莫名地他把黄凌梅和乔小麦放到一起比较。他问自己，如果是黄凌梅单独外出旅行，她又会不会有艳遇呢？

想到回来后还没跟黄凌梅联系，安家杰又像少了点什么。他很想知道，她现在好不好，生意做得顺不顺，经历了那一夜长途奔波，她心里有没有自己这个陌生人的位置，哪怕是一点点？

这样一想，倒把自己吓着了。安家杰的心跳瞬间加速，这让他意识到，在他心里某个角落，其实是有黄凌梅的位置的，不然，他怎么会抱着乔小麦却想到了她？

当然，这些心思不能说。安家杰只说自己在路上遇到各种不测，比如车坏了，下雨了，一对跟他借钱的小情侣，如此等等，讲故事一样说给乔小麦听，这场单独旅行中出现过的唯一女主角并没有登场。潜意识中，他明白，一个男人不敢把某个女人搬到台面光明正大地做介绍，只能说明这个女人已经走进了他的心里，他舍不得把她拿出来跟众人分享，更何况，这个倾听者还是自己的女朋友。

当然，安家杰也不会知道，在乔小麦心里，有一个叫林小峰的男人，总能让乔小麦想起。

尽管乔小麦不承认，可是接连想起对方的种种好处，她还是忍不住想象，这么好的男人会被什么样的女人掳获。

安家杰沉默，看得乔小麦也沉默了。两人各自想着心事，又都装成什么也没发生的轻松样。安家杰先一步打破了沉默,对乔小麦说："其实，感情是日积月累积攒出来的，咱俩就像骨头和肉，经过两年的磨合，早已经成为一体，所以咱俩是分不开的。"

安家杰再次恩爱表白，打断了乔小麦对林小峰的回忆。是啊，整整两年，就像两条整合过的腿，他的大腿和自己的小腿已经长为一体，谁也离不开谁，何况两家老人都知情，即使再惧怕结婚，婚姻这道门终究还是要进的。

"这算是你的求婚吗？"她笑着问安家杰，"你可答应过要给我一个不一样的求婚仪式。"

"我已经想好了怎样求婚。"安家杰肯定地告诉她。

"什么？"

"给你一张银行贷款合同。"

"为什么？"

“因为我们将来要贷款买房，需要共同还贷，房奴需要有个伴儿，所以，小麦，嫁给我好吗？”

（五）回不到原点

乔小麦千想万想，也没想到会是这样一个求婚理由。为自己找一个共同还贷的伴儿，美其名曰“房奴找伴儿”，这天下也只有安家杰能想到这个理由吧。乔小麦想笑，又觉得心里微微泛着苦，刚刚自己已经大包大揽地表示苦一点无所谓，可为什么苦没来心里却开始打退堂鼓？

“你打算买房？”乔小麦问安家杰，“你没跟我提要买房，怎么突然决定？”

“确实是突然决定,因为我想给你一个家。”安家杰一脸深情地说，“你愿意跟我一起承担贷款风险吗？”

“还贷不是问题，问题是我们连首付都不够，哪来的钱买房子？”乔小麦一说起钱，就想起准婆婆私扣自己的那十万块，怎么想都觉得损失惨重，心里泛着疼，“再说了，好不容易攒了点钱，又让你妈搜刮了个干净，想想这心里就堵得慌，凭什么她存钱是钱，我存钱就不是钱了？”

“小麦,我妈不会白收回咱们的钱,她真的是为咱们在攒钱。要不,明天我跟她说买房的事试探一下,你也好早点安下心来,你看如何？”

看安家杰如此体贴，乔小麦激动地点头：“家杰，如果你一直这样为我考虑，那咱们之间就再也没有矛盾了。”

“本来我们之间就没什么敌我矛盾，不过是生活和现实逼的。好了，睡吧，明天一早我就跟我妈说买房的事，探一下情况。”

乔小麦环着安家杰的腰，睡得踏实极了，一夜无梦。

第二天早上，本想好好休息一番的，却被安家杰的手机铃声吵醒了。安家杰在卫生间洗漱。乔小麦本不想接，电话却一直响，怕是因为这几天没上班，单位有急事，想了想，就替他接了。

这一接，乔小麦差点没背过气去。

电话那头，陈莱茜哭哭啼啼地说：“安家杰，你敢跟我开那样的玩笑，我会死给你看的！”

乔小麦自然不知道发生了何事，可从对方的语气中她听明白了，这是一场情事战争。要知道，凡是不分时间地点和场合给一个男人打电话的女人，绝对跟这个男人有暧昧关系。

“你和安家杰之间究竟发生了什么事？”乔小麦终于没忍住。

陈莱茜听到是乔小麦，止住哭，突然挂了电话。这一挂，更让乔小麦认定，他俩之间有事瞒着自己。可是，会是什么事呢？安家杰在外旅行一个礼拜，就算跟陈莱茜电话频传，说点不三不四的话，也不至于闹出人命吧？

乔小麦越想越纠结，她想直接问安家杰，又觉得没有意义，男人不想交代的事，女人就算打破天下的砂锅也休想问出来。可是，不问的话自己心里又觉得憋屈，这个陈莱茜究竟是个怎样的女子，为什么非要扯着别人的老公不撒手呢？

乔小麦觉得有必要找陈莱茜谈谈，别说自己是正室，正筹备婚礼，就算自己只是安家杰的普通女朋友，也有权利跟小三谈判。

趁安家杰没出来，乔小麦赶紧将陈莱茜的电话存进自己的手机，心一直怦怦跳着。和安家杰之间的风波刚刚过去，半路突然杀出一个程咬金，更要命的是，这个程咬金还不止一次打扰到自己和安家杰，乔小麦吃不准，他们之间究竟发生过什么事，为何陈莱茜会哭得如此伤心？同为女人，乔小麦更愿意相信，女人不到伤心处是不会如此不顾体面，那么，安家杰是不是做了对不起陈莱茜的事？是不是背叛了自己？

这样一想，就有了查手机短信的念头，三五下便翻到了安家杰手机里所有跟陈莱茜相关的短信。手机如手雷，这一查还真是查出了一个惊天巨雷！

安家杰发给陈莱茜那条私奔的信息，乔小麦一字一句地读起来：“你愿意跟我私奔吗？”

这八个字像针尖一样扎在她的心头。日期显示是旅行期间发的，不用问，安家杰外出旅行的日子跟陈莱茜频繁联系，关系不疏反近。

乔小麦的小脸儿瞬间煞白。想象着安家杰和陈莱茜曾经有过的暧昧电话，暧昧早餐，还有刚刚的暧昧质问，这些迹象表明，安家杰和陈莱茜之间绝对不像他说的那样简单。

乔小麦再也坐不住了，起身往外冲，一边冲一边喊：“安家杰，你给我出来！”

还在卫生间忙活的安家杰含糊地应了一声，并没有迅速出来，倒是把准公婆喊了出来。听到乔小麦尖声高叫自己儿子的名字，准婆婆有点吃惊。

“小麦，什么事让你大惊小怪的？大早上的，吓人呢！”

乔小麦气得小脸煞白，拿着安家杰手机的手颤抖着，有几分冲动，想甩给准婆婆看，让她知道自己的儿子究竟做了什么事。然而，仅有的几分理智让她克制住了，城门失火何必殃及池鱼。

安家杰还没出来，准婆婆看乔小麦脸色不对，半是关切半是询问：“到底怎么了？这大早上的，一惊一乍的，把我这心脏吓得一直跳呢！”

看着准婆婆，乔小麦不知为何，想起那顿没吃成的饺子，想到连日来发生的种种不愉快，再想想眼下安家杰这段不清不楚的暧昧，乔小麦心里的气犹如泄洪一般，再也止不住，冲着准婆婆把手机就递了过去：“我一惊一乍？你看看你儿子做的什么好事再问我吧！”

准婆婆颤巍巍地拿过手机，一边看短信一边惊呼：“这……怎么可能？”

“有什么不可能的？都要私奔了！”乔小麦厉声叫道，“安家杰，你出来给我说个明白！”

准婆婆显然也被自己儿子的这出私奔闹糊涂了，看看愤怒中的乔小麦，自觉理亏，不敢再说任何话。她给老伴使了个眼色，转身想去厨房，却被眼尖的乔小麦叫住了：“阿姨，这事既然你们都知道了，就没必要回避，我想，我和你儿子之间需要算算总账了。”

准婆婆哑口无言，低头站在原地，坐也不是，走也不是，直到安家杰从卫生间出来，才蹿到儿子面前，失口痛骂：“你这个没出息的东西，瞧你干的这些好事！”

安家杰本来洗漱干净，心情正好，没想到一出来就被母亲责骂，十分不解：“妈，大早上的什么事呀，你骂我做什么？”

安妈妈把手机递给儿子：“自己看！”

安家杰拿起手机，看到那条私奔的短信，心里咯噔了一下，暗骂自己怎么就忘了删除。

再看一脸愤怒的乔小麦，他知道，这是一出解释不清的误会，可不解释更难做人，只好讪笑着上前。他想拉乔小麦的手，被对方甩开，又再次拉起来："小麦，这是个误会，我们回房间，我好好解释给你听，好不好？"

"既然是误会，那有什么好怕人的？就当着叔叔阿姨的面说清楚吧，免得他们以为我小题大做！"乔小麦不满地瞪了准公婆一眼，"你要给我们大家一个满意的解释，说！"

毕竟是三十岁的人了，安家杰不希望自己的隐私在父母面前暴露，再求乔小麦回房，被拒，便心生不满。东北大男人的个性让他始终放不下自己的面子，看到乔小麦如此不给脸儿，便急了："你怎么这样呢？我们两个人的事能不能关起房门自己解决？何必让父母跟着操心？"

"不操心怕也晚了，我想，阿姨现在比我更想知道真相。"乔小麦努力地压抑着心头的怒火，怒视安家杰，"敢做不敢承认，你到底累不累！"

安家杰急了，赶紧解释："事情不是你想的那样，这条短信是个意外，本来是想发给你的，机缘巧合就……就发给了陈莱茜。你也知道，我和她就是同事关系，什么也没有，所以……真的是个玩笑！"

"哟，听着可真是笑话。本来要发给我，却突然发给了她？什么也没有，却有了超乎同事友谊的短信？安家杰，你可真能编故事！"乔小麦自然不相信，"安家杰，你不要以为我不知道，你和她的那些午夜电话，你早早出门跟她去约会吃早餐，这些事我都记着呢，所以，这条短信你说破天去，我也不信你俩是清白的！"

安家杰惊讶地看着乔小麦："我和她的午夜电话？我不是说过，

公司那段时间忙，她一个新人应付那么多事，所以才向我请教。还有，吃早餐真的是遇上了，不是你想的约好了才去吃。小麦，你能不能给我一点信任？”

“信任？信任横竖加起来不过十五笔，可你跟陈莱茜之间的故事不是十五笔就能写完的！不过短短一次旅行，你竟然天天跟她联系，就连对我，你也没有这样热情过！安家杰，我现在明白了你为什么那么害怕跟我结婚，原来你心里是有了别人！”

乔小麦的质问让安家杰无颜以对。他承认，跟陈莱茜之间始终有联系，也不得不承认心里很享受陈莱茜对自己的那种欣赏和崇拜。男人的虚荣心曾经让他一度觉得，跟陈莱茜在一起工作能让他重回青春似的浑身充满活力，当然，仅限于工作。可这些理由不能跟乔小麦实话实说，说了怕误会更深，要知道，哪个女人不曾拥有青春？

安妈妈看儿子沉默着，以为乔小麦说中了事实，心里也怒儿子不争气，更气他做下的错事，怎么说也是辜负了人家乔小麦，便上前为小麦打抱不平：“你个浑小子！小麦多好的闺女，你不好好珍惜，跟什么同事勾勾搭搭，你真丢我们老安家的脸！”

被自己母亲这样误会，安家杰心里的委屈就更深了。本来无事，闲来生事，看看手里的暧昧短信，再想想自己前些天已经把陈莱茜得罪过一次，无所谓再得罪第二次。为了刚刚和好的乔小麦，他决定豁出去。

拿起电话，安家杰给陈莱茜拨了过去，对方接通之后，他一脸严肃地说：“小陈，我前两天给你发的信息，其实是发错了，我想把它发给我的女朋友小麦，当时正好你来信息，所以就顺手发给了你，真的对不起，让你误会了……我给你打电话，是想让你给我做个证，我和你之间是清白的，绝对没有任何暧昧存在，是这样的吧？”

只顾着为自己寻找清白，却并不知道，陈莱茜也是有一肚子的委屈，电话那头的她边听边哭，骂安家杰道：“你还真能拿我开涮，先是故意让你女朋友接电话，如此侮辱还不够，又亲自打电话回来跟我撇清干系。好呀，我和你确实没什么关系，以前没有，现在没有，将来更不会有，这下你满意了吧？”

电话是免提的，这番话在场的人都听到了，安妈妈为儿子的清白而庆幸，可乔小麦却听得心里很不是滋味。不是暧昧不清，没有哪个女同事会如此自损形象，说这样一番貌似纠缠的话。凭她对安家杰的了解，如果不是对方执意纠缠，那就是安家杰那张油嘴又在人家面前下了什么迷魂药。

当然，听明白的不止乔小麦一个，安家杰也听出了异样。挂了电话，他迅速查看来电记录，发现真的有一个已接电话是陈莱茜的，是十多分钟前打来的，不用问，是乔小麦接了自己的电话。安家杰就有些吃不消了，想到自己本是一身清白，无辜被乔小麦当众揭穿，如今费了这么大一番周折，又得罪了女同事，怎么想都觉得自己才是最受伤害的那一个。

“乔小麦，你都听到了吧？我和她根本啥事儿没有！现在我的事解释清楚了，麻烦你也给我一个解释，凭什么私自接我电话？”安家杰质问乔小麦。

没想到会被倒打一耙，乔小麦一时之间不知如何说起，心还纠结在一起乱成一团，突然被质问，她就慌了：“电话一直响，你不在房间，我怕单位有事给耽误了。”

“天塌下来，你不能窥探别人的隐私！我们在一起时就约定过，彼此信任，不偷看不打听彼此的隐私，给彼此一个自由的空间，这些你都忘了吗？”安家杰反败为胜。

乔小麦失语。不是她忘了，也不是她故意破坏过去立下的约定，而是她心里越来越看清楚一件事，不管自己多么努力，不管安家杰是不是还爱着自己，在这场感情对垒中，她能看到的不是清清楚楚的未来，而是一团又一团的疑云。她不知道，也不敢想，自己和安家杰能不能顺利并愉快地走进婚姻，只觉得婚前旅行结束之后，人是回来了，安家杰的心却仿佛离自己越来越远。就拿陈莱茜这件事来说，过去这种事从来就没有发生过，安家杰总笑着说他的世界里只有她一个女人，而现在另外的女人出现了，是否暧昧暂且不论，单说安家杰对待自己的态度，她感觉真的很陌生，陌生到连跟对方好好沟通的勇气都没有了……

爱情的主体是一起生活，一起生活需要时刻准备被现实考验。这考验就像一枚毒鼠强，本意想扼杀钻墙角的老鼠，却不小心被人当成了芝麻，捡起来，吃下去，毒性不够又药得难受，挣扎到最后，只能落得一身后遗症。

第八章

“优质男”和“物质女”

给男人贴上“优质男”的标签，无异于告诉天下人，这个男人不一定有好家世但一定有好家当，这种男人容易被女人群起而追之；给女人戴上“物质女”的帽子，就等于在她额头刻上“拜金女”三个大字，令人拒之千里。

（一）心情容易被现实收买

当一个女人对一个男人失去信心，他的一切在女人眼里会渐渐失去吸引力。

陈莱茜事件之后，乔小麦对安家杰失去了大半信心，他的一切在她眼里，总是将信将疑，更可怕的是，尽管心中的问号有一百个，她也不想去探究，因为就算对方解释，她也觉得是假话。

这是一个危险的信号。再好的感情也经不住怀疑，情侣之间失去信任，就等于彼此关上了心门，所以，乔小麦和安家杰之间的沟通越来越少，甚至到了一个礼拜不说一句话的地步。

早上，两人默默吃完安妈妈准备的早点，各自出门上班。晚上或者安家杰在外应酬不回来吃，或者乔小麦约了人去逛街顺便在外吃，回来各自倒头就睡，互不打扰。就算周末大家都在家，也是一个玩电脑，一个看书，相互不搭理。

看到儿子和准儿媳好不容易点头答应结婚，安妈妈的心刚落地，又被这场意外打乱。两人之间的别扭她是看在眼里急在心里，想撮合两人重归于好，却又不知从何说起。作为过来人，她看得更明白的不仅是两人之间的关系，还有两人之间渐渐淡漠下来的感情。她知道，年轻人重视感情更多，所以想尽办法让两个年轻人单独相处。

这天，安妈妈特意跟老伴商量出去玩，告诉乔小麦自己会晚回来，让她回家做晚饭，然后又打电话给儿子安家杰，让他晚上早点回去，说有事跟他商量。两个人不明所以，一一照办，等到过了饭点才发现，其实是两个老人特意安排的局，目的显而易见，是想让他们重归于好。

安妈妈更是别出心裁地在餐桌显眼处放了两张电影票，这让他们很感动，特别是乔小麦。一直以来，她以为准婆婆瞧不上自己，而她也一直顶撞准婆婆，没想到，为了自己和安家杰能和好，准婆婆竟做这样的准备，确实不容易。而安家杰想到更多的是，大冬天的，父母为了腾出地方给自己和乔小麦，竟然双双在外面受冻。他觉得，就算为了父母也应该和乔小麦好好谈谈。

“小麦，我知道，前几天发生的事是我不对，我没有好好跟你解释，对不起。”

安家杰的开场白很真诚，也很简短。对乔小麦来说，这些显然不是重点，但听得却极舒服。她欠了欠身子，说道：“解不解释只是个态度问题，那天我态度也不好，至少，我不应该私自接你的电话。不过我觉得，你确实不应该跟陈莱茜说那样的话，哪怕发错了，也应及时更正，不要让对方误会。”

“我已经解释过，也拒绝过她，是她一直抓着我不放……”安家杰又犯了天下男人都容易犯的错，明明是自己诱惑了女人，却非说是女人抱着自己不放手。他这种小小的自私和虚荣心，别人可能不了解，但乔小麦了解。她知道，他总把自己看得过高过重，而根本不知道别人对他的真实感受是什么。也正因为这份了解，乔小麦才没有再生安家杰的气。相反，她有点相信，他跟陈莱茜之间是清白的。

“放下你和陈莱茜之间的事不谈，说说我们之间最近出现的问题吧。”乔小麦话锋一转，“你不觉得，我们最近感情确实不稳定，一会儿打闹一会儿和好，一会儿冷战一会儿对谈，像极了两国战争。这样打来闹去，总有一天会把感情打光的，我越来越不确定，咱俩还能不能走下去，会不会有结果，所以，安家杰，你得给我一个准话，你究竟想怎样？是真的要结婚，还是又想逃婚？”

“当然想结婚！”安家杰这次没有一点儿犹豫，“小麦，就算你不说这个问题，我也会主动告诉你，这些天，表面上我在跟你生气，但实际上我一直在做一件事，你来看。”他边说边从包里拿出几张售楼的宣传页，“我按照咱们的实际情况，找了几处房子，想跟你商量一下，在哪里安家比较好。”

乔小麦看了一眼宣传页，上面花花绿绿的被安家杰用笔圈满了，单价，总价，位置，还有小区配套，很是醒目。她知道，对于房子他是用了心的，可是想到有限的那点钱，她还是犹豫了：“这么贵，咱们的钱够吗？”

听乔小麦说“咱们”，安家杰立即明白了，她原谅自己了，心立刻放松下来，一一为她介绍：“这一处，距离你上班比较近，我也只需要坐三四站地铁，不过房价高了些，按比例付首付的话，有点困难，所以我想选这一处。你看，蓝笔标的，你上班需要坐地铁，可能至少比平时提前半小时出门，而我要早四五十分钟左右出门。虽说上班不算方便，但它的总价比前面那个楼盘少了将近两成呢……”

他还想继续介绍，却被乔小麦打断了：“行了行了，你先别忙着介绍，我问你，钱从哪来？”

“下面也就是我要跟你商量的事。”安家杰笑着说，“我妈说赞助我们四十万，还有咱俩攒下的那小十万，加起来首付能有五十万左右，也就是说，我们现在的能力只够买距离远一点的房子，你看，这样的婚房你能接受吗？”

乔小麦在心里轻叹，准婆婆还真是精打细算，攒的钱还真不少，自己那小十万的私房钱也终于要回来了。这一刻，她突然理解并原谅了准婆婆之前所做的一切。过日子嘛，总得有点过日子的样儿。

想到过日子，乔小麦又在心里安慰自己，尽管和安家杰之间激情不在，但感情总还是有的，而且就算跟对方断了，再去跟别人重新恋爱，怕也难在一时半刻间建立起足够的信任。况且情侣之间哪有不闹矛盾不甩脾气的？熟悉对方就如同熟悉自己一样，她觉得，能原谅就原谅吧，反正自己也不是完全无过错。看着安家杰为了婚房如此用心做准备，她的心突然软了下来。

心情容易被现实收买。眼下的心情尽管不够爽，但眼下的现实却是，继续跟对方在一起可以弥补流失的感情，继续走以后的路，还可以迅速有一个家。

乔小麦觉得，年近三十再让自己去恋爱一场，那简直是件可耻的事。更可怕的是，如果再遇上一个斤斤计较的主儿，怕日子会过得更艰难。与其让不明朗的将来搅乱心情，不如大大方方地接受现实，继续和安家杰在一起，努力修复流失的感情，给对方一个机会，也就是给自己一个机会。

感动的女人总是容易冲动，想要回报对方更深更厚的爱意。

看到安家杰为婚房如此煞费苦心，乔小麦觉得自己也应该出一份力。二话不说，拿起电话给父母打过去，撒娇问候之后，说出买房的事。父母除了高兴便是不惜余力地提供帮助，当即表示可以支援二十万。

放下电话，乔小麦大叫着跟安家杰拥抱："我们的首付够了！就买上班都方便的那处房子吧，我可不希望天天坐地铁被挤成沙丁鱼罐头。"

安家杰没有她预想当中的高兴，反而一脸担忧："小麦，你嫁进我们安家，本来应该我们准备婚房，竟然要你娘家出钱，这……不太好吧？"

"有什么不好的？你家出力，我家也应该出力，我爸妈早说了，等我结婚会包一个大红包。再说了，这也算我的嫁妆钱，有什么不可以的？"乔小麦不以为然。

安家杰倒没说什么，收起房子的宣传页，拿起桌上的电影票："那好吧，有机会一定好好谢谢你爸你妈，我看今晚也别辜负了这两张电影票，一起去看电影吧！"

乔小麦点点头："也好，恋爱那会儿倒经常看电影，在一起之后，似乎把这个项目省略了。"说完，拿起票一看，却笑了，"这电影早就在电脑上看过了，阿姨的心思怕要白费喽！"

安家杰拿起票细看，也跟着笑了："是呀，我妈不懂行情，还以为是新电影，这么贵的票如果让她知道是被人忽悠了，一定会心疼死的。”

“阿姨也是一番好心，不如我们就将就着去看吧。她过日子精打细算，这好几十块钱一张的电影票放着不去，她会心疼坏的。”

“你什么时候这么关心我妈了？”安家杰趁机逗她。

乔小麦风情无比地白了他一眼，似在说给安家杰听，又似说给自己听：“我这人就是这样，谁对我好一分，我就对谁好两分。”

安家杰赶紧点头，讨好地说：“知道，知道，乔小麦是个善良的好同志，行了吧？”

“去！谁是同志？这年头同志可不是好称呼！”乔小麦赶紧说。

看她嗔怪自己的样子着实可爱，安家杰竟激动了，上前抱住她，以咬耳朵的姿势恳求：“要不，我们不去看电影了？”

（二）成为“优质男”之后

或许，天下情侣都一样，吵吵闹闹再厉害，只要彼此没有外心，一场欢爱便能和好如初。

浪费了两张电影票，却收获了一场完美的欢爱，乔小麦和安家杰奇迹般地和好了。

两人一团和气地出现在第二天的餐桌前，安妈妈看着一脸喜气，以为自己昨天买的电影票起了作用，一个劲儿地问：“昨天的电影好看吗？”

乔小麦和安家杰怕他们嫌自己浪费，装作刚刚看过一样，双双点头："好看，好看极了。"然后相互对视一下，滋味万千。

趁两个人心情都好，安妈妈适时跟乔小麦交换了婚房意见。她跟儿子安家杰是一样的想法，买个位置远点但价位便宜的先过渡一下，但乔小麦却把娘家父母的意见表达了，说要生活方便才好，愿意出二十万赞助。

安妈妈心里倒是接受，但嘴上难免客气一番："哪有让亲家出钱的道理？真是不应该。"

乔小麦知道，这话是客气给自己听的。她也理解准婆婆，东北人的性格就是自大，有时候宁可饿死也不愿意被人伸手相助再瞧不起。

"阿姨，别管你家的还是我家的，都是为了我和家杰着想，你也别太往心里去。"

听乔小麦如此安慰自己，安妈妈一脸欣慰。内心里，尽管乔小麦直爽的个性让她有些受不了，但正是因为这份直爽让她觉得乔小麦是个没有城府的媳妇，将来必定好相处。

"好吧，那你们就去把婚房定下来，我跟你叔叔把日子和要请客的名单定一下，尽早安排好这些琐事，年底办喜事就要用的。"安妈妈一边吩咐一边急不可待地对乔小麦说，"左等右盼的，终于等到这一天喽！"

乔小麦被准婆婆的喜悦感染，再加上和安家杰之间的误会全消，心情大好，跟单位请了半天假去看婚房。因为是二手房，要等原房主，这一等就是一上午，直等到手脚都冻麻了，临近中午才见到对方。谈妥了价格，交了定金，乔小麦猛然生出一种脚踩在地上特别踏实的感觉。过去她总觉得自己是这城市中一个漂泊的灵魂，有了房子之后，突然觉得自己成为这城市的一份子了，有一个家，还有一个爱自己的人。

“家杰，我觉得自己真幸福。”乔小麦如是说。

安家杰闭上眼睛，回味着她刚才的话：“幸福？我觉得也是，有了房子的感觉真是不一样。”

“对呀！想想租房子我就生气，远的不说，就说现在这房子的主人，今天水电出问题，明天儿子要结婚，哪哪都是事儿，现在咱有了自己的房子，再也不用担心被人赶来赶去了。”乔小麦由衷地说，“家杰，谢谢你，给了我一种家的感觉。”

“傻丫头，这是我应该做的。”安家杰抱抱她，看时间不早了，挥手道别去上班，“你也早点去工作，记得咱们的约定，从今天起，咱俩就是一对房奴伴儿，都要加油工作！”

乔小麦笑得花枝乱颤，挥挥手，跟他告别。走了没几步，她又突然记起一个人，汪嘉正，对方也总喜欢称呼她丫头，回来之后一直没联系，如今自己要结婚了，不知道他怎样了？

打电话过去，汪嘉正传来的是好消息。他说自己也正筹备婚礼，而且女儿不再反对。乔小麦赶紧恭喜汪嘉正，并把自己也要结婚的消息告诉了他。汪嘉正似乎早有预料：“你这么好的姑娘，如果我是那个小伙子，也会抱住不放的。”一句话把乔小麦的好心情推向了巅峰，她觉得这一天实在美妙极了。

比乔小麦心情更好的是安家杰。有了房子，他突然就觉得自己有了身价。过去一提房子总感觉矮人三分，现在他也可以挺起胸膛说，我是一个有产业的男人。如此一想，还真挺胸阔步地进了办公室。

知道安家杰请假去买房的老王第一个蹿了过来：“怎样？房子买

了吗？”

安家杰点点头：“买啦！从今天起，我再也不用受租房子那份闲气啦！哈哈哈……”他笑得爽朗，把别的同事引了过来。大家纷纷夸奖他有福气，终于告别租房子的岁月。安家杰那叫一个得意，马上跟同事们吹嘘起房子如何好，地段如何优越，却忘记他旁边还站着陈莱茜。

自从上次闹过误会之后，陈莱茜再也不理安家杰。上班虽然天天见面，陈莱茜却一句话也没有；就算是为了工作不得不说话，也公事公办，一句多余的话一点多余的表情也没有，这让安家杰有了一种小小的失落感。

听到安家杰大声吹嘘房子的事，陈莱茜上前问他：“这房子是你自己出钱买的吗？”

谁不知道眼下的房价，作为同事她也更了解安家杰的收入水平。陈莱茜只想取笑他，却不料安家杰倔脾气上来，毫不客气地告诉她：“当然有我的付出，本来我们家能一次性付清的，我想留出一部分装修，这才贷款，但我也计划了，不出两年就把贷款还完。”

他的话引来同事们哗哗的掌声，陈莱茜的小脸突然红了。

同事们闹腾够了，四下散去工作，陈莱茜给安家杰发了一条信息：“你这样一个优质男，我真不知如何才能忘得掉。”

安家杰尽管心里得意，但怕再出现上次那样的闪失，要是被乔小麦再发现，他就死定了！没买房子之前，他倒不那么惧怕误会和分手，买了房身上压着一堆贷款，他明白自己需要在现实中找一个肯跟自己一起还贷款的人，而不是再浪漫一把。所以，他回绝了陈莱茜：“你还年轻，会遇上更优秀的男人。”发完信息，赶紧删除了。

男人就是这样，想偷腥，又分得清什么可以偷，什么不能偷。这时候的安家杰心里清楚得很，所谓的青春浪漫已经过去，他只想要一个能跟自己分担生活的女人。

乔小麦心情大好，不仅大好，还单纯地认定自己从此就踏上了幸福的新生活。她觉得自己的人生一下子充满了阳光，美不胜收，就算到了公司,也没藏住好心情,逢人就笑。这让阿眉瞧出了眉目:“怎么？这是要做新嫁娘还是遇上了高富帅？瞧你那嘴咧的哟……”

乔小麦一本正经地收住笑，告诉她：“从今天起，我也是有房一族了！”

“真的？在哪儿买的？小公寓吧？我也想买一套呢。快说说，多少钱？交通怎么样？”阿眉立即来了精神。

“什么小公寓？我是买婚房好不好？”

“什么？婚房？你要结婚？跟那个安家杰结婚？”阿眉瞪大了眼睛，“小麦，不是玩真的吧？前两天你们还冷战，这一转眼就……你真的打算嫁给那个小白？”

“我知道你对家杰有偏见，可再有偏见也不要一口一个小白地叫人家，他现在不是小白，是优质男，有房子有工作，优秀男人一枚！”乔小麦骄傲地说，“更重要的是，他还很爱我。”

“爱你？这我倒是清楚，前两年他还真的很爱你，经常跑到公司送盒饭给你，不过，也有一两年没见过这场景了吧？”阿眉故意刺激她，“这男人的爱啊，不过坚持那么一时半刻，等把你骗到手就啥也不会做喽，更别说娶回家……哎，对了，乔小麦，他是怎么跟你求的婚呀？你可一点儿也没透露。”

“求婚很别致。”乔小麦神采飞扬，好心情已经捂不住了，“他说，房奴也需要个伴儿，而我就是那个伴儿，怎么样，别致吧？”

“什么？”阿眉的声音突然提高八度半，“房奴伴儿？天呐，求婚旨在求爱，他这哪是求婚，明明就是找合伙还贷的人呀！乔小麦，亏你还是重点大学出来的，简直情商为零，你怎么不用心想想，他究竟是想找个爱人还是想找个生活上的伴儿呀？要是前者，恭喜你，你找对了；如果是后者，那你就惨了——他只是想找一个人来跟他一起分担经济上的压力和生活中的责任。乔小麦呀乔小麦，拜托你用脑子好好想想吧！”

阿眉的一番话让乔小麦有种瞬间从云朵里跌落下来的感觉。尽管她不愿意这样猜测安家杰，可细细回想这段时间发生的一切，安家杰想找一个伴儿的欲望大于找一个爱人。没有浪漫的玫瑰和戒指，没有一分一毫的示好，直接把买房资料推到自己面前，似乎真的在找一个一起还贷的伴儿。

乔小麦心惊肉战，不敢再深想。

莫名地，那些暧昧的短信和电话又朝她心头涌来。怎么想她都觉得阿眉的话是有道理的。刚刚建立起来的信任感就这么被朋友四两拨千斤地抹了去。

“小麦，你也别想太多，但愿是我说错了。不过话说回来，就算他想找个一起还贷的伴儿，那也没什么，要知道《婚姻法》早改了，房子就算是他出的钱，但贷款那部分也有你的一半，你也不用担心吃什么亏……”阿眉劝道。

乔小麦已经笑不出来，一脸淡定：“房子我们家也出了钱的，不管我是不是一起还贷，那房子也应该有我的一半。”

“要是你们家也出了钱，那就更好办了，一家一半，房本上应该写你俩的名字。”

“可以这样吗？”

“当然可以！”

（三）房产证加名风波

能给女人安全感的除了男人，就是房子。如果非要在男人和房子之间做一个选择，成熟的女人多数会选房子，因为现实让女人明白，男人是流动的，房子却是固定资产。

阿眉的话让乔小麦的心微起波澜，连续几天看房子，每看一处，她心底都有一种抑制不住的冲动，想要拥有一片自己单独的天地，没有准公婆，没有和安家杰的争吵，这片天地能让自己的身心彻底放松。现在房子算是定了下来，可房子是私人物品，婚前财产永远只属于个人所有，这么说，房产主下加名是必须的。

乔小麦性子急，心里藏不住事，想试探安家杰，但安家杰近来的应酬似乎越来越多，总是深夜才回。乔小麦一问起，他就以男人想有事业就必须应酬为说辞，再加上准婆婆在一旁帮衬，说什么男人就得有点应酬，天天窝在家里能有什么出息，更让乔小麦不知如何应对。刚刚跟准婆婆有所缓和的关系，在安家杰晚归问题上的不统一意见，又惹得她对准婆婆怨声载道。

说给阿眉听，她倒想得很开：“自古婆媳就是天敌，你抢了人家的儿子，人家自然不会对你好。”

“我是越看她越觉得憋屈，想都想不通。刚恋爱那会儿，我去他们家，他妈把我当贵宾，现在要结婚了，倒变脸了，好像我就应该是个受气的小媳妇儿。”乔小麦不满地诉苦，“要是真嫁进他们家，那还不定啥样呢！”

阿眉笑：“所以说，必须要有自己的房子，名副其实的房子，让她知道你是住在自己家里，不是她们家里，主次还是要分的。”

“可是……”乔小麦犯起难来，“理儿是这么个理，我怕的是，张了口之后，我和他们家的关系从此之后更难相处了。”

“婚姻也讲究先小人后君子，你现在不说，将来吃了亏，那更是有苦难言。况且，你家也出了二十万。还有，你和安家杰不是也攒了小十万吗？从你婆婆那里把钱要回来，付钱的时候，你理直气壮地拿出三十万整，小一半呢。你趁机告诉安家杰，既然房钱一家一半，那房产证也应该人人有份儿！”阿眉得意地笑，“瞧，这不就解决了吗？”

听阿眉这一通说，乔小麦深以为然。谈恋爱跟做朋友一样，彼此看着顺眼就可以牵手走走，试试；婚姻跟做生意一样，相互对比，衡量，觉得合适了才能成交。吃亏不是忍让，是傻。

乔小麦决定按阿眉说的去做。

也难得安家杰晚上竟然回家吃饭，一家人聚齐了，准婆婆也显得很高兴，招呼乔小麦跟她一起进厨房忙活。一道蛋炒饭让乔小麦忙得上气不接下气，她始终搞不清楚，究竟是先炒鸡蛋还是先炒米饭，准婆婆笑她：“不是我说你，过日子还差得远呢。”

乔小麦笑了笑，将铲子从锅里拔出来，上面粘着无数米粒，她一边用筷子往下清一边试探着问准婆婆：“过日子还真得学会算计，算计清楚了，才不会有纠纷，就像这米粒一样，如果当初做的时候水是水米是米，那再炒起来就不会粘在锅和铲子上了，对吧？阿姨？”

准婆婆正忙着拌凉菜，伸嘴尝了一口咸淡，回过头来冲她笑：“过日子当然需要算计，有句话不是说了嘛，吃不穷穿不穷，算计不到就受穷。”

“还真是。”乔小麦满意地笑了，在内心告诉自己，这也算是给准婆婆打过预防针了吧，回头在餐桌上说起房产证加名的事，她肯定会明白自己此刻的意思。

两人说笑间就把饭菜做好了，一家人围下来，看到满桌的菜，安家杰宣布：“下周就去交首付，家里的钱一下子空了，以后大家就要勒紧腰带过日子，今天算是开开荤吧！”

乔小麦跟着笑了笑，心想，既然安家杰主动说起房子的事，自己就接茬儿把房产证加名的事说了，却不料，没等她开口，准婆婆已经抢了先：“这房子买得对，买得好，早知道这样能让家杰学会过日子，我们就应该早点买，对不对呀，老头子？”

安爸爸很憨厚地点头。

乔小麦赶紧接话：“阿姨说得对，这点我怎么没早点想到呢。”说到这儿，她想趁准婆婆高兴时，把还在她手上的银行卡要回来，于是又说：“阿姨，下周就交首付了，你看，能不能把银行卡里的钱还给我？那钱本来就是要攒下来买房子的，我不会随便拿去买衣服的，再说，现在我和家杰一起承受贷款压力，就算给我钱我肯定也会第一时间拿去还给银行，哪还有心情买衣打扮呀，对不对？”

话说得还算委婉，她想，准婆婆一定会把钱还给自己的。眼下大家的目标一致，就是一起买房，谁拿卡，谁出钱，都是一样的。

却没想到，准婆婆放下筷子，一字一顿地对她说：“那钱反正是自己家的，存在谁名下不一样？交首付我自然会给你，你有什么不放心的吗？”

乔小麦想说，钱在自己名下取出来交首付，那叫应该，在你手里付出去，那岂不成了安家出的份额？可她没这样说，如此直接，只怕引起误会，经历了这么多事，她已经学会了掩饰。

“不是不放心，阿姨，我只是觉得，那钱本来就是属于我的，而且这房子也是我和家杰一起买的，把它存在我这儿，下周去交首付不就省了你再去跑冤枉路吗？”

“是吗？我不怕多跑那点路，我还得帮你们去把把关呢。”准婆婆当仁不让。

乔小麦这才惊觉，准婆婆哪里是帮自己存钱，分明就是来当家做主的。她心生不满，冲安家杰使眼色，安家杰却无动于衷，这让她很失望，只好自己再跟准婆婆理论。

“我觉得，那钱是我辛苦攒出来的，理应由我存着，不然我心里不踏实。”

乔小麦历来直爽，生气和激动之下，还是忘记了掩饰。她这种毫无城府的表现，常常令人措手不及。

安家人都愣了，随后是笑的笑，摇头的摇头。安家杰首先坐不住了，一边冷笑一边说乔小麦：“都快结婚了，已经是一家人，你有什么不放心的？”

“安家杰，你知道，为了攒那点钱，我付出多少辛苦……再说，那里面除了你和我的工资，大部分是我娘家人给我的零花钱……”

“那又如何？你想收回去，不愿意拿这钱付首付？”显然，安家杰误会了。

乔小麦急了，口不择言起来：“当然不是！我就是要拿它来付首付的！”

“既然是拿来付首付，那存在谁名下不一样？”

“当然不一样！存在阿姨名下，再拿出来，那就相当于你们家出的一份钱；存在我名下，由我拿出来，那就是我们家的份额。一家一半首付钱，将来房产证才可以人人有份儿！”

乔小麦的话一出口，安家人全愣了。

安家杰没想到，房子还没到手，乔小麦已经开始算计房产证，而准婆婆也一脸阴云，显然对乔小麦这种做法十分不满。

乔小麦说完，马上意识到又把人得罪光了，有些话明明可以说得委婉，可是脾气和个性使然，她没那个能耐，只能是事到临头事事乱。

看着一家人面面相觑，眼神里全是不理解和愤懑，乔小麦知道，自己又惹了祸。

（四）比女人更计较的是男人

在男人眼里，最有价值的女人是对金钱无欲望对人生有追求的女人，反之，一个女人过于把金钱挂在嘴上，男人除了鄙夷之外，还会怀疑她的人生追求是不是脱了轨。

乔小麦一而再、再而三地把房子挂在嘴上，让安家杰十分不满。不仅不满，他甚至怀疑自己和乔小麦之间所谓的爱情是怎样建立起来的。一场婚前的个人旅行，使他一度觉得自己亏欠了乔小麦，而且觉得自己根本离不开乔小麦，所以他才执意回来娶她。没想到婚事刚开了头儿，房子的事是解决了，房产证的问题却又浮了出来，真是一波未平一波又起。

“乔小麦，真没想到，你已经从‘面包女’变成纯粹的‘物质女’，房子买了不是咱们两个人住的吗？我爸妈把养老钱都拿了出来，你没看到吗？还如此苦苦相逼，你可真好意思，我告诉你，那钱就放在我妈那儿了，你甭想动一分！”安家杰毫不客气地挡了回去。他觉得，乔小麦实在是个让他分神又分心的女人，在自己父母面前，她总是这样口无遮拦，实在难登大雅之堂。

安家杰如此不给自己面子，乔小麦气不打一处来，想发作，看准公婆在场，又怕失了礼数，只好努力压低了声音：“安家杰，钱我们家也出了二十多万，房产证就应该加上我的名字，这是我们俩的共同财产，这理儿说到哪儿去，我也不丢人。”

“乔小麦，你真是变了！我都怀疑你过去在我面前那副单纯样儿是不是装出来的？开始说什么只要跟我在一起，什么房子车子全是过眼烟云，你不稀罕，后来呢？不提房子车子你就没法过日子了，现在呢？更是得寸进尺，还要房产证上写你的名字！我倒想问问你，将来咱俩真结了婚有了孩子，孩子要不要跟你姓呀？真是物质！”安家杰的话更尖锐，他的这番讽刺让乔小麦坐不住了。

给男人贴上“优质男”的标签，无异于告诉天下人，这个男人不一定有好家世但一定有好家当，这种男人容易被女人群起而追之；给女人戴上“物质女”的帽子，就等于在她额头刻上“拜金女”三个大字，令人拒之千里。

“谈恋爱可以镜花水月，过日子能不吃不喝吗？你刚才也说了，房子是买给咱们两个人住的，难道还是我一个人独占了吗？什么叫我得寸进尺，明明是你们家得寸进尺！我是一番好意拿出钱让你妈去看病，可到头来呢？竟然不说一声就把钱转存了！这世上哪有这样的道理呀？再说了，我把这些钱要回来也是为了买房子，怎么就不成了呢？更何况，房子我们家也是出了钱的，凭什么就不能加上我的名字？还有，我只是说加上我的名字，没说只写我的名字，我们是联名户头，这有什么不可以？”

“我说不行就不行！”安家杰近乎咆哮，其实他自己心里最明白，之所以如此反对有两个原因，一来刚在弟兄们面前吹嘘自己买了婚房，如果说出去是跟乔小麦共有，那将是多么丢人的事；二是父母都在跟前立着，自己在乔小麦面前如果软下来，那也是很没面子的事。

乔小麦当仁不让：“想用我们家的钱，行也得行，不行也得行！”

“如果我就是不愿意呢？”

“不愿意就不结婚！”

“不结就不结！”

“你……”乔小麦被安家杰气得说不出话来。

好在准婆婆已经瞧明白了当下发生的一切，赶紧上前打圆场：“好了，好了，你俩这吵吵什么劲儿？请帖都发出去了，能说不结就不结吗？我和你爸也听明白了，这是乔家对房产有异议呢。小麦，你说，是不是你父母那边要求必须写上你的名字？”

乔小麦觉得准婆婆的脑子转得也忒快了些，便说：“阿姨，你这是想哪儿去了？我爸妈只管给钱，别的可什么也没说，这事是我自己的主意。”

“可是闺女呀，你知道的，娶妻娶妻，都是男方娶女方，这也就意味着，将来顶着户头过日子的是男人，是我们家家杰，所以你说，把你的名字写到户主那栏，合适吗？”准婆婆试探着说，“而且，首付我们家出了大半，就算写家杰的名字，你也不屈，不是吗？”

“什么叫我不屈？阿姨，《婚姻法》改了，不管我出两万还是二十万，只要本人是出了钱的，法律上就应该有我的一半！”乔小麦越说越生气，她觉得，自己一张嘴说不过一家人，索性把话挑明了，“更何况，我可是出了小一半，三十多万！”

“三十多万？”准婆婆一脸吃惊的样子。

“对呀，我妈给了我二十万，我自己攒的十万不是还在你手里吗？正好三十万！”乔小麦越说越直白，“一共七十万的首付，我一个女孩子家拿出三十万，说到哪儿去都是占理的！所以，凭什么就不能要求房产证上加我的名字？”

准婆婆被乔小麦说得哑口无言，只好喏喏地对儿子说：“你们自己的事，自己解决吧。”随后拉着老伴走开，走了两步，又觉得不放心，回过头来叮嘱儿子：“家杰，你和小麦好好商量，我和你爸不参与了，免得日后落埋怨。”说完，还冲安家杰使眼色。

安家杰知道，母亲其实跟自己的想法一样。在东北人眼里，男人就应该是户口栏里的唯一户主，这一点，他更不想让半步，所以父母一走，他也拉着乔小麦回了房，一进门，就质问乔小麦：“究竟是谁给你出的主意？”

乔小麦自然不可能出卖阿眉：“这不是什么主意，是一个女人维护自己利益的合法手段。”

“得，还跟我说上法律了？乔小麦我告诉你，什么事都好商量，这件事，别说我不答应，我父母那边怕也难答应！”

“凭什么？”

“凭……”安家杰很想说，凭我是一家之主，又怕这话说出来让乔小麦更加反感。两年相处，他不是不明白乔小麦的个性，她的软肋在于吃软不吃硬，想了想，又换了计策：“小麦，我妈身体不好，你不是不知道，前两天我陪她去医院复查，医生说不仅旧症未消，而且心脏也非常不好……可就算这样，她还是不愿意我跟你说，怕你担心，而且为了咱俩的婚事，她整夜整夜地睡不着，从请帖到新婚需要的衣被，一点点儿为我们准备着……就算你再不喜欢再不接受她，她毕竟是我妈，我得心疼，是不是？”

乔小麦知道自己刚刚那番话说得急了些，可是，已经出口的话就如同泼出去的水，收不回来，只好硬撑：“我也没要求别的，不就是房本上加个名吗？”

“加名的事，可不可以再议？你非得在这个节骨眼上说吗？”乔家杰用起了缓兵计，“再说，房子只交了定金，我们下周才付首付款，这么急着分你我，对我们的感情是不是太不信任了？”

被安家杰如此一说，乔小麦也觉得是自己错了：“我……我是直接了些，对不起。”

听到乔小麦说对不起，安家杰就明白，此事有缓和余地，继续哄着乔小麦：“小麦，我们马上就结成正式夫妻了，以后有事别自己贸然行动，先跟我商量，这样对你对我对大家都好，成吗？”看到乔小麦点了点头，他的心才彻底放下来，但有一抹东西却在心里始终抹不去。

当天晚上，两人再没争吵，也没多说任何话，各怀心事，各自睡去。

第二天，尽管准婆婆还是预备了早餐，但乔小麦一口也没吃，加上时间已经不早，拿了包，匆匆打了声招呼就去上班。一路上，她始终在纠结昨天的事，看得出来，准公婆的脸色并不好。她知道，自己昨晚的做法确实伤害了安家人。可是，难道为了求得他们一个好脸色，自己的权益就不再争取了吗？

到了公司，乔小麦急切地想跟阿眉商量，却发现她请假了。打电话过去，对方半天才接，阿眉在电话里说："我要去南方见我的准公婆啦！等我回来，你们说不定就能吃到我的喜糖哦！"

乔小麦不得不佩服阿眉的好命和勇敢，她知道，发生在自己身上的问题不会发生在阿眉身上，她的婆家那么有钱，不可能让她出钱，带嫁妆，自然不会有房产证加名这样的乱事搅乱幸福。

这样一想，又觉得自己真是委屈。跟安家杰这样的小白过日子，处处算计，到头来，还得委屈自己先放下利益，乔小麦觉得心里压着口气，咽不下去，吐不出来，又找不着人倾诉，想来想去，就想到了汪嘉正。从年龄和阅历上来说，他是个不错的倾诉对象，而且她也想知道，上次旅行回去之后，他是否结了婚，得到了真正的幸福。

汪嘉正是在电话响了无数遍之后才接的，声音略带沧桑，乔小麦听到这样的声音，觉得自己的事还是不说为妙，转而关心起对方的近况。

"你最近过得好吗？还是准备婚礼累着了？声音真是憔悴。"乔小麦直入主题。

汪嘉正在电话那头似乎在嘱咐别人什么，说完了，这才跟乔小麦说："刚才跟律师商量了点事情，你别介意。我最近确实在筹备婚礼，有点忙也有点累，不过还算可以。你呢？过得好吗，丫头？"

"我？我过得不好！一点儿也不好！"听到对方喊自己"丫头"，一种被宠爱的感觉油然升起，乔小麦趁势撒起娇来，"我都不想结婚了！”

“为什么？”

“简单说吧，不怕你笑话，我们没钱结婚，房子只够付首付，而且钱是两家一起出，就算如此，我也没有异议。可是昨天说起房产证上必须有我的名字时，他们全家都不同意，我男朋友还跟我动了气，差点打起来……”说起昨天的事，乔小麦就有无尽的委屈，“汪大哥，你说，我要求在房产证上加个名，有错吗？”

本来乔小麦只是撒娇而已，以为对方会劝她别太计较，想不到汪嘉正少许沉默之后，告诉她说：“丫头，你做得很对，这才是当下现实嘛！你知道我刚刚在做什么吗？我找律师把我的财产重新公证了一下。虽说《婚姻法》改了，婚前财产属于婚前，但我还是想加个双保险。不怕你笑话，也不怕你说我世俗，婚姻这东西，好的时候两个人是一个人，不好的时候，两个人就成了敌人，两股势力，恨不能杀个你死我活。所以，婚前小人，婚后君子，这样大家才能各得其所！”

汪嘉正的话让乔小麦彻底惊呆了。她没想到，就算汪嘉正接受了女朋友的全部，却始终不愿意让对方接受他的一切，依旧在财产上泾渭分明。

“可是……你这样做，不怕未来的嫂子不乐意吗？”她弱弱地问。

汪嘉正笑了两声：“我说了，婚前小人，婚后君子，这是当下婚姻的必然趋势。她既然爱我，就会接受我的做法。”

“你也爱人家，为什么就不替对方想想，她是不是愿意你这样做？是不是心甘情愿接受你的做法？”

“我已经跟她说过，她愿意。她是一名教师，通情达理。”

“你还真遇上了一个好女人，好好珍惜吧！”不知为何，乔小麦突然不想跟汪嘉正聊了。没想到这世上还有比女人更计较的男人。在她心里，这个足以称为大哥的中年男人，可以在再婚时犹豫、恐惧，但已决定走进婚姻，行径还如此斤斤计较，实在令人想不通。至少，如果新娘换成是她，她是接受不了这种做法的，这会让她觉得，婚姻像一场交易。

想到这儿，乔小麦突然理解了安家杰和他的家人。他们之所以那么反对自己加名，可能也是同样的感受，觉得自己过于计较了。

这一刻，乔小麦原谅了安家杰，还主动给安家杰发了道歉短信，她说：“昨天是我太过计较，伤了大家的感情，对不起。”

本以为安家杰会热情洋溢地夸奖自己，却不料，对方半天才回短信，极不客气地对她进行指责：“你计较当然是你不对，想通就算了，为什么早上对我父母那般冷淡？我妈大早上起来做的早饭，你竟然一口不吃，成心气她的吧？”

乔小麦看着信息就来气。自己这边有了示好的意思，他不仅不接招，还如此明火执仗地指责自己！不过一份早餐，有必要如此计较吗？看来，比女人计较的是男人，大到财产小到家事，不做一番计较，他们绝不肯轻易低头就范。

（五）谁的心没有回来

乔小麦并不知道，安家杰如此不客气地指责她，实在是另有原因。

自从上次旅行回来之后，安家杰和陈莱茜一直不说话。他不好意思开口，对方也故意不搭理，状态有点尴尬，但安家杰还能忍受。可是后来形势又发生了变化，自从他宣布自己成为有房一族之后，陈莱茜对他突然热情起来，早上泡上好茶，晚上帮他归整材料，中间还不时地没话找话，就连吃工作餐也从过去唯恐避之不及到非跟他坐在一张桌子上。明眼人一瞧都能瞧得出来，陈莱茜对安家杰有意思，而且这意思不止一星半点，有公开化的趋向。

老王作为过来人，自然一看就明白，私下劝安家杰："赶紧把偷吃的嘴擦干净，不然你这婚可结得不清静！"

安家杰嫌他总拿自己打趣，不满地驳斥："我跟她都把玩笑开成那样了，作为一个女人，她不恨我就是好的，哪还可能让我偷吃？"

"那小眼神儿，看你的时候都含情脉脉的，你没发现？你是眼盲还是情盲？"老王一本正经地问安家杰，"我倒想知道，你和陈莱茜之间究竟有没有那回事？不然人家一个小姑娘家家的，能这么毫无顾忌地对你好？况且，她也知道你有女朋友，没点什么事，还真解释不通哦！"

听老王调侃自己，安家杰赶紧打住："得！这话要是让乔小麦知道了，非扒了我的皮不可！我跟小陈之间啥也没有，就算乔小麦不相信我，你也得相信我！而且，我对她……也确实没那意思，我就算喜欢，也得喜欢看起来成熟干练的……"说到这儿，安家杰突然想起一个人。

黄凌梅。这个女人每隔几天就会浮上安家杰的脑海。她的冷，她的笑，她身上散发出来的女人味，都让他着迷。更让他着迷的是，黄凌梅在他心里还真是一个神秘女人。这个女人身上好像有太多的故事，而他是那个想了解故事的人。

老王不知道安家杰在想心事，继续说陈莱茜："我知道小陈为什么对你那么好，作为过来人，我看得通透着呢！"

"为什么？"这一点，也是安家杰想知道的。

"想知道？那就晚上请我吃饭！"老王趁机敲诈，"老地方的自助餐就行，不用太奢侈。"

明知这是敲诈，但相比回家面对乔小麦的争吵，安家杰更愿意跟老王在外面喝酒。所以一到下班时间，他就拉上老王一起到饭馆喝酒。喝得酒劲儿上来，老王才告诉他："其实小陈和你之间的问题特简单，我知道你没看上她，我也知道她看上你什么。"

安家杰不说话，替老王又倒上酒，老王接着说："俩字——房子。"

"房子？"安家杰十分不解，"什么房子？"

"傻瓜！你不是刚买上新房了吗？就是你的房子呀！"老王的舌头开始打结，"房子，房子就是当下每一个女人追求的一样东西，有了房子的男人就算长得歪瓜裂枣，在女人眼里也是一种美，叫什么……缺憾美。如果给她们一个高穷帅，再给她们一个矮富丑，她们一定选后者，你信不信？"

"后一段我信，可前一段就有点荒唐。我的房子是贷款买的，还没住上呢，而且我比小陈大那么多，人家怎么可能为一套房子就看上我？"安家杰笑道，"就算饥不择食，也未必择我这样的吧？"话虽如此，他心里却是有着一份小小的骄傲，总感觉自己还是有市场的。

老王却把安家杰拉回了现实："你现在属于'优质男'，知道什么叫'优质男'么？就是有房有前途的男人。你有房了，职业也不赖，最重要的还是单身，这些在女人眼里都是优点！"

"就算全是优点，但我马上就结婚了，小陈也是知道的呀！"

“那你就是真不懂女人了。她们流行抢，抢朋友的老公，抢闺蜜的男朋友，只要自己能瞧得上眼的男人，别说你要结婚，就算你结了，也能让你离了！”老王大着舌头说，“记不记得我那位逃跑的未婚妻？她就是这种女人。当初相识时间不长，两人之间也根本没有所谓的火花四溅，可她就是想着法儿的往我床上跳，后来拿孩子要挟我……唉，安兄，你还是嫩啊，你不知道，女人想玩男人是一玩一个准，男人想玩个女人却得花那么多心思……这世道……”老王不无伤感地说，“想找一份真感情，难啊！”

安家杰沉默不语。过去，他总是认定，自己和乔小麦之间是真感情，不管将来世道如何变化，他始终相信，起初的温暖相依不是假的。可是自从昨天乔小麦提出房产证加名之后，他发现自己和乔小麦之间其实并非想象中那样坚不可摧。这世上所谓的真感情，其实都只浮于表面，往深探究，都是有问题存在的。

心情不爽，安家杰和老王都喝多了。老王喝多了就愿意说旧事，过去的那点感情账全吐了个干净，安家杰都可以倒背如流了。他不禁笑着问老王：“最近有没有新鲜点的？”一下子倒把老王问住了，安家杰赶紧劝他：“不如，你也来一场单独旅行吧，旅行不仅能让你放下过去，说不定还有一份美好的艳遇等着你呢！”

老王不相信：“鬼艳遇！玩玩可以，你还真信艳遇能修成正果？你看看你，对那个黄什么的一直念念不忘，可人家理你了吗？”

提起黄凌梅，安家杰觉得自己的脑袋快炸了。受不了老王的嘲笑，他拿起手机给黄凌梅发了信息。对方一直不回，又发了第二条，这次还是没回。

“哈哈哈，我就说嘛，你是剃头挑子一头热！这下服了吧？人家不理你，你就放弃吧！”老王大笑不止。

安家杰顿觉面子尽失，坚持给黄凌梅打电话过去，电话响到他就要放弃的时候，对方终于接了。当听明白是安家杰的时候，对方拖了很长的一个尾音：“哦，哦，是你呀，那个……我刚才在洗澡，没看到信息，这么晚了，有事吗？”

安家杰想说我想你了，又觉得这话太唐突，改口说：“想起你了，就打个电话问候一下，最近还好吗？”

黄凌梅小小地沉默了一下，这才回应他：“挺好的，谢谢关心。”

当一个女人客气的时候，往往就是拒绝跟这个男人深聊下去。安家杰知道，黄凌梅对自己其实是少了那么一份热情的，而且时候也不早了，他知道再深聊下去，对方只会厌烦自己，与其纠缠不如及时收手：“好我就放心了，晚了，你早点儿休息。”

“谢谢。”黄凌梅再次道谢，“再见。”

尽管不愿意说再见，但安家杰还是礼貌地跟人道别。就在他说出再见的同时，隐约听到话筒那头传来一个男人的声音。听不清究竟在说什么，但能分辨出来那是一个男人的声音。这么晚了，谁还会在黄凌梅的家里？又或许，她已经嫁人了……

安家杰说起她曾经说过“爱一个人是一件可耻的事”那句话，凭着仅剩的理智分析，黄凌梅绝对没嫁人，不然，怎么会说出如此伤感的话，又怎么会一个人大老远地外出奔波？

可是，没结婚却有男人留宿，这种状况似乎说明，她不是一个清白的女人。

尽管男人都希望自己喜欢的女人风骚如尤物，可一旦真爱上了，又唯恐她不够单纯和清白。这就是男人，一种充满矛盾的动物。他们需要坏女人，更需要好女人。

电话过后，安家杰突然没有了喝酒的兴致，找借口跟老王匆匆道别，一路走一路回忆和黄凌梅那场短暂的相识。她的一切让他觉得稀奇又美好，他甚至认定，自己和这个女人总还会有故事发生，或重逢，或开始，至少不会这么快就结束。

快到家的时候，心有不甘的他又给黄凌梅打了一个电话。让他意外的是，对方竟然关机了。

心头郁闷，安家杰借着酒劲叫开家门。是乔小麦开的门，因为太晚，安家二老已经睡下了。她怕安家杰把他们吵醒，压低声音劝："又喝这么多，能不能节制一点？"她说这话的时候，小狗宝马也跑了过来，冲安家杰汪汪地叫。安家杰心烦，一脚踢开宝马，冲进卫生间，开始洗澡。

乔小麦以为安家杰还在跟自己生昨天的气，不想跟他计较下去，俯身收拾他脱下来的衣服，安家杰的手机放在上衣口袋里。就在这时，手机响了，是黄凌梅打过来的。乔小麦看着这个女性化的名字，心里涌起一阵猜疑：这时候来电话，而且还是一个女人，究竟会有什么事？

尽管心里疑惑重重，但经历了上次陈莱茜事件之后，乔小麦觉得，既然决定跟安家杰过一辈子，就一定要相信他，绝对不能再跟上次一样，因为一个电话惹得两人之间失去信任。

乔小麦敲了敲卫生间的门，把电话递给安家杰。

看到黄凌梅来电话，安家杰的酒突然醒了一半。第一个念头就是怕乔小麦误会、生气，不敢接，直到确认自己单独在卫生间，乔小麦也没有接电话，这才放心地接了起来。

电话里，黄凌梅解释说手机没电，刚充电时关了机。

安家杰的心一下子就落了地："没事没事，就是突然想起你，想跟你说说话，天凉，多注意身体。"

黄凌梅对他说："洗完澡，泡了热茶，我正趴在被窝里给你打电话，一点儿也不冷。你们那边冷吗？"

这一问，安家杰才发现，自己光着身子不说，浑身还湿漉漉的。尽管开着浴霸，可还是冻得一身鸡皮疙瘩。但为了让黄凌梅高兴，他强忍着寒战："不冷，一点也不冷，我跟你一样，泡着热茶正看书呢。"

"哦？你也在看书？好巧，看什么书呢？"黄凌梅饶有兴趣。

一时之间，安家杰说不出书名，想随便编一个，又觉得书名岂是乱编的，他说不出来，黄凌梅也就明白了，顿时生了气："没看书就算了，何必说谎呢？早知道你油嘴滑舌，没想到还习惯说谎！没意思，再见！"

对方毫不客气地挂了电话，安家杰有苦难言。他想说自己是为了讨好她，又觉得这种讨好没意思。他想打电话回去解释，又怕对方嫌自己多事，心里正乱成一团，这时乔小麦在卫生间外敲门："家杰，洗好没有？半个多小时了！"

听到乔小麦的声音，安家杰更加心慌。手一抖，手机就掉在了地上，水花四溅，他赶紧拾起手机，一边心疼手机，一边为自己刚才的电话懊恼，突然就急了，打开门，冲着乔小麦喊："催什么催？大半夜洗澡还用催！"

乔小麦莫名其妙地站在原地："我是怕你喝多了出意外……"

"意外？对！我的手机出意外了，掉水里报废了，都是你惹的祸！催命鬼似的！"

不过一个电话，竟然让安家杰情绪如此反复，乔小麦心里明白了几分:“刚才谁的电话？”

安家杰不说，穿上衣服想往卧室走，不小心把门口的小狗宝马踩着了，宝马一声尖叫想跑，安家杰火了，上前一步把宝马差点踢飞，吓得小狗再也不敢叫了，这才算出了气。

乔小麦不干了，上前一步跟安家杰理论：“小狗又没得罪你，你干嘛跟它过不去？它怎么说也是一条生命，你把它踢坏了怎么办？”

安家杰不管不顾:“我就讨厌养这畜生，不干不净的！”

“我看是你不干不净！半夜电话一个接一个，不是陈莱茜就是黄凌梅，你究竟还有多少可以在午夜打电话的女人？究竟是什么样的女人可以不分场合不问时间地打电话给你？”

“你又偷看我电话！我怎么就不干净了？不就是一个电话吗？”

“如果你是干净的，那你把这些电话给我说清楚呀！”

“我不想说！”

“不说也得说！我有权知道！”

……

两人的争执再次把安家二老惊醒，等他们弄明白是怎么回事之后，齐齐将矛头对准自己的儿子。一通批评之后，安家杰才对乔小麦道了歉:“我喝多了，回来也晚了，是我不对。”

有一个低头认了错，争吵暂时安静下来，安家二老放心地去睡了。

可是乔小麦的心却一阵紧似一阵。她抱着不停颤抖的宝马，莫名就想起林小峰来，如果是他，一定不会对一只小狗下这样的狠手，而一个爱护动物的男人，一定是有爱心的男人。现在他在哪儿，又在做什么呢？

心里想着另外一个人，对于安家杰的种种不是，乔小麦竟然看淡了，看开了，不再追问。

这一夜，她想的更多的是和林小峰相处的点点滴滴，想到两人在一起时的种种快乐，埋怨自己当初为何不辞而别，哪怕留张字条留下联系方式也是好的。如今人各天涯，也只能暗自怀念了。这样想着，把怀里的宝马抱得更紧了……

第九章

重走一回爱情

生活最怕的就是剥开真相，毕竟那将是一种鲜血淋漓之痛。然而，生活又最怕隐藏，纸毕竟包不住火，一旦真相自己蹿出来，再好的演员也来不及戴上脸谱，措手不及的意外容易一个接着一个，所以才有了逃离，一次又一次。

（一）有一种寻找叫纠缠

有了婚约的男女，大多会起争执，因为婚姻是现实，摒弃了恋爱的浪漫。突然而至的现实会让这对男女重新认识生活，而生活本身就是一出争吵大戏，争来吵去就是一辈子。当然，最后的结果就是，彼此妥协。

所以，当第二天早上醒酒之后的安家杰对乔小麦解释说，那个电话只是个误会时，乔小麦连具体原因都不问，摆摆手说起周一一起去看房的事。

在她心里，现实生活不是追究安家杰，而是要跟他尽快建立起一个家。有了家，他的心就能彻底收回来。

可是，安家人总是事多，常常是按下葫芦起来瓢，安家杰这边的事还没完全过去，准婆婆又为难乔小麦了。

“小麦，今天我跟你叔叔要去拜见个亲戚，我们俩的退休金都没到日子，你看能不能……能不能先从你这拿点钱？两千，两千就够。”

准婆婆张嘴要钱，乔小麦岂有不给之理。她赶紧把包里所有的现金掏出来，又拿卡从楼下银行的取款机里取了钱送上去。她想，自己这样表诚意，准公婆应该能在心里感激自己的吧，就当是感情投资好了，反正这钱是要还的。

看到乔小麦如此不计前嫌，安家杰有些感动：“小麦，我以后少喝酒，少惹事，你别跟我生气了，好不好？”

乔小麦点点头，其实心里乱成一团麻。过去对结婚是向往，如今觉得结婚是任务，为了双方父母，为了对得起自己两年的青春，为了堵住悠悠众口，也为了给所有认识和不认识的人一个交代。仿佛只有结束自己的单身状态，这才是生活圆满。

“过去的事就不要再提，好好工作，努力赚钱吧。”乔小麦似在说给安家杰听，也是在给自己打气，强撑着精神拿起包去上班。

刚上班，就接到阿眉的电话，对方情绪不高，似乎有难言之隐。

乔小麦十分关心地问：“在高富帅家里住得不习惯吧？”

阿眉深深地叹了一口气，欲言又止：“习不习惯还是小事，关键是，我跟他之间的感情出现了异常。”

“异常？”

“确切地说，可能就要玩完了。”

“怎么会？都去拜见父母了，怎么可能说完就完？你那么能说会道，还怕哄不住两个老人？”乔小麦不相信。

阿眉在电话那头深深地叹气：“唉！一入豪门深似海。过去我还不知这句话什么意思，现在全明白了。哪里是豪门深如海呀，明明就是人心深如海！”

“他们为难你了？”乔小麦不无担心地问。

“说是为难，也并非为难，更像是我自己在为难自己。”

“你越说我越不明白，到底怎么回事？”乔小麦急了。

阿眉这才说出了实情：“我和高富帅还真是门不当户不对，过去我一直以为女人只要长得漂亮就一定可以嫁入豪门，那些明星不都是靠脸蛋吃饭的吗？可我错了。门不当户不对就得受歧视，受欺负，这婚姻也是经济地位决定一切。我在他家根本没有话语权，就这也倒罢了，最气人的是，他们家竟然提出做婚前财产公证！我还纳闷呢，这婚姻法不是说好婚前财产归个人吗？还公证个什么劲儿？后来才知道，他们是成心给我难堪，说什么财产婚前是个人的，婚后也是个人的，也就是说，哪天我要是跟他们儿子离婚了，一分钱也别想带走！你说，这不是明摆着歧视我、欺负我吗？”

阿眉的话让乔小麦很难过。尽管知道阿眉是个物质女，一心只想找高端男人，但每个人都有自己的生活方式。从心里来讲，她始终是个善良的女人。

“那你打算怎么办？”乔小麦不无担忧地问。

阿眉又叹起了气：“唉，本来想走一步看一步，眼下看来，那样只会耽误我的青春。而且，他们家这种做法已经伤害到了我和高富帅的感情，看着他在父母面前一点也不为我争取的样子，我的心伤透了。我想，是时候放手了。”

“放手？辛辛苦苦得来的爱情，就这么不要了？”

“哪来的爱情，全是赤裸裸的交易！他爱我的美貌，我爱他的富有，扯平了就是爱情，扯不平就是遗憾。”阿眉说得咬牙切齿。

“那……你什么时候回来？”

“不回去。我给你打电话，就是想让你帮我跟主任说一声，我继续请假，继续旅行去！”阿眉的声音恢复了爽朗，“我相信，再来一场旅行，一定还会有更好的相遇。”

乔小麦想劝她，旅途中的人哪有个靠谱的，又怕打击她受伤的心灵，只好真诚地祝福她：“那你自己小心点，希望能遇上一个真正爱你的人。”

挂了阿眉的电话，乔小麦心里堵得慌。一个女人究竟要走到哪一步，才算看得清一个男人？如何去爱才能真正得到一个男人的心？在现实和利益面前，又有多少男人愿意站出来维护站在身边的那个女人？

想起安家杰近来的表现，乔小麦心里更加确定，其实有时候男人说爱你，并非真爱，说想你也并非真想。他们只是习惯了去哄女人，在嘴上哄你开心的男人千万别当真，因为用心的男人往往是不说话的，他们有的只是行动。

想到这儿，乔小麦失望更深。那个用心追求自己爱自己的安家杰已经死了，现在的他随便一件小事就可以跟自己大吵大闹。所谓的疼惜和爱怜早就被时间磨尽了，现在他能为她做的不过是她生气或者难过的时候，说几句话来哄一下罢了。

爱失去行动力，便是死的。

乔小麦的心微微一紧，不好的预感袭上心头，又开始害怕结婚这件事。

如果说之前怕的是婚姻承受不起生活的重压，那现在怕的则是感情在婚姻到来之后的寿终正寝。

不敢往下想，越想心越乱。

趁主任吩咐外出办事的时间，乔小麦忙里偷闲往游乐场走去。她记得上次跟林小峰一起来的时候，两个人一起坐的摩天轮很刺激。刚刚坐上去很害怕，抛到半空的时候却不怕了，当时林小峰说这叫置之死地而后生。

她想试一下，自己一个人还有没有置之死地而后生的感觉。

事实证明，她没有这个勇气。

当摩天轮真的转动起来的时候，她还是紧张得大叫，闭着眼睛不敢往下看，从上升到旋转再到降落，她始终闭着眼睛，咬紧牙关，刻意不让自己叫出声来，可越是如此，双手越是抖得厉害，生怕一不小心掉下去。

就在降落时，一双大手握紧她的小手。一股异样的感觉让乔小麦睁开双眼，恍惚中她惊讶地发现，握住自己手的不是别人，正是林小峰！

温暖而熟悉，熟悉却又陌生。

不过短短几日不见，林小峰竟然蓄起了胡子。长有一撇小胡子的他显得滑稽又可笑，乔小麦没忍住，笑出声来："怎么是你？"

林小峰不说话，把乔小麦的手攥得更紧了。

乔小麦这才意识到，自己的手还在对方手里，赶紧命令他松开。

"你这是做什么？"她有点不高兴。

林小峰却显得异常兴奋："你是来做什么的？不会跟我一样，也来找一个人吧？"

“找一个人？”

“我呀！”林小峰一脸兴奋，“乔小麦，我找你找得好辛苦。我以为你再也不会来这里了，把我忘了，没想到你还记得我，还记得我们一起玩过的东西，说，你是不是特意跑来找我的？”

乔小麦竭力否认。尽管想过对方，但绝对发乎情止乎理，更何况，她都是要嫁人的女人了，怎么可能对一个旅伴动心思？

林小峰却认定她是来找自己的：“你可以对我说谎，但别对自己的心说谎。我今天来就是为了找你，不是出差。我相信，你来这里也是找我的，不是来工作或者旅游的，对不对？”

突然遇上一个情痴，乔小麦有些慌了。深知自己并没到喜欢对方的程度，她赶紧解释：“其实……其实我上次骗了你，我就在这座城市里生活，上次是因为……因为跟男朋友吵架，赌气一个人出来住了两天，没想到遇上了你，还让你生出这么多误会……对不起。”

林小峰愣在原地好半天，神情失落，却仍然不想放弃：“乔小麦，就算你说的一切都是真的，那我也要告诉你，我真是为你而来，我喜欢你！遇见你，我觉得自己魂都丢了。你一声不响地走了之后，你知道我心里有多难过吗？为此还跟客户吵了起来，不仅丢了客户，还丢了工作。我索性四处找你，找到你说的城市，转了好几天没有消息，我就想，如果能在这里重新遇上你，那就是老天爷注定咱俩有缘……今天是我在这守候的第三天，老天爷给了咱们缘分，你却……我知道，我说我喜欢你爱你，会让你觉得唐突，但我跟你在一起真的感觉很快乐，你的快乐你的忧郁都让我着迷，乔小麦，你相信一见钟情吗？”

乔小麦不敢有任何表示，更不敢轻易表达自己。她低头不语，心绪烦乱。

林小峰上前拉过她的手，再次表白："我是个执着认真的人。就算你有男朋友，我也要把心里的话说出来，我喜欢你，我表达过，我追求过，你拒绝也好，讨厌我这种做法也好，总之我要说的说了，要做的做了，我不后悔。"

这一刻，乔小麦突然感动了，心里翻江倒海地扑腾着，这种感觉很多年不曾感受到。被一个男人追求，其实是件幸福的事，哪怕不喜欢眼前这个男人，可是这份滚烫的追求还是能让自己的心小小地骄傲和满足。

（二）有一种暧昧叫轮回

女人是种奇怪的动物，可以为心爱的男人去赴死，也可以被不爱的男人所打动。

乔小麦有那么一刻是糊涂着的。她忘记了，在自己的城市里和林小峰拉拉扯扯，难免被几道熟悉的目光扫视，更可怕的是，其中两道熟悉的目光还是自己的准公婆。

去城外看远房亲戚的安家二老正坐公交车经过娱乐城，突然发现了站在大门口的乔小麦和林小峰。这一发现，让两位老人连去拜见亲戚的兴致都没有了，草草结束，转身回了家。

安妈妈是个直性子，非要打电话把儿子叫回来。安爸爸倒还理智，劝老伴："也许是人家小麦有啥事呢，咱在没搞明白之前，别把话说死了，那样会影响两个孩子的感情。"

“都那样了，手一直拉着不放呢，还有啥不明白的？再说，你没看到他俩的表情，你依我依的，跟恋爱一个样，还有什么不明白的！”安妈妈越说越气，执意给儿子打电话。拗不过她，安爸爸也就不理茬。电话通了之后，安妈妈又不知从何说起。

安家杰从母亲断断续续的话里，还真没听明白是啥事：“妈，你究竟想说什么？小麦大白天的不工作，怎么可能跑到娱乐城？”

“哦，她……我跟你爸坐车路过，可能……看花眼了，要不，你打个电话问问她在哪，在做什么？”身为母亲，安妈妈还是担心，当然，这份担心是为自己的儿子。

安家杰答应下来，打电话给乔小麦，此时的乔小麦正跟林小峰一起吃饭，接起电话时，也毫不掩饰地告诉他：“我跟朋友在外面吃饭。”

安家杰不知道林小峰的存在，更不知道母亲话中有话，自然也就放心下来，给母亲回电话时，简短地说：“小麦在陪朋友吃饭，好着呢，你肯定看花了眼。”

安妈妈却认定，乔小麦在骗自己的儿子，在心里，对乔小麦的印象大打折扣。

乔小麦自然不知道这些变故，眼前的林小峰尽管并非她喜欢的那片风景，但对方的儒雅和深情让她很感动。

林小峰拿出城市地图，指着上面标注的圈圈点点说：“在这些地方，我都找过你，还留下过记号。”

“什么记号？”乔小麦很感兴趣。

“现在不能告诉你，等你发现了，你就知道了。”林小峰故意卖关子。

乔小麦无可无不可地笑了："故意卖关子，我才不信你。"

"我人都来了，你为什么还不相信？要不我把心掏出来给你看？看看究竟是黑是红？"林小峰爽朗地笑，"算了，正吃牛排，我的心还得腌一下，你还是多给我一点时间让我来证明自己吧！"

"你别逗了。"乔小麦想说，其实自己有男朋友，而且马上就要结婚了。可面对幽默多情的林小峰，她又觉得于心不忍。这样优秀的男人，如果早一点遇到，或许自己也会爱上吧。想到这儿，她又记想安家杰来，刚恋爱时，他的笑话和誓言不也一样漫天飞吗？到头来，浪漫过后是现实的生活。

回到现实，乔小麦不得不劝林小峰："别再为我耽误时间，毫无意义，你还是回你的城市，找份工作，重新开始。"

林小峰摇头："就算你不接受我，也请不要赶走我。我在这座城市虽然没什么朋友，也不一定能找到好工作，但只要一想到每天跟你呼吸一样的空气，沐浴一样的阳光，就觉得心里很温暖。"

"你……"乔小麦想问他，是不是追求每一个女孩都如此用心，又怕说出来扫兴，只好说，"你太执着了！"

"执着也是一种美德。"林小峰又笑了，阳光开朗永远是他的标签，可就是这样一个阳光开朗的男人，偏偏对偶遇的乔小麦情有独钟，这让乔小麦吃不准，这究竟是份真感情，还是传说中的艳遇？

林小峰仿佛能猜透她的心思，赶紧安慰："你千万别被我吓到，我的个性就是这样，想说的说，想做的做，该表达的就要表达。如果你接受不了我，不想见我，我一定不会骚扰你，只要远远能看上一眼，我就满足了，你可以去爱别人，我理解。"

对方豁达起来，倒让乔小麦有些愧疚，低头不语。

林小峰适时转移话题："宝马生活得好吗？有没有给你带去麻烦？"

乔小麦点点头："它给我带来很多乐趣。"

"我还真有点想这个小东西了，毕竟当初是我从垃圾堆里把它抱出来的，也算是知遇之恩吧。"

"那哪天有时间，我抱它出来给你看。"乔小麦一脸真诚，想起下午还有工作，又怕跟对方纠缠得没完没了，赶紧说，"今天时间来不及了，我下午还有事，改天再聊，好吗？"

林小峰爽快地道别，跟先前一脸情深纠缠的模样完全不同。这倒惹得乔小麦思绪万千，分不清对方刚刚的表白是真是假。

而此时的安家杰跟乔小麦一样，分不清一个陌生人情意的真假。

昨晚的不愉快刚刚过去，安家杰本来也想静静心，把黄凌梅忘掉，好好跟乔小麦生活。不料，黄凌梅竟然主动打电话过来，安家杰几经犹豫接了起来，这一接，却听到对方的哽咽声。

黄凌梅这一哭，让安家杰的心揪紧了，莫名地心疼。

"你怎么了？谁伤着你了？还是遇上什么难事？"安家杰一连串的问号。

黄凌梅索性哭了个够，一边哭一边告诉他："我到青岛进货，路上跟小偷打起来了。"

"什么？"安家杰不可置信，"你胆子可真大，跟小偷打？你有没有受伤？"

"人没伤着，钱包伤着了。"黄凌梅字字哽咽，"我进货的钱，让小偷借用了。"

"那……那怎么办？"安家杰跟着着急。

黄凌梅倒也不遮掩，跟他提出借钱："我想过了，这里只有你离青岛最近，能不能……你先给我汇点过来？明天等我回去之后立马还给你。"

"跟我借……"安家杰说到钱，还是犹豫的，"你要……多少？"

"两万就够。"黄凌梅赶紧回答，"如果你方便的话。"

安家杰不知如何作答。借钱这回事，谁也没有方便的时候，不过是看人，是朋友就得义无反顾。可是很显然，自己和黄凌梅只见过一面，连朋友都算不上，如何就敢借？

他沉默了。

就在沉默时，黄凌梅突然提出："算了吧，当我没说。"说完，就要挂电话。

安家杰急了，赶紧表示："可以，可以，你说账号。"

黄凌梅破涕为笑："你这人，要是遇上骗子一定会被大骗一场。我刚说钱包丢了，银行卡自然也丢了，只有给你一个地址，你汇过来，一会儿我把地址发到你短信里，你照这个地址给我汇过来吧！"

听她这样一说，安家杰半悬的心瞬间落了地。

对黄凌梅本来就有好感，别说她提醒自己不要受骗，就算她真是骗子，安家杰也有那么一份冲动，愿意去吃这个亏。

男人是至纯至贱的动物，他们愿意在喜欢的女人身上下任何赌注，哪怕是生命。

安家杰就赌了一把，他甚至把这次借钱事件当成是黄凌梅对自己的一番考验，告诉自己必须办得快，办得漂亮。放下电话，他匆匆往家赶，跟母亲要钱。为了房子首付，他把工资卡上交给母亲，不得不再伸手要回来。

提到钱，安妈妈当然倍加小心，问了多次钱的归处，安家杰不得一次又一次跟母亲说谎:“同事老王得了重病，在医院躺着，救命钱！”

“可是下周一就要付首付,钱不够怎么办？”安妈妈还惦记着婚房。

安家杰不以为然:“明天老王家里就来人了，钱就还回来了。”说这话时，他也是在安慰自己，黄凌梅究竟能不能明天就还钱，他并不知道。

即便如此，安家杰还是按照黄凌梅发过来的地址，汇了两万块钱过去。钱打出去那一刹那，他觉得自己像个救美的英雄，心里有说不出的豪迈,甚至还扬扬得意地给老王打电话说起此事,告诉老王:“现在美人主动向我靠近，你说，我是不是要来艳遇了？”

老王当头给他一盆冷水:“报纸网络天天有这种骗人的招数，只有你这种傻子才会信！这个女人无非就是用暧昧来套现，你小子烧得不轻，还中了套。赶紧去医院查查脑子是不是烧坏了，不然真来艳遇你也享用不起。”

安家杰不以为然，他觉得老王是吃不到葡萄说葡萄酸。

（三）说不清的家事和哀愁

男人总是愿意相信，自己喜欢的女人是世界上最完美的，不亚于仙女下凡，哪怕被这个女人骗，也心甘情愿。就像安家杰。

黄凌梅并没有按规定时间还钱，相反，音讯皆无，连电话都打不通了。

安家杰不是不急，但他还是不愿意相信黄凌梅是骗子，他宁愿相信她在异地遇到了困难。说给老王听，对方一脸不屑，都懒得理他，这多多少少影响了安家杰的心情，回了家难免无精打采，期待着乔小麦能安慰自己几句。然而，乔小麦却比他还忙，连续两天晚上没回家吃晚饭。

安妈妈对乔小麦意见颇深，总怀疑她在外面私会男人，她虽然没有明着告诉儿子那天的所见所闻，但还是直言相劝："家杰，看好你媳妇，尽管没结婚，但作为安家的准儿媳，可不能半路出什么岔子招人话柄。"

"妈，说什么呢？小麦不是那种女人。"安家杰很信任乔小麦。此时，他心里想得更多的是黄凌梅，对乔小麦自然没那么关心。

安妈妈还想再说，却被老伴的一个眼神制止了，嘴上不说了，心里却极其不舒服："懒得操心。"

其实安妈妈操心是对的，乔小麦也确实去见了林小峰，因为她答应带宝马给对方见见，毕竟，他才是宝马真正意义上的恩人。

狗通人性。宝马围着林小峰一通乱闻，竟闻出了熟悉的味道，冲他又摆尾巴又示好，惹得林小峰和乔小麦一阵好笑。林小峰抱起宝马，竟然吻了它的小鼻子，动作轻柔得如同在吻一个孩子。阳光下，他的笑脸无比真实，这令乔小麦有片刻的恍惚。记忆里，安家杰从来没有如此明媚地笑过，他不喜欢小猫小狗。这个差别让她越来越觉得，安家杰敌不过林小峰的爱心。

"小麦，你把它照顾得真好，这段时间辛苦你了。"林小峰感激不尽地表示，"我有个不情之请，不知道能不能说？"

乔小麦看他一脸爱怜地抱着宝马，知道他是想把宝马要回去，于是就问："你想带着宝马过几天试试吧？"

林小峰一脸惊讶："真是心有灵犀！可以吗？"

乔小麦点了点头："当然可以，它对你比对我还亲呢。"

得了应允，林小峰竟然高兴得像个孩子，这让乔小麦觉得，其实宝马跟着他比跟着自己要幸福，至少在他那里能得到百分百的爱。在自己那个温度越来越低的家里，别说宝马得不到更多的照顾，连自己都觉得有几分寒意。特别是最近两天，准婆婆看自己的眼神仿佛看小偷一般，让她十分不舒服。

尽管不舒服，家还是要回的。乔小麦心想，时候不早了，准婆婆怕早睡了，所以蹑手蹑脚地开了门。让她想不到的是，安家杰不在家，安家二老倒是齐刷刷地坐在客厅里，看那架势，像在等她，又像在等晚归的儿子。

"叔叔，阿姨，你们在等家杰吧？要不，我给他打个电话，这么晚了，你们应该休息了。"

本是一番好意，却被准婆婆呵斥："你也知道这么晚了？既然知道时间，怎么才回来？"

乔小麦不得不解释："跟朋友多聊了几句就晚了，真对不起。"

"只是朋友吗？"

"当然。"

"没别人了？"

"没有了呀……"乔小麦听得出来，准婆婆似乎话有所指，"阿姨，你这是什么意思？"

"我什么意思，你比我清楚。"

"我怎么能清楚你的想法呢？"乔小麦不解，"有话直说不更好吗？如果你嫌我回来晚了，那我以后可以注意点，何必这样呢？再说了，你儿子还没回来呢，总不能只许州官放火不许百姓点灯吧？就算偏袒自己的儿子，也得讲点公平。”

“公平？你跟我说公平？还是跟家杰说公平？你这闺女还真是会说话，那我来问问你，你前天跟一个男的在娱乐城门口拉着手干什么？你这几天天天晚上出去是不是跟他约会？”准婆婆不顾老伴的暗示，索性把问题抛了出来。

没想到，自己和林小峰无意中相遇的一幕被准公婆看到，乔小麦惊讶地张大了嘴巴：“你们竟然跟踪我？”

“用得着跟踪吗？那么大娱乐城，谁看不见？”

“就是跟踪，不跟踪你们大门不出二门不迈的，怎么可能知道我在做什么。”乔小麦不满地说，“阿姨，今天咱们必须好好谈谈。”

“谈。必须谈。”准婆婆更是牙根咬得吱吱响。

“那好，就从你们跟踪我这件事说起。”乔小麦倒了茶水，太想一吐为快，“我那个朋友叫林小峰，是过来旅游的，我也是无意中认识的，就是上次外出旅行回来时，我在娱乐城那边遇上了他。后来我回了家，再没联系，没想到那天路过娱乐城又遇上了，就这么简单，没别的事，也不像你想的那样，他拉我的手只是当时激动，你知道，他乡遇故知是什么感觉吗？肯定激动，就是这样。”

“他乡遇故知？”准婆婆重复着，脑子转得飞快，“咱们家跟娱乐城八竿子打不着，你上次旅行回来怎么会路过那儿呢？”

乔小麦这才意识到，自己又差点说漏了嘴，乔小麦赶紧掩饰：“我是被旅行团的车落在那里的，他们不往家里送，全体直接在那下车。”

准婆婆若有所思地点了点头，想学乔小麦喝茶，伸手去拿茶叶包，却不小心掉到了地上，赶紧惊呼老伴：“帮我捡起来，别让宝马给吃了，那条狗见什么吃什么……”说到这儿，她注意到宝马不见了，仔细回想，才记起宝马被乔小麦带出去之后没带回来：“小狗呢？送哪里去了？”

乔小麦想说在林小峰那儿，怕讲不清楚，索性不承认：“带出去之后，它跑了，我没拉得住……反正阿姨对狗过敏，丢就丢了吧。”

没想到乔小麦还挺为自己考虑的，准婆婆欣然接受：“好吧，这件事就算过去了。你，要跟我谈什么？”

“谈钱。”乔小麦再提自己攒的十万块钱的事，“我只想存在自己名下，那样会有一种成就感。我已经不希望在房产证上加名了，也不指望你把家杰的工资卡还给我，只要把属于我的钱给我，让我心里踏实点，就够了。”乔小麦如是说。

准婆婆一脸难色：“不是我不给你，是钱已经存死期了。”

“这才几天？怎么就存了死期？”

“五十天存期，理财产品，我去银行，他们给推荐的。”

“您倒是蛮懂得理财。”乔小麦哭笑不得。

“人家说了，你不理财，财不理你。”准婆婆的大道理一套一套的，“你们过得这么紧张，又不懂得理财，所以我就替你们把关了。”

简直把自己当成了取款机，乔小麦很生气。想到自己的钱被准婆婆拿去钱生钱，她就觉得委屈，可事实已然这样，不能挽回；又想到准婆婆还借了自己两千块钱，就又问道：“亲戚走完了？”

准婆婆点点头：“算是吧。”

“什么叫算是？”

“我们就是那天……”想说就是那天看到乔小麦和陌生男人拉拉扯扯的，又觉得不太妥当，准婆婆改口说，“那天去的，人没见齐全，所以不太好。”

“哦，这样子……”乔小麦点点头，“您和叔叔的工资发了吗？”

“哦，昨天领了。”准婆婆明白乔小麦心中所想，索性不给她再发问的机会，“不过小麦我得跟你说好，你那两千，我们暂时还不了。”

“为什么？”乔小麦差点没叫出声来，“不是说好发工资就还的吗？”

“此一时彼一时。家杰从我这儿拿走了两万块钱，这事你知道的吧？你那才两千，我们一出手就是两万呢！”

“两万？他要这么多钱干吗去？”乔小麦显然不知情。

准婆婆以为小两口凡事都是商量过的，却不料自己多了嘴，一时之间不知如何应对，不知所措地愣在原地。

这时，门开了，安家杰从外面进来，看气氛不对，赶紧问发生了何事。

乔小麦瞪起眼睛看得他直发毛。确认安家杰确实背着自己借了钱，她这才发问：“钱呢？两万块呢，明天就是周一，得去交首付款，你却往外借，什么意思？”

（四）中断的婚礼进行曲

男人可以说一千个一万个谎，面对亏心事，却极少有能掩饰得好的。

在借钱这件事情上，安家杰自知理亏，现在被乔小麦问起，他想了想，不能说实话，又以老王为借口糊弄过去：“是老王嘛，急性肠炎，住院没钱，我先垫上的。”

乔小麦不说话，看着安家杰的表情，脸色微赧过后是煞白。这样的神色说明他在说谎，两年的相处，她早就洞悉他的这个特点。

“我今天还看见老王跟一个女人一起吃晚饭。难道，是我看错了？”她故意说。

安家杰立即回应：“哦，他出院了，你知道的呀，急性病，一般打两个点滴就好起来了。这老王身体底子就是好。”

“我还跟老王说话了。”乔小麦一字一顿地说，“我问他这两天还好吗？他说自己能吃又能睡，一点也不像病的样子。”

“哦，这个……你知道男人的，总喜欢说大话，病了也说自己强壮，这样才显得有男人气概，老王这人你不了解，他……他就喜欢在女人面前瞎表现……”安家杰的话有一搭没一搭的，更让乔小麦认定，他是在说谎。

可是，乔小麦不想点破，她愿意再给安家杰一个机会：“好吧，明天交首付，他能及时归还吧？别耽误了。”

“能！肯定能！”安家杰终于松了一口气。

“那我们回房吧！”乔小麦转身进了房间，安家杰也跟着进去。

本来以为万事大吉，却不料，安家杰刚进门就被一只飞来的枕头砸中，随后，乔小麦如山似海的愤怒汹涌而来。

“安家杰，你究竟在外面背着我做什么坏事？一下子拿出两万块，你还想不想过了？”

“我不是跟你解释过了吗？是老王他……”安家杰欲以老王为借口，却被乔小麦无情地拆穿。

“行了！我昨天根本就没看见老王！”乔小麦的愤怒已经达到顶

点。都说男人出轨的第一步就是说谎，眼前的安家杰一样谎话连篇。

被乔小麦识破，安家杰脸上挂不住，却不得不承认："小麦，我不是有意说谎，真的是……事出突然，这件事，我也不知道应该怎样跟你解释……"

"说吧，是陈莱茜还是黄凌梅？"乔小麦一针见血。女人的第六感已经敏锐地告诉她，安家杰这笔钱是借给了女人，一个跟自己势同水火的女人。

安家杰慌了，他没料到，乔小麦会如此聪明。他想承认，又怕说不清事实，不承认，显然眼下这一关更难过。可是他并不知道，这一犹豫，更加让乔小麦认定，他背着自己在外面有了外遇。

莫名地，乔小麦哭了，委屈混合着愤懑。乔小麦觉得自己真的好傻，眼前这个男人已经变了心，自己浑然不觉也倒罢了，还傻乎乎地认定，他就是自己这辈子的依靠。想到明天就要去交房子首付，她突然觉得，买房就是一个笑话，真买了，这房子的女主人还不知道会不会姓乔。

"安家杰，我真的没想到……我们会过成这样！你怎么可以背叛我？"乔小麦一边流泪一边控诉，"你口口声声说爱我，难道这就是你爱的方式？"

安家杰最见不得乔小麦哭。在他的印象里，乔小麦是个泪腺并不发达的女人。她总是直来直去，心中不藏事，委屈自然没有那么多，眼泪也就省了。现在，看着乔小麦泪流满面的模样，他心里不免升起一股愧疚之感。

但是，愧疚归愧疚，安家杰还是坚持为自己辩护："小麦，你真的误会我了。钱……我确实借给了一个女人，但不是你想的那样……

我和她是旅行回来的路上碰见的，什么事也没发生，你相信我，好不好？”

“一对陌生的男女，什么事也没发生，突然这男的就给女人一笔钱？你觉得，这种故事编下去会是怎样的结局？这女人凭什么跟男人讨钱？这男人又为什么要义无反顾地付出一片爱心？你告诉我，是什么原因让你给这个女人两万块钱？”乔小麦满肚子的疑问。

安家杰变得结结巴巴：“我……咳！是这样的，她是做生意的，这次去进货在路上遇到小偷，钱包丢了，因为离我们这儿近，就想起我来，让我给她汇点钱。不过你放心，她说了，明天回去就寄还给咱们……不会耽误付首付的。”

“哦？一回去就寄给你，是吗？那我倒要问问了，除了你，她是不是再没有别的朋友？现在从国外打款过来都是几秒钟的事，她为什么就不能让家里人汇款却偏偏选中了你？安家杰你告诉我，你跟她到底什么关系？”乔小麦自然不是那么好骗的，她已经认定安家杰背叛了自己。

安家杰简直百口莫辩：“我说了，什么关系也没有，你怎么就不相信呢？”

“那你回答我，她为什么不找别人借钱，偏偏选中了你？”

安家杰无言以对。

其实，自钱汇兑出去那一刻，他心里何尝不在嘀咕：黄凌梅这样的女人应该是朋友遍天下，怎么就偏偏让自己帮这个忙？当然，嘀咕归嘀咕，他还是愿意付出这个人情，他希望黄凌梅心里能念自己的好。

瞧瞧，这就是男人，宁可受骗，也要拼尽身价讨好中意的女人。

安家杰也不例外。他在内心既不愿受骗，又希望黄凌梅能感受到自己的这份情意。这个女人就是有这种魔力，一面之缘就能让安家杰心甘情愿地付出。

安家杰的心思，乔小麦不用猜不用揣度，哪有女人瞧不出自己男人变心的道理？这一刻，乔小麦觉得自己是败在小三手里的那个正室，一直傻傻地把青葱一样的陈莱茜当成情敌，却不料那也只是安家杰的烟幕弹。真正的情敌正躲在背面冲自己暧昧地笑，看不到，摸不着，却是真真正正的一种威胁。

“安家杰，她是不是黄凌梅？”乔小麦突然冷静下来。

安家杰唯唯诺诺地点头：“是，不过……我跟她真的什么关系也没有，你别……误会。”

乔小麦想说，什么关系也没有才更可怕，没得到尚如此痴迷，得到了岂不是要醉得一塌糊涂？可是，这样的话她已经懒得再问了，她想要的是一个结果。

“那么，在你心里，她是不是真的比我好？如果是，我们明天的房子是不是就不用买了？这段关系是不是也可以结束了？”乔小麦收起泪，以为自己会痛得无法呼吸，她在心里设想过千百个分手的理由，除了背叛这一个没想过。过去她一直认为安家杰可以穷可以大男人脾气，但绝对不会犯花痴这种毛病，没想到他竟然犯了，这简直是晴天霹雳。

看到乔小麦眼神里流露出来的失望，安家杰害怕起来。他知道，这一次真的伤到了乔小麦，尽管事实跟她所想有太多出入，但是自己的做法无论怎么解释都是徒劳。哪个女人受得了自己的男人三心二意？他知道，自己错了。

“小麦，你真的误会我了，我跟她什么关系也没有，现在没有，以后也不会有。我爱的还是你，房子明天当然要买，那是我们的婚房，我们还要结婚，生子，一起过下半辈子，你……相信我，好不好？这是我第一次犯糊涂，也是最后一次，我保证！”安家杰手举三指对天发誓，“如果我安家杰做了对不起乔小麦的事，天打五雷轰，不得好死！”

看着安家杰对天发誓，乔小麦突然觉得心好累。过去，每回提分手，安家杰也总是如此发誓，自己一次次重新接纳他。她觉得他爱自己，有这份爱足以慰藉自己的心。现在看来，爱和不爱只是男人盟誓的一种道具，可以重复使用，百无禁忌。

只是这一次，乔小麦不想原谅安家杰。

“你真的爱我就不会背着我跟别的女人来往，更不会私底下借钱。”

“小麦，再给我一次机会，至少，你得让我证明自己是清白的！”安家杰急了。

乔小麦冷笑一声：“哼，清白？男女之间连纯洁的友谊都难得清白，你跟她一场偶遇就能甩出两万块钱去，还敢说什么清白？”

越说越觉得委屈，心头抑郁难消，看着眼前渐渐陌生的男人，还有这个不再有温度的房间，乔小麦突然产生离家出走的念头。她想离开这里，避开纷扰，找一处静地，自己好好想想。

乔小麦三下五除二开始收拾衣物，拿起行李箱往外走的时候，安家杰急了，不管不顾地上前扯过她的胳膊，太用力，把乔小麦扯疼了。她终于没忍住，疼痛中带着愤怒，大叫一声：“放开我！你不要碰我！”

这一声叫得安家二老闻声而来。看到两个人的架势，安妈妈急了，上前拉过要离开的乔小麦，问她发生了什么事。乔小麦自然没好气，回道："问你儿子去！"

安家杰怕母亲身体吃不消，赶紧承认错误："妈，没什么事，我和小麦就是说话说岔了，你别担心，我们没事的，没事。"

"没事？没事小麦要离家出走？"安妈妈显然不信，将头转过来，再次看向乔小麦，"小麦，你跟阿姨说说，究竟怎么了？"

"我什么也不想说。这个家，我不会再待下去，阿姨，让我走吧！"乔小麦边说边挣扎着要往外走，安家杰阻止，再次被她狠劲地甩开。由于用力过猛，安家杰竟被推到了墙角。只听"咚"的一声，安家杰没顶住重力，脚下一个趔趄，头撞到了墙上。

看到儿子受伤，安妈妈当仁不让地批评乔小麦："小麦，有点过了！什么矛盾不能好好说开？非要动手？你说我儿子不好，那我还想问问你，你这么深更半夜地出去，是不是为了会外面的那个男人？你要三心二意，这婚我们安家还不结了呢！"

乔小麦没料到准婆婆会来这一出，更让她料不到的是，刚刚还一脸恳求的安家杰，听了这番话，脸色突然大变，双眼圆瞪，一副要吃人的样子："乔小麦！你给说清楚，外面那个男人是怎么回事？"

（五）这一次，只是一个人的旅行

情侣之间的误会就像绳子上的一个疙瘩，解开是晴天，解不开就是狂风暴雨，如果一个疙瘩连着另一个疙瘩，想要晴天是难上加难。

安家杰的愤怒显而易见，本来在心里对乔小麦充满了愧疚，现在听到这样一个惊雷，他不得不重新审视自己和乔小麦之间的问题。

其实，安妈妈喊出这句话之后，全家人都愣了，就连安妈妈自己也觉得惹了祸，在没弄清楚是非之前，这种事在情侣之间最容易造成误会,何况还是两个快要结婚的年轻人。看到儿子那一脸的愤怒，她更加意识到自己闯了祸，赶紧自圆其说：“那个……家杰，妈这是多嘴，其实……其实小麦和那个男人之间是怎么回事，妈也不知道，就是看见他们在娱乐城门口见面……还是先弄清楚怎么回事再说。”

安家杰尚未从愤怒中回过神儿来。作为一个典型的东北大男人，在他心里，就算有背叛这一说，那也是自己先迈出那条腿，绝对不允许先劈腿的是乔小麦。他再次质问对方：“乔小麦,把话给我说清楚，你和他是怎么认识的？究竟发生过什么事？”

在准婆婆喊出那句话之后，乔小麦觉得自己的心突然凉了，如冬日饮寒冰，凉到了心窝子里。她怎么也不会想到，准婆婆会把自己看成是那种随便交往男人的女人，更料不到的是，跟自己同居两年的安家杰竟然如此不信任自己。

“如果你信我，什么事也没有；如果你信你妈，那我说什么也没用。”她一脸倔强。

“我凭什么信你？我妈是眼见为实！”安家杰愈加暴躁。

“什么叫眼见为实？你们是看见我偷人了，还是看见我跟人私奔了？不就是见个朋友吗，至于如此诬陷我？安家杰我告诉你，今天把事情闹成这种地步，别说你不想结这个婚，我乔小麦死也不会嫁给你这种男人！”乔小麦拉起行李箱，坚决要往外走。

安家杰再次拦了下来：“乔小麦，你太过分了！话还没说清楚，怎么可以走？”

“不是已经说得很清楚了吗？我——和——你，分——手！”乔小麦一字一顿，无比坚决，“放开我！”说完，抬手将安家杰再次推开，一个人拉着行李箱，冲进了茫茫夜色中，她身后传来安妈妈哭天抢地的哀号。

乔小麦离开家门那一刻，安家杰以为自己会失落，会害怕，或许跟以前一样，会觉得不能没有乔小麦，跟以前一样跳出去拦下来，哀求也好，哄她也罢，总之，绝对不会坐视不理。但这次，他视若无睹，心里不慌不乱，有那么一刻甚至还滋生出一种轻松的感觉，觉得心里某处有一块重石被人四两拨千斤地搬了去。

所以，当母亲哭着让他去把乔小麦追回来问个明白时，安家杰第一次违背母亲的心愿。他对母亲说：“我和乔小麦之间，完了。这婚，不结也好。其实，就算没有今天的事情，我和她之间也有说不完的矛盾。这些天，我一直在想，为何当初我那么害怕跟乔小麦结婚，表面上是我害怕婚后无力负担生活的重压；到今天我才明白，其实是我们之间的感情出了问题。看上去我们都在努力地想要结婚，实际上却是各人打个人的小算盘，你们还记得前几天她提出房产证加名的事情吗？表面上看她只是提了一个要求，往深里想，其实是她在为自己的利益作打算……当然，我也不好……”究竟是怎样的不好，他没有往下细说，这是出于人心深处最底层的一种自私。

安家杰一席话说得安家二老面面相觑。其实，和两个年轻人相处多日，尽管从心里盼望着他们早点结婚抱孙子，但作为父母，他们又何尝看不出这对年轻人之间的情感纠结。无时无刻的争执，时好时坏的情绪，就算感情有一定的时效性，但两年时间不过是一辈子的一个瞬间，如果连这个瞬间都是在争吵中度过，那漫漫人生该如何继续？安妈妈也深知，乔小麦会是个好媳妇儿，她大大咧咧，不计较，不做作，有啥说啥，但好媳妇儿不等于就是儿子的好老婆。一个好老婆必须懂得温柔，懂得哄男人。显然，乔小麦的个性注定她不是一个会哄男人的女人，更何况，自己的儿子还是一个有着大男子主义的人。

“家杰，刚才是妈妈多嘴了，让你和小麦之间生出嫌隙，如果我再说什么，怕只会更加添乱，所以，你们俩之间的事，还是你们自己定吧。”安妈妈一脸担忧，“本来是来撮合你们结婚的，没想到弄巧成拙，我这个当妈的成事不足，败事有余啊！”

安家杰心疼母亲的身体，赶紧让她去休息。等二老离开，窗外一股凉飕飕的冷空气袭来时，他才觉得浑身寒意。也正是这身寒意让他瞬间想起了乔小麦。这么冷的冬夜，她一个女人拖着行李箱，会去哪儿呢？这样一想，不免又有些担心，毕竟，在一起了两年，爱情淡了，亲情尚在。

此时的乔小麦，也正如安家杰担心的那样，出家门时满腹豪情，出了家门便觉得孤苦无依。好在钱包里银子尚足，她便拖着行李直奔离家不远的一家酒店。一切收拾妥当之后，乔小麦把自己放倒在酒店的白色大床上，一个人就那么静静地躺着，睁着眼睛到大半夜。睡自然是睡不着的，想又想不出头绪，只觉得自己和安家杰之间真的完了。这种感觉来得如此突然又如此坚定，夜深人静的晚上让乔小麦的心也变得沉静。她越来越明白，自己和安家杰之间之所以出现为婚事反目这种事，原因各占一半，起初她怕的是生活艰难，怕安家杰负担不起自己想要的现世安稳，现在想来，这不是最主要的原因，真正的原因在于，安家杰欠缺了一份安全感，一种让自己在心灵上能够甘愿栖息的安全感。

离开家门的那一刻，乔小麦甚至想，如果安家杰给自己打来电话，或许还会出现另一种情景。那就跟以前一样，她闹他道歉，她哭他哄着。不管怎样，他都是第一个低头认错的人，如果是这样的情景，或许自己还是愿意跟他回去。然而这一次，安家杰竟然也玩起了不依不饶的游戏，电话短信一个也没有。乔小麦在漫漫长夜里尝到的不仅是孤独，更多的是一种凄凉。

一个男人若不舍得花力气来哄你开心，唯一的理由就是，他已不再爱你了。

这个念头令乔小麦气短心慌，毕竟是两年的青春，自己白白虚度尚可原谅，如果浪费在一个男人身上却得不到回报，那真是女人人生中的一大败笔了。不甘心还是有的，但这次涌上心头更多的感觉却是解脱。

既然他不懂得珍惜，自己又何必对他留恋不舍？乔小麦在心里这样安慰自己。

这一夜，漫无边际，寒风呼啸中，睡意更无。乔小麦思来想去无人能倾吐，便试着给阿眉发短信，让她没想到的是，阿眉回得相当快。

电话打通之后，乔小麦简短地告诉阿眉，这一次自己可能会和安家杰分手。

以为阿眉会像从前一样拍着巴掌道贺，说一些类似于解脱之类的话，却不料阿眉以过来人的经验教导她：“感情这回事，握在手里久了就会觉得像鸡肋，食之无味，弃之可惜。一旦让你离开对方，又会觉得孤单和寂寞,从内心起滋生出对那个人的依赖和留恋。所以,别轻易说放弃，更不要轻易就认定两个人结束了，在放弃和认定之间给自己一个缓冲时间，比如，你可以再来一场个人旅行。”

“还要旅行？是不是疯了？”乔小麦并不赞同，“上次你说旅行，我俩都照办了，他还说离不开我呢，可最后还是在旅途上被另外一个女人占了先机。再来一次旅行，那岂不更合了他的心意？”

“男人这种动物，你不要妄想拴住他，是圈养还是散养，你得学会把握。你想想，一个男人在短暂旅途中都难以自持，这样的男人不要也罢。相反，如果他能躬身自省，想清楚自己想要的是什么，那岂不是美事一桩？”阿眉适时引导，“你也一样。如果旅途中遇上更适合的，我倒赞成你放弃；如果你觉得还是原来那个最好，那自然就把心放下了，再不会轻易有变化。”

乔小麦觉得阿眉说得有道理，但再来一次一个人的婚前旅行，她觉得意义不大。眼下安家杰的心已经不在自己身上，就算自己想明白了，又有什么用？生活最怕的就是剥开真相，毕竟那是一种鲜血淋漓之痛。然而，生活又最怕隐藏，纸毕竟包不住火，一旦真相自己蹿出来，再好的演员也来不及戴上脸谱，让人措手不及的意外会一个接着一个，所以才有了逃离，一次又一次。

说给阿眉听，对方倒笑得坦然：“如果你想明白的不是还爱他，而是还有更适合自己的人，那这场旅行是不是就算有意义了呢？”

乔小麦恍然大悟，她不得不佩服阿眉的勇敢和聪明。想到前些天阿眉在感情上遇到的麻烦，不免关切相问：“你和高富帅之间还顺利吗？打算什么时候回来？”

阿眉又少许沉默，声音裹挟着沧桑透过话筒传过来：“我和他分手了。他们家太看重财产，非让我也做一个婚前财产公证，本来我没感觉有什么不对，只要他有一个态度，哪怕是说句空话骗骗我，我也愿意去办这个公证。却不料，他竟然对我说公证也是他的想法。听听，我为了他抛弃一个富二代，为了他甚至想要放弃自己熟悉的生活，没想到他竟然为了点财产跟我斤斤计较！姑奶奶还没答应要不要嫁他呢，他爱跟谁公证就跟谁公证去！我要的不是公证，是公平！是感情上的一种对等！凭什么只能是我牺牲？凭什么他就不能为我牺牲一点？说到底，还是爱得不够。既然爱得不够，那就分手吧，大路朝天，各走一边，谁也不耽误谁。”

阿眉为之付出一切的感情就这么没了，乔小麦觉得有点可惜，又不得不劝阿眉："别再相信旅途上的男人，都不靠谱。也别再想什么富二代，已经是过去式，还是回来吧，好好工作，然后找个好男人好好恋爱，好好过日子。”

阿眉不以为然："我请的长假还还没用完呢，我要把旅行坚持下去，只当作我个人的一场婚前旅行。我要在这场一个人的旅行中，好好想想自己需要怎样的婚姻，怎样的男人。”

“也好。”乔小麦想不出还有什么理由可以来劝阿眉，“你觉得开心就好。”

阿眉趁机游说她："小麦，放下一切，你也再来一场旅行吧！冬天的哈尔滨实在太美了，冰雕玉砌，哪哪都是闪亮亮的冰凌，可美呢，你来吧，我在这里等你。”

乔小麦微笑着拒绝："说好是一个人的旅行，我当然要去一个没有熟人的地方。”

第十章

离得远才看得清的是风景，走近更觉温暖的是爱人

爱情经得起考验才能走进婚姻，婚姻经得起平淡才能迈进永恒。一次次逃离的爱情，其实是自己心里不确定是否有勇气只爱这一场。考验爱情最好的法子就是来一场单独旅行，趁在婚前，还是一个人，趁一切尚来得及。一个人的旅行尽管孤单，却能让人明白一个道理——离得远才看得清的是风景，走近更觉温暖的是爱人。

（一）朝着有备胎的方向前行

女人最固执的情绪就是任性。哪怕刀山火海，只要心意已决，也绝对要按自己的意志行事。

乔小麦也不例外。

和安家杰吵架后的连续几天时间里，彼此始终较着劲儿，谁也不主动示好，更没有人站出来说分手，就这么纠结着，糊涂着，关系不明朗着。后来还是安妈妈打来电话，一边为自己的唐突道歉，一边告诉乔小麦，房款因为没及时付，定金给退回来了。在乔小麦看来，这话的意思再明显不过，这是安家赤裸裸的退婚。

乔小麦的心彻底沉入谷底。

在女人的意识中，婚房不仅是身体的栖息地，更是心灵的落脚处。安家把婚房退了，就等于把自己这个准儿媳推出去了，从此之后，桥归桥，路归路，再也不是一家人。

毕竟是两年的感情，就这么生生被斩断，乔小麦哭也不是，笑也不是，只觉得自己被安家杰毁了，青春没了，爱情散了，连一颗追求婚姻的心也冷了。

心境不佳，乔小麦在工作上便打不起精神，失误连连不说，还差点跟一个难缠的大客户吵起来，为此主任批评了她。好在主任也是女人，听闻她正被情伤，不免善心大发，再次允许她休假，并一再嘱咐："什么时候心情好了再回来上班，位置给你留着，同为女人，我不会看着你丢了爱情又丢了工作。"就这样被上司感动，个性直爽的乔小麦又没忍住，上前跟主任拥抱了一下，想说感谢，又是一个未语泪先流。

走出单位大门，乔小麦拿出电话，想要告诉阿眉，自己再次解放了，或许也会按照她说的那样再来一场旅行。电话还没拨出去，就有电话进来，心莫名地一动，乔小麦以为是安家杰打来的，却见上面跳动的名字是林小峰。

林小峰连着几天都有短信传来，约乔小麦见面，她都以心情不佳和工作正忙为由拒绝。这一次，爱情没了，工作也可以放下了，顿觉一身轻松的同时，又觉得好像辜负了林小峰，毕竟，他是为自己才到这座城市的。

电话里，林小峰约她见面，乔小麦愧疚地表示："这次我来请你。"

林小峰欣喜不已，比乔小麦约定的时间早到了半个多小时，见到乔小麦时，更是一脸欢喜，一直盯着她看，直到落座，又不由得满目惊讶。眼前的乔小麦比前几天憔悴得多，他不禁有些担心："你……没事吧？怎么瘦了？脸色也不好，工作累的吗？"

连续几日的纠结让乔小麦想要释放心中的苦涩，但看着林小峰那张关切的面容，突然间生出些许不忍。怎么能告诉他，自己刚被相恋两年的男人抛弃？又怎么能告诉他，自己此刻的坏心情是为了安家杰？

"没……没事，可能是工作太忙了吧。"她只好找借口。

林小峰自然不信，却也不多问，只是点了满满一桌子乔小麦喜欢吃的菜，一个劲儿地劝她多吃点。乔小麦觉得，如此体贴又善解人意的男人，就算不爱，至少还有感动在。

"谢谢你，小峰。"

林小峰笑得坦然："这有什么好谢的，我只是尽我自己的能力让你多开心一些，你开心，我也就放心了。"话说得越是体贴，乔小麦越是感动。想到安家杰曾经也对自己如此关切过，如今不过两年光景，一切恍然如梦。她由此悲哀地认定，感情有时候就是一出戏，开场时男人都是体贴的，散场时却又都那么无情。就如同安家杰，她离家已经整三天，一个电话也没有。

想到安家杰，乔小麦心里充满了绝望。付出了两年的感情，再不舍还是要付之东流。

如此一想，乔小麦不免表情凄惶，怕眼前的林小峰也成为一个薄情人。

林小峰觉察出乔小麦的表情变化，知道她遇上了感情难题，看到满桌子的菜一口不入，便借着菜聊了起来："有时候人生就像这桌菜一样，同样的材料遇上不同的厨师，味道自然就不一样，但不管口味是好是坏，菜本身是没有问题的，也就是说，烦心的事再多，我们依然也要相信人生是美好的，你说对不对？”

惊讶于林小峰的细心和敏锐，乔小麦不得不转移了话题：“宝马还好吗？跟你在一起，它还适应吗？”

林小峰点头：“宾馆不让养狗，我租了一处平房，现在跟它相处得跟父子一样。”

“平房？大冬天的，那得多冷？为什么不租间楼房？既暖和又干净。”乔小麦不无担心地问。

“这你就不懂了吧？其实我是为了宝马，小狗天性喜欢自由，平房有院子可供它活动，如果是楼房就没有这个福利喽。”

林小峰的一番话让乔小麦更加感动。他对待动物尚且如此心细，对待人断然也差不到哪里去。她在心里暗暗地将林小峰和安家杰对比，这一次，林小峰又占了上风。乔小麦开始有点明白了，男人是一种需要对比才分得清好坏的动物。

林小峰的心思显而易见，借着宝马为由，又跟乔小麦再次告白：“小麦，宝马也想你了，如果你能做它妈妈，我觉得将是天下最美好的事。”

女人最无奈也是最愚蠢的做法，就是用一场新恋情来掩盖旧情之伤。这时听到这样的暗示，乔小麦感受到的全是感动。她觉得自己需要一个人来好好爱。她怕孤单，怕一个人漫无边际地胡思乱想。

当然，要她这么快就接受林小峰是不可能的。想到自己现在不用工作又无家可归，不免心生一念：“小峰，我想再做一次旅行，就是上次跟你提起过的，一个人的婚前旅行。不过，上次想的是我跟前任男友之间的事，这次，我要好好想想，跟你在一起能不能找到我想要的幸福，你愿意给我一段时间吗？”

“愿意，而且，我会全力配合。”听到乔小麦已经有了接受自己的意思，林小峰喜上眉梢，“我也会继续我的旅行，想清楚我和你之后的路应该怎么走。”

“那么，就让我们约定，半个月之后这里相见，是不是有缘，到那时候就有答案了，你说呢？”乔小麦举杯相祝，“来，让我们干了这一杯，之后开始各自的旅行。”

酒杯碰撞的声音，就像壮行的烟花，乔小麦在这一刻决定忘记安家杰，从此之后跟他再无一点瓜葛。然而，两年的感情并非想象中那样容易放下，不知是为了给自己和安家杰留下一个情感入口，还是为了让自己更加透彻地想明白何去何从，乔小麦特意把手机设了语音留言，告诉所有朋友：“我在旅途中，有事回去再说。”随后，她关了手机。

乔小麦的无奈和坚决，安家杰此时也正在承受。

和乔小麦暂别的三天时间里，安家杰仿佛经历了人生的一个小轮回。先是按图索骥地寻找黄凌梅，婚房他还是要买的，那两万块既是婚房首付，更是他试探黄凌梅的一块试金石。没想到的是，人是找着了，但黄凌梅那一脸的倦容却让他心疼。

地址是黄凌梅告诉他的，其实那并不是她的家，而是她临时租住的一个地方。她说自己病了，所以才没按时还钱。说这话时，她忍不住又咳了起来，令安家杰始终张不开嘴。

这是两个人第一次面对面。看着那个曾经风风火火做生意的冷漠又干练的女人，被一场意外风寒折磨得没精打采，安家杰不仅没张口讨债，甚至还主动买饭送药，尽了本不该他尽的责任。也正因为他做了这些事，黄凌梅才感动得不知所以，一个劲儿地告诉他："你是我见到最体贴最有爱心的男人。"

心上人的一句感谢，让安家杰的心也跟着飞了起来。黄凌梅的温柔话越多，安家杰的心就越飘然。如果不是周末只有两天时间，他怕自己会一直陷在对方的温柔里。告别的时候，黄凌梅眼里生出许多不舍，但她没明说，只是暗示安家杰："这两天我体会到了什么叫温暖，你让我觉得，世上还是有好男人的，谢谢你。"这番话让安家杰突然记起她曾经说过，爱一个人有时也是一件可耻的事。他在心里暗自揣度，也许那个让她感觉可耻的男人已经不在了吧，至少在她心里消失了。这样一想，他心里升腾起一种莫名的期望，可到底期望什么，他又不敢轻易下定论，只觉得为乔小麦空下去的心瞬间又被黄凌梅占满了。

或许这就是男人吧，在找好下家之前，他们还是会告诉自己，握在手里的东西还是温暖的，可一旦找到下家，握在手里的哪怕是金子银子，也一定会毫不可惜地丢掉。

就是在这一刻，安家杰决定，婚房不买了，他要跟乔小麦分手。

当然，第一个听到分手消息的不是乔小麦，而是安家二老。听到儿子说要放弃婚房放弃结婚，安妈妈第一个不愿意。上次因为自己失言说出了乔小麦约会别的男人的事，让她一直觉得对不起乔小麦，听说儿子要放弃对方，她更觉心中有愧。

"不行！婚礼请帖都写好了，几家亲戚早就通知了，这婚怎么能说不结就不结？再说，就算不结也没必要跟小麦分手，怎么说……怎么说，乔小麦也是个不错的姑娘。"

“妈，上次你不是也说，乔小麦有别的男人了吗？”

“那是个误会。”

“你怎么知道是误会？说不定她现在正跟别的男人成双成对呢！”

“你胡说！我给她打过电话，而且特意在晚上打的，我试探过，人家小麦一直一个人住在酒店里，根本没有什么男人！”安妈妈气不打一处来，“你是我生的，我知道你什么禀性，你告诉妈妈，你突然放弃乔小麦，是不是你在外面有了别的女人？”

知子莫如母。被自己母亲一眼瞧出了端倪，安家杰急着掩饰：“八字没一撇儿呢！”

“这么说，已经有眉目了？”安妈妈差点没跳起来，“家杰，你这个不争气的东西，就算你要再找，至少得跟人家小麦说清楚啊！把人家一个女孩子一拖拖了两年，你这是作孽哟！”

也许是过于激动，安妈妈竟然没支撑得住，心脏病发作令她突然倒地。等再醒来时，看到儿子在床前守着，她坚决地将脸扭到别处：“看到你，我就生气，好好的一桩婚事，说没就没了……妈不好，妈对不起小麦，你也跟着犯浑，你说，咱们老安家这是办的什么事？我们愧对人家小麦啊，你知道不知道？”

被母亲一骂，安家杰仿佛清醒了。他知道，感情这回事需要善始善终，所以，分手这一步必须由自己迈出。

没想到的是，打通乔小麦的电话，对方的留言箱竟然报出“我正在旅途中，有事回去再说”。

找不到乔小麦，安家杰一度想飞的心突然落了地。如果说第一次婚前旅行让他觉得新鲜和好玩，甚至对乔小麦的出行并无半点担忧的话，那么乔小麦这突然而来的第二次个人旅行则让他百般琢磨。他想不明白，他俩都要分手了，她还有什么心情去旅行。越想不通，越觉得乔小麦可疑，或许她真的奔向另一个男人而自己毫不知情？如此一想，又觉得心里还是放不下乔小麦，在一起的两年岁月毕竟不是云，就算吹过即散，还是有依恋。可是，真的就这样再次回归，回到乔小麦身边吗？他又觉得一颗心容不下两个女人。对于黄凌梅，从见到对方第一眼起，他就动了心，现在好不容易有了进展，如果就此放手，那自己后半生会不会在遗憾里度过？

这一夜，安家杰思绪万千，像极了毛线团，找不准头绪，怎么理都是乱。忍不住打电话跟老王倾诉，没想到老王告诉他一个不幸的消息："我正在琢磨明天怎么通知你们呢，正好先告诉你吧！公司年底搞整合，咱们部门被优化了，从明天起，暂时不用上班，以后的事另行通知。"老王算起来也是部门的小负责人，他的话自然是真的，之前风传过整合的事，没想到会如此之快。

消息来得突然，安家杰却仿佛找到了心灵的出口，他知道，自己和黄凌梅之间的未来并不明朗，和乔小麦之间两年的感情也并非说放下就能放下，他觉得自己也需要一场旅行，去哪儿不重要，重要的是想明白自己想要的究竟是什么。

（二）黄凌梅 VS 安家杰

这一次的旅行决定得很突然，安家杰以为父母会跟上次一样质疑和反对。没想到，病愈之后的安妈妈却是大力支持。她对儿子说："只有真正脱离现有的生活环境，才能让人彻底想明白自己想要的是什么，找个陌生的城市，静下心来，想想你想要的到底是什么样的生活。妈再告诉你一句，找什么样的老婆，决定了你以后会过什么样的生活，所以，你先要懂得选择。”

安家杰惊讶于母亲的智慧，他一边赞叹一边点头：“我会选择好的，妈，你放心吧。”

这一次，安家杰还是选择了自己背包旅行。这个典型的东北男人，最爱的还是无拘无束的自由。只是，究竟到哪里去，他还没想好，直到上了车才发现，自己去的地方竟然是黄凌梅所在的城市——青岛。

这个发现让安家杰心惊。他知道，自己的心已经不知不觉间偏向了黄凌梅。这个女人让他仿佛重新体会到了那种叫爱情的东西，而这种东西在乔小麦那里早已经寻不着踪迹。

再有主意的男人也难免为爱冲动，安家杰一想到黄凌梅，对乔小麦的思念就淡了下去。车越靠近黄凌梅所在的城市，他越觉得心情激荡，只恨不能一步跃过去，看看对方现在究竟什么样。出于急切，出于浪漫，他甚至决定不跟对方通报，来一个天降奇兵，或许黄凌梅会更感动。

心思定了，目标有了，便觉得车开得慢了。安家杰不停地催促司机开快点。一路上，风景全不顾欣赏，唯一的风景在心里，那就是黄凌梅。

经过一天的颠簸，安家杰到了上次跟黄凌梅见面的地方。开门之后，还是那间出租屋，还是那个日思夜想的女人，不一样的却是对方那张不快的脸。

黄凌梅一脸惊讶地看着出现在门外的安家杰，说话吞吞吐吐："你……你怎么来了？也不打声招呼？"言语间没有安家杰想要的那种惊喜，相反，责备多过感动，"就不知道提前打个电话吗？真唐突！"

安家杰也自知唐突，但心里还是闪过了一丝失望："对……对不起，我是出差路过这里，就顺便来看看你，不知道……不知道你身体是不是好了些？"

黄凌梅这才微微有了笑意，欠欠身，将他让进屋里："难得你有心，进来吧！"

客厅茶几上，一个沾满烟灰的烟灰缸十分刺目。安家杰敏感地意识到，黄凌梅之所以对自己的突然到来感到不满，一定是为了某个男人。

当然，他的表情也逃不脱黄凌梅的视线。心细如发的精明女子自然明了他这点小心思，也不隐瞒，主动说起自己的故事："你不是一直想知道，我为什么那么痛恨男人甚至不相信爱情吗？我现在可以告诉你，之所以不相信，是因为曾经受过伤害。我和他是在一场旅行中认识的，属于一见钟情那种吧。因为彼此有好感，所以就谈起了恋爱，不是他来我的城市，就是我到他的城市。一开始彼此感觉特别新鲜，短暂的离别和长长的思念让我们乐此不疲地疯狂着……这样的恋爱持续了七个月，之后他就完全变了……"说到这儿，竟有泪水从黄凌梅的眼角滑落。

安家杰动了怜惜之心，递上纸巾，满目心疼："实在不愉快，就不要想了吧。"

黄凌梅接过纸巾，擦干眼泪，露出一丝无奈的微笑，怎么看都觉得凄凉："书上说，恋爱的保鲜期只有七个月，这话实在太对了。更何况，我跟他是在旅行中相识的，了解根本不够……分手的原因，说起来很可笑，我们本来十分向往婚姻，却在结婚这一步上起了争执。他让我去他的城市，我却坚持自己的事业，谁也不肯让步。最后没办法，我们选择了在旅行中分手，他往他的方向走，我往我的方向走。我们闭着眼睛，自己寻找出路，最后睁开眼睛赫然发现，彼此走的是两个完全不同的方向……还有什么可说的呢？方向不同，终归走不到一起。"

说到这儿，黄凌梅停了下来。安家杰递上一杯水，关切地问："缘分没到，别太伤心。"

"哼，缘分？"黄凌梅突然止住哽咽，收起满目哀伤，声音变得异常尖厉，"如果就是这样分了手，倒也干净，我也落得个安慰。想不到的是，分手没多久我又遇见了他，他的胳膊肘上挂的是另外一个女人……我骂了他，也骂了那个女人，我以为他们是勾搭成奸，没想到，他竟然说什么害怕结婚！哼，害怕结婚？借口罢了，他只是害怕跟我结婚！"

说到这儿，黄凌梅脸上流露出无比的鄙夷，喝了口水，沉默下来。

作为倾听者，安家杰知道，这显然不是结局："那么，后来呢？"

"后来？"黄凌梅抬高声音，突然鄙夷地笑了，"后来没过多久他就跟别人结婚了，那个女人是他们单位领导的女儿。"

原来是一个新时代的陈世美，不争气的同类。安家杰在心里暗自叹气。

"所以，你说，我还能相信男人，还能相信爱情吗？知道他结婚之后我心里不服气，打电话质问过他，他跟我说什么生活难，做男人难……其实都是废话！不靠自己努力就想少奋斗二十年，这样的生活就不难了吗？想依靠女人和婚姻来改变自身的男人就容易做吗？哼，真是可笑！”黄凌梅说到这儿，突然把话锋一转，“安家杰，你告诉我，如果你遇上一个条件优于你女朋友的女人，你会放弃你女朋友而转投别人裙下吗？”

安家杰没料到对方会这样问自己，他想说自己不是那种男人，又觉得说得好不如做得好，索性笑了笑，不置可否。

他的这个反应显然让黄凌梅不满，对方语气咄咄逼人：“你不回答，就说明心中还是有隐情的，对不对？记不记得，相遇那天你跟我说你是出来进行婚前旅行的？当时我听了就想笑，我敢断定，你跟你女朋友长久不了。如果我没猜错的话，你今天到我这儿来，其实已经跟你女朋友分手了，对不对？”

黄凌梅如此聪明，她的尖锐让安家杰无所适从，又不得不招架：“你真的想多了……我……我和我女朋友是出了点问题，不过……很快就会过去的。”话说到这里，连他自己都觉得底气不足，不敢接触黄凌梅的目光。

黄凌梅突然又笑了：“我知道你会这么说的。男人那种小心思全写在脸上，对于感情，我们女人还懂得掩饰，你们男人来得更直接。安家杰，你是不是喜欢上我了？”

再次被对方的尖锐刺伤，安家杰觉得自己的心思在黄凌梅面前简直无处遁形。来之前，他心里全是她，来了之后却发现，她不是自己要找的那个人。

“我们……只是朋友，而且我说了……我出差路过这里，来探望你一下，如此而已，你……别误会。”他只得掩饰下去。

黄凌梅的咄咄逼人并没停止，而是继续问他：“一个探望朋友的人，总会事先打招呼的，可你却是直接上门，你这是在试探我，对不对？”说到这儿，她瞥了一眼茶几上的烟灰缸，又兀自笑了，“还真差点让你撞上。我那个不争气的前男友还真的来找过我，他跟你的说辞一样——出差路过。哼，我只是在这里小住，他不知从哪里听得消息就匆匆赶来了，所谓的路过还真有深意。男人啊，虚伪得都不知道如何去掩饰，让我们女人如何相信？”

安家杰这时才明白，为何刚才黄凌梅看到自己一脸不快。原来，在她心里，自己所谓的路过跟她前男友的路过如出一辙。当然，对方并没有误解自己，反而是自己这种做法太小人了。

安家杰在黄凌梅的注视下如坐针毡，不得不起身跟她告辞：“对不起，我……我怕误了车程，你身体看来也没什么事，我就先走了。”说完，就往门外走。

黄凌梅倒也不客气，起身相送，走到门口的时候，将一样东西塞进安家杰怀里，轻声说：“我记得你曾经劝过我，再好的车如果没有停车位，也是遗憾的。你是个善良的男人，钱还给你，谢谢你，祝你幸福。”

安家杰唯唯诺诺地把钱接了过来，点头不是，摇头也不是，最后低着头疾步离开，不敢回头，甚至连告别都没有。他太想离开了，恨不能插上翅膀。刚才黄凌梅的一番话令他脸上火辣辣的，他知道，黄凌梅根本不喜欢他，甚至还有些鄙视他。他还知道，自己跟她那个前任一样说了谎，而且谎言还在继续。负过一个女人又来骗另一个女人，这样的为人想想都可恶可恨，自己怎么就把人做成这样了？

再好的车没有停车位，也是很遗憾的。本是劝黄凌梅的，如今拿来问自己，再好的停车位如果失去好车的支撑，是不是也是枉然?

这一刻，他突然觉得，自己算不得一个善良的男人，更不是一个好人，甚至还是一个连自己都不了解的人。

到了这一刻，他更觉得自己需要一场单独的旅行，风景无所谓，重要的是静下心来，把自己看个清清楚楚、明明白白。

安家杰决定，放弃青岛之行，离开这个熟悉又陌生的城市，转道去烟台，那里也有海。他想站在海边，让海风将尚在混沌之中的自己吹醒。

（三）林小峰VS乔小麦

一个男人想成熟，必须经历两件事，一个是时间，一个是婚姻。

一个女人想幸福，必须明白两件事，什么是浪漫，什么是现实。

对于乔小麦来说，和安家杰相爱是浪漫，而一谈到结婚就成了现实。再次踏上一个人的旅程，乔小麦这次的心境却完全不同。如果说上次是期待着寻找一个和安家杰结婚的理由，那么这次则是为自己寻找幸福的出口。

这一次，乔小麦来到了烟台，原因只有一个：林小峰是烟台人。他告诉乔小麦，那里有最美的海鲜，最干净的沙滩，还有很传奇的仙境蓬莱。

林小峰说：“你还可以去寺庙求个签，很灵的，想问什么就能让你明白什么。”

女人在面临情感困惑时，喜欢让神灵来为自己指路，把子虚乌有的东西当成心中神圣的指引，最终想要的无非是一个心灵上的安慰。偏偏就是这种虚无的东西把乔小麦吸引到了烟台。她一下车就直奔海边，找了临海的酒店住下，推开窗户，面对着大海，深吸一口咸湿的空气，身心一下子就轻松起来。这一刻，她觉得来烟台真是来对了。

这一夜，听着海浪的呼啸声，乔小麦睡得无比安稳。第二天醒来，趁吃早餐的空当，向服务生问明去蓬莱的路线，然后火速转车往蓬莱出发，一路颠簸之后便到了目的地蓬莱阁。对着苍茫大海，她突然觉得，世间的自己竟是如此渺小，所谓的烦扰和忧虑，不过是浪花一朵，迎风而立，风一过，便碎了，无声无息。

冬季海风大，游人少，乔小麦突然来了兴致，扯起嗓子冲着大海喊了起来。这一喊，竟觉得身心无比通畅，声音散尽，烦恼散尽。

听说聚仙阁的签很灵验，乔小麦决定试一把。进了观，买了香火，真的求了一支签，签上写着："散尽浮云落尽花，到头明月是生涯。天垂六幕千山外，何处清风不旧家？"解签时，被告之："旧情难了。"这样的话似曾相识，不由得记起当初在杭州灵隐寺求过的那支签："若无缘，六道之间三千大千世界，百万菩提众生，为何与我笑颜独展，唯独与汝相见？若有缘，待到灯花百结之后，三尺之雪，一夜白发，至此无语，却只有灰烬，没有复燃。"

"死灰复燃？"乔小麦暗自喃语，难不成自己和安家杰缘分未尽？

此时此刻想到的竟是安家杰，乔小麦不禁哑然失笑。可是，在她还没有笑出声之前，一个人笑得比她还要爽朗。

"小麦，原来你也在这里。"这声音竟无比熟悉。

乔小麦转头，看到林小峰站在自己身后。在这种地方相遇，并不算奇迹，她知道烟台是林小峰的老家，到离家一小时车程的蓬莱，对他来说也不是什么难事。

果然，林小峰解释说："我一回家就接到原来公司的邀请，让我负责蓬莱这边的分公司，今天没事出来转转，没想到就遇上了你。"然后，看着乔小麦，竟有些掩饰不住的骄傲，"我以为，你会去别的城市旅行，没想到，你来的却是我的家乡。小麦，我可不可以认为，你心里其实是有我的，是喜欢我的？"

爱和喜欢被如此赤裸地说出口，乔小麦觉得很意外。眼前的林小峰笑得依然爽朗，在阳光下帅气无比，或许是在自己家乡的缘故，身上还有一种与众不同的自信。

"烟台是个好地方。"乔小麦顾左右而言他，"海边特别壮观，感谢你推荐我来求签。"

"那么，你能告诉我，你求的是什么签吗？你刚才嘴里念叨'死灰复燃'又是什么意思？"林小峰步步紧逼。

"是……是签上说的。"乔小麦不由得后退一步，"或许是劝人的话吧。"

林小峰靠近她，突然又笑了。

"我不允许你死灰复燃，我希望你和我在一起。小麦，留下来吧，别走了。"他恳求道，"你看，我们多有缘分，在你的城市你遇到我，在我的城市我遇到你，这样美妙的缘分，难道你想放弃吗？"

"小峰，别这样说，你知道的，我之所以一个人单独旅行，就是要想明白很多事，确切地说，是前尘旧事。我至少得想明白，自己想要的究竟是什么样的生活，如果稀里糊涂地跟你在一起，怕会耽误你。"乔小麦一脸真诚，"所以，请你让我把这场旅行进行完再做决定，好吗？”

林小峰边听边点头：“好。不过你也要答应我一个条件。”

“什么条件？”

“唐伯虎点秋香是因为秋香三个笑容，咱俩有没有缘分，就看上天能不能安排咱们相遇三次。你看，我们已经相遇过两次，如果下次还能巧遇，你就放下过去，好好地跟我在一起，好不好？”林小峰一脸真诚，“你知道的，我和宝马都在等着你。”

如果说过去林小峰在乔小麦眼里是谦逊和温和的，那么现在的他就有点咄咄逼人了。或许是因为此刻在他的一亩三分地，或许是因为乔小麦一个女人单独在外，身体和心灵都是孤单的，他想快马加鞭甚至一锤定音，所以步子走得急走得乱。而这一切在乔小麦心里引起的不是好感，而是恐惧。毕竟，不久前才从陌生人晋升到朋友，如今要做的却是恋人，她觉得太快的东西往往靠不住。

说到宝马，乔小麦觉得这是一个契机：“宝马是条好狗，聪明，可爱，最主要的是通人性，它知道什么时候该跟主人亲热，什么时候该让主人休息，是一条知进退的好狗。”

乔小麦话中有话，林小峰岂能听不明白。他知道自己逼得急了些，就解释道：“小麦，我没有别的意思，只是太喜欢你了，如果你觉得我这样做令你不舒服，下次再不会了。”

林小峰言之凿凿，态度诚恳，乔小麦就原谅了他。女人的心始终是柔软的，不会轻易伤害一个喜欢自己的人。此刻她不想再待在蓬莱，便匆匆跟林小峰道别，乘车返回烟台。

回到酒店时，天色已经暗了下来，乔小麦打开电视看新闻，听闻烟台第二天有大雪降临，又是欣喜又是害怕。她不知道海边落雪会是怎样的情形，会不会有雪压冰凌的感觉？同时又期待着大雪早点儿降临，她想看看雪花和浪花相互融合的美景。这样幻想着，乔小麦不知不觉地进入了梦乡，忽然有敲门声传来，这才惊讶地发现，已经是晚上七点半了。

乔小麦问是谁，对方不答，开了门，却见小狗宝马在门口冲自己叫着，这一叫，她才注意到林小峰也来了。

“你怎么知道我住这儿？”她很吃惊。

林小峰扬了扬手里的快餐：“别忘了，我是烟台人，随便找几个兄弟一打听，就能查出你在哪儿。来，这是爱心晚餐，趁热吃。”

本是几句调侃的话，却听得乔小麦心里极不舒服。一个人的旅行最不想要的就是被人打扰，林小峰的打扰令她很不悦。但是，面对这样一个热情洋溢的追求者，她又不知该如何拒绝，只得弯身抱起小宝马，一边逗弄一边问：“你怎么把它带到烟台的？”

林小峰一脸骄傲地告诉她：“偷偷藏在公文包里。”

“没有安检？”

“逃过去了。”

“真够可以的。”乔小麦嘴上夸着，心里却莫名其妙地伤感。

她正要喂宝马一口食物，却被林小峰突然打落：“小狗不能吃人吃的东西，它必须吃狗粮。”即将到嘴的食物就这样被打掉，小狗吓得不敢上前，乔小麦有些不乐意。她想林小峰对宝马一定管教甚严，不然宝马不会被吓得躲在墙角瑟瑟发抖。

“林小峰，你这样会吓坏宝马的，不就一口吃的吗？小狗无非想吃口好吃的，再讨主人几个好脸色，你又何必呢？”乔小麦反驳道。

林小峰却一脸严肃：“小狗跟人一样，需要教育，需要引导，没有规矩不成方圆。”

看着他一脸的认真，乔小麦突然意识到，过去那个在自己面前爱护小动物又满嘴仁义的男人，其实有伪装的成分。在别人的城市里，他把自己伪装成谦谦君子，而在自己的地盘，他完全就是另外一副模样。就如同他不止一次地说过的那样，在烟台，他可以随心所欲地找到自己。如此想来，今天的晚餐着实是一场鸿门宴。

“你告诉我，为什么我在哪里，你就会在哪里出现？”乔小麦终于反击了。

林小峰显然料到她会这样问自己，脸上立即堆满了笑：“小麦，我说过，唐伯虎点秋香是三笑一回头，而我和你有三缘是无处不相逢。这算是第三次相逢了吧？”

“……”

看她不说话，林小峰有些得意地上前，想抱她，却被乔小麦推开。这次他没那么好的修养，急了，上前一把抱住乔小麦：“你是喜欢我的，为什么不承认？”说着，竟然将一张油嘴凑上前，想要吻她。这一次乔小麦真的火了，奋力推开林小峰，请他出去。

林小峰突然变了脸：“你们女人就爱装！来都来了，亲热一下有什么不可以？”

“你在说什么？”乔小麦不可置信地望着他，心里又惊又怕。

“你知道我在说什么。我已经跟了你好几天，你玩过的景点都是我推荐的，你到过的地方也是我跟你提过的。你去这些地方就说明你心里是有我的，又何必装着跟我无关呢？喜欢我就承认吧，大家都是成年人了，有什么可伪装的？”林小峰的一番话让乔小麦大为吃惊，这个男人曾经的彬彬有礼竟然全是伪装。

“为什么跟踪我？”乔小麦终于看明白了林小峰的用心，“你之前极力推荐我来烟台，是不是早有预谋？”

林小峰被问恼了，想辩解：“什么叫有预谋？我这是爱你，追求你，怎么就成了居心不良？”

“爱一个人不是这样子的！”乔小麦有些愤怒，“爱一个人是发自内心地为她好，为她做一切，而不是处心积虑地设计、靠近，甚至跟踪！林小峰，我今天才看清你，原来你所谓的爱是占有，是预谋，是欺骗！”

“你……乔小麦，我承认我是跟你要了心眼，但我是动心在先。你敢说你对我就没动过心吗？如果没动心，为什么跑到烟台来？如果没动过心，为什么又跑到蓬莱去求签？你总是不愿意面对自己的内心，你才是一个虚伪的女人！”林小峰当仁不让，收起笑脸，义正词严，“我不计较你跟你前男友的事，已经是包容了，你还跟我计较所谓的预谋，乔小麦，你真的太伤我的心了！你知道有多少女人在追求我吗？为了你，我可是欠了一大堆人情呢！”

林小峰的话让乔小麦大吃一惊。她以为，林小峰追求自己并不在乎自己的从前，原来不是。他不仅在乎，还希望自己对他这种所谓的“不在乎”感恩戴德。更可怕的是，他竟然还一脸骄傲地宣称，门外还有一大堆女人在为他守候，真是一个多情又自负的男人啊！

人与人之间原来真的需要了解。乔小麦在心里暗自叹气，伪装的男人更可恶。

乔小麦忍无可忍，开门将林小峰推了出去：“我和你已经没什么可谈的，请你以后不要再来打扰我！”被推出门的林小峰猛敲几次房门无果，悻悻然地走了。这时，乔小麦才发现，一直躲在墙角的宝马正眼巴巴地看着自己。

抱起宝马，乔小麦潸然泪下。

如果说安家杰伤的是她的心，那林小峰伤的则是她的肺。心伤了可以一点点复原，肺伤了却容易留下无尽的咳，经久难治。就算不曾爱上，至少这种开始已经令她憎恨无比。她恨自己过于莽撞，稀里糊涂地信了一个常在旅途中行走的男人。要知道，那种男人早已看遍了美景，怎么可能有耐心独守一片风景？

（四）重走一回爱情

用一段新感情掩埋旧伤痛，只会令自己更受伤，因为这世上本就没有什么速效药。

林小峰对于乔小麦来说，只是她旅途中的一个小插曲，确切地说，更像一首杂曲，混合听甚觉美妙，回味起来却没有章法。

在林小峰骚扰过后，乔小麦无法安睡，抱着小狗宝马，既可怜它又可怜自己。此时，窗外已经飘起雪花，隔着夜雾，能看到白雾一样的雪落下，偶尔会有雪片飘到窗玻璃上，停留片刻后悄无声息地落下。

乔小麦抱着宝马站在窗前，心中突然生出几分凄凉。此夜，寒霜和雪，孤独的自己和无依的小狗，都让她觉得，自己成了一个被抛弃的人。一时之间抑郁难消，忍不住哽咽起来。有那么一刻，她胸中涌起一股冲动，不禁从包里翻出手机。

手机一开，短信噼里啪啦地进来，一发不可收拾。

乔小麦拣重要信息一条条逐字读下来，有感动，也有无奈。

阿眉的信息是第一个发来的，她说："亲爱的小麦，我又被爱神光顾了，快来祝福我吧！"

接着是林小峰的，看样子是被自己拒绝之后发来的，他说："高傲的女人容易失去市场。"不用问，这是一种傲慢的叫嚣。

最后一条竟然来自安家杰，这让乔小麦有些意外。她以为，他再也不会理自己了。他说："小麦，我承认我做错了事，我也知道你不可能再原谅我，但我还是要跟你说一声，在我心里，你是永远有位置的，只是我们靠得太近，所以才忘了彼此的重要性，对不起。"

乔小麦反复揣摩，猜不出安家杰是什么意思。分手吗？如果是，何须说这么多？和好吗？如果有诚意，为什么不早点儿来找自己？

窗外的雪更大了，推开窗，听得到雪"簌簌"落地的声音，乔小麦以为，只要自己睁大眼睛就能看清外面的雪景。让她想不到的是，眼前只是白茫茫一片，除了雪，就是一片灰白的世界，眼睛睁得再大也是枉然，心里忍不住失落。

关上窗，一个人坐在床角，心里空空的。怕再胡思乱想下去会承受不住这份寂寞，遂拿起手机，给阿眉回了电话。

尽管时间有些晚，但阿眉还是接了，睡眼惺忪地抱怨了几句，却又很得意地告诉乔小麦："我这次在哈尔滨遇上一位帅哥，他出手大方，为人豪爽，最重要的是对我一见钟情，已经跟我示爱啦！如果不是假期结束，我急着回来上班，怕是已经去见他的家长了呢……"

"又是旅行惹的祸。阿眉，旅行中遇到的男人靠谱吗？过去你那么恐惧婚姻，现在怎么张嘴闭嘴就是结婚？"听阿眉说到自己的艳遇，乔小麦莫名就记起让她心惊肉跳的林小峰，赶紧劝阿眉，“人是需要了解的，特别是男人，不要轻易去靠近，去相信。在分清楚好人坏人之前，先别投入太多感情……”

她的话还没说完，便被阿眉的笑打断了：“小麦，你还真保守，你告诉我，在男女问题上，什么样的男人是好男人，什么样的男人是坏男人？有几个男人不偷吃，有几个男人不好色？只要他是真心喜欢我，我也不讨厌他，这就是爱情，这就是缘分。如果他再是一位高富帅的话，那就更好了。过去我害怕结婚，是因为我还有青春，现在又一年过去了，再不嫁，就真的老喽！”

“高富帅你不是没遇到过，豪门岂是那么容易进的？”乔小麦临头一盆冷水泼下去，“知人知面不知心，还是先了解为好。”

“你这口气跟我妈相差无几，真是啰唆。我问你，怎样才算了解一个男人？一年，两年，半辈子？”

阿眉的话将乔小麦难倒了。是啊，怎样才算了解一个男人？跟安家杰相处两年才知道他花心，和林小峰一见如故却发现对方只不过把自己当成一个艳遇的对象。

“小麦，我知道你想要的幸福是带着爱情走进婚姻，但你知道吗？婚姻跟爱情根本就是两回事。女人可以为爱情而战，但也必须向婚姻妥协。抓住一个能给自己幸福的男人不容易，他的出处不重要，重要的是他能带给你安稳的生活。我知道，咱俩的婚姻观不一样，但咱俩有一个共同之处，就是害怕结婚。但是害怕的理由完全不同，你怕是因为安家杰无法带给你安稳的生活，而我怕的是婚姻不能让我拥有长久的爱情。可是回过头来仔细想想，怎样的生活才叫安稳？怎样的爱情才叫长久？我们在一路寻找中早已经身心疲惫，早点儿让身心安顿才是最好的解脱，你说是不是这样？”

阿眉的语重心长让乔小麦茅塞顿开。她相信阿眉这次一定会幸福，不管那个被她看上的男人是谁，至少阿眉成熟了。婚姻之于女人就是一扇步入现实的门，只有拿准了钥匙才有可能寻找到真正的幸福。

不知不觉已是凌晨，阿眉劝乔小麦：“一个人的婚前旅行就是重走一回爱情，孤单的旅行看似荒唐，其实是给我们时机去领悟爱情，让我们明白，爱情其实是件很美的事情。小麦，加油吧，希望你也早点儿找到自己的幸福！”

重走一回爱情，乔小麦在心里默默地重复。直到挂上电话，她也没想明白。这一次单独旅行是否能为自己带来爱情尚不可知，如何重走一回？

如果说孤独能让一个人的心静下来，那么风雪交加的夜晚，不仅能让人品味孤独，还能在内心滋生出对爱的渴望。

一个人静坐在昏暗的凌晨，期待晨光出现那刻的光明，乔小麦心里恍惚间忆起了太多太多的事。曾经，在这样的雪夜，自己发高烧，安家杰背着自己在雪地里奔跑，跑丢了一只鞋竟然没发觉；曾经，在这样的雪夜，两个人围炉夜话，火锅凉了热，热了凉，偎在一起总有说不完的话；曾经，也是在这样的雪夜，只因想吃烤地瓜，安家杰跑遍了小半个城，回到家时，他的手是冷的，怀里的地瓜却还温着；曾经，也是在这样的雪夜，吵架时自己夺门而出，发誓再也不回那个家，走出很远才发觉，身后三五米远的地方，他的身影不离不弃……

无数次历经风雪，每次都是他抱着自己，安慰自己。怀里的温度曾以为会是一辈子，到头来却是一阵子，说好的一辈子呢？

回忆无休止，主角却永远是那一个。

此时，窗外风雪交加，安家杰不知身在何处。

乔小麦看看安家杰的信息，是两天前发的，也就是说，他已经两天不跟自己联系了。这两天，他在哪儿，在做什么？为什么把自己冷落了？想到这儿，不免心生怨恨。

女人心中怨恨一个男人，说明这个男人在她心里还有痕迹未抹去，乔小麦也回避不了这一点。可她还是倔强地认为，是安家杰对不起自己在先，是分是合，她都不可能主动回头，更不会主动联络对方。这样一想，不免兴趣索然，索性关掉手机，转身抱着宝马听窗外寒风呼啸。

躺下来，又睡不着，看时间，已经凌晨四点半了。酒店后面是海，前面则被山环抱，推开窗听到的不仅有海浪声，还能隐约听到有人在山上吊嗓子的声音。乔小麦知道，天要亮了，索性不睡了，匆匆洗漱完毕，抱上宝马，踩着暗淡的晨色，走进了茫茫大雪中。

雪下得悄无声息，踩上去咯吱地响着，雪末被风刮得旋转着钻进了鞋子里，脚一踩下去，立即变得又湿又凉。乔小麦顾不得许多，只觉得在雪花淹没自己那一刻，心里突然好惬意。头发白了，身上的衣服湿了，但心却越来越透亮。她向海边走去，怀里的宝马趁她不注意，滑出怀抱，在前面“汪汪”叫着为她开路，这让乔小麦寂寞的心一下子有了依靠。喊着宝马的名字，一人一狗，一前一后，在雪地里奔跑。

这时晨光微露，乔小麦借着晨光向海那边看去，苍茫之间竟发现雪花片片向自己飞来。这一次，她不仅看清了雪，更看清了远处的风景，一边是海，一边是山，她这才惊觉，原来只有站得远了，才看得清风景。心在这一刻豁然开朗，看得清的风景原来是这样清晰，这般美。

深呼一口气，乔小麦有种身心通透的感觉。

站在风雪里，有一股力量充满全身，乔小麦感觉自己突然变得强大起来。这种强大的力量支撑着她想拥抱什么东西，张开手，却发现臂膀空空如也，不免心头一阵失落。

再美的风景也需要有人分享，乔小麦一下子明白了，人终究是群居动物，需要共担，需要分享，更需要相互支撑。过去，无时无刻不在跟安家杰探讨这些，如今言犹在耳，人已杳杳。

就在乔小麦感伤之时，突然听到宝马一声惨叫，小狗太小，跑得太快，竟然踩进雪窝里，拔不出腿来。乔小麦不管不顾地奔过去。沙滩太软，陷落了雪，陷落了宝马，最后差点把乔小麦也陷进去。更不幸的是，她因为跑得太急，摔倒了。人倒在雪窝里，突然有一种恐惧的感觉，害怕没人发现，害怕被埋在这里走不出去。一种走进荒漠的感觉让乔小麦失声大喊：“有人吗？快来帮帮我们吧！有人吗？救命啊！”

（五）靠近你，温暖我

再绝望的人也不希望自己死于非命，再绝望的爱情也总有一天会走出阴霾。

但是眼下，乔小麦却没有这样的幸运。

晨起的人毕竟是少数，能在风雪天早起的人更是少之又少。四周一片静寂。

乔小麦悲哀地想，自己和宝马怕是要在这狂风暴雪里待上一阵子，因为她发现自己跌倒时不仅小腿扭伤了，连右脚上的鞋都跑飞了，此时，卧在雪地里的脚已经冻木了。

一种凄凉感涌上乔小麦心头，泪水哗哗地奔腾成小溪。乔小麦越来越绝望，不知为何就骂出了声："讨厌的安家杰，都怪你，是你让我遭这个罪，受这份伤，我恨死你了！"骂完了，又觉得不解气，冲着漫天飞舞的雪花大喊，"安家杰，你这个坏蛋！坏蛋！"

说来也怪，她喊了几声之后，竟然真的有个人影向她飞奔靠近，干脆利落地把她从雪窝里拉起来，背到背上，直到连人带狗被带回酒店，乔小麦才从惊讶中彻底清醒。

"安家杰？你……你从哪儿来的？"她震惊得已经不知如何表达自己内心的激动了。

安家杰一脸心疼地抱紧她："傻丫头，如果不是我，你真就冻死在雪地里了，哪有那么早就出门遛狗的？你不怕自己冻着，也不怕宝马受伤吗？"

经他提醒，乔小麦这才记起宝马，赶紧起身找小狗。安家杰微笑着掀开被子，此时，宝马已经在温暖的被子里安然入睡，这一幕让乔小麦十分惊讶："你……你过去很讨厌它，今天怎么就……"

"我讨厌它是因为我妈有过敏症，而且家里养狗不卫生。但在今天这种情况下，我不可能不管它，怎么说都是一条命。"如此坦诚，如此真实，乔小麦在心里自言自语，这就是自己认识的安家杰。他一直这样真实，从不做作，相比林小峰之类的虚伪之徒，真实一点岂不更可贵？自己还有什么可挑剔的？

“你是怎么来到烟台的？”乔小麦还是觉得奇怪。

安家杰也不隐瞒：“转道来的，很偶然。”

女人的敏感让乔小麦突然记起黄凌梅，想问，又怕结果是自己所不能接受的，欲言又止。

这一次，安家杰主动坦诚一切：“小麦，能遇上你，我真的感觉是上天的奇迹。本来我是去青岛的，后来转道来了烟台，我还在想：会在这里遇见谁？开始怎样一场旅行？没想到竟然遇上了你……我承认，我做了让你失望的事，但请你相信我，当我在海边听到你喊的那一刻，我真的有一种回家的亲切感。我以为自己在做梦，却发现真的是你，小麦，你怎么会在烟台？”

想说缘由，又觉得一两句话说不明白，好不容易相聚，乔小麦不想被那些不愉快的事情打扰，况且，那些也只是过去式，就如同她不想问起安家杰为何会去青岛。虽然心里对他去青岛是为了陈莱茜还是黄凌梅有疑问，但是显然，此时问他太煞风景，就像安家杰说的那样，能在这里相遇是上天赐予的奇迹。

“我听说烟台苹果好吃，海鲜也不错，所以就来了。”

有时候，说谎是为了更好地保护眼前人。

这样的理由，应该搪塞得过去，安家杰似乎也信了，附和着她说：“听小陈讲，烟台苹果冬天最好吃，多汁，皮脆，一过冬就没那么爽口了。”说到这儿，发现自己说多了，又赶紧解释，“小麦，其实我跟陈莱茜真的什么也没有，对我来说，她不及你十分之一的好，她年轻张扬又势利，而你成熟自然又真实。”

“我有这么好？”乔小麦问得认真，“原来我在你心里还是有优点的。”

她的话突然让两人沉默了。

两年的共同生活，有过琴瑟和鸣的美好，也有过争执不下的烦恼。但经历了那么多风雨，两个人对于彼此的人品，有着高度的认同。在安家杰心里，乔小麦善良贤惠，具备一个做妻子的优秀品质；在乔小麦心里，安家杰真实坦诚，是一个可以信赖的男人，尽管算不上最好，至少比林小峰之流强过百倍。

也许是异地重逢的欣喜，也许是旧情难了，两人竟然不由自主地四只手手握到了一起。

安家杰趁机坦白：“小麦，不瞒你说，这几天我真的很想你，打电话给你一直是录音留言，发短信你又不回……我以为你对我彻底失望了，一度想退缩……现在我们好不容易重新遇到，请你再给我一次机会，好吗？”

乔小麦动了动身子，缩回握在安家杰掌心里的手，由于用力过猛，受伤的腿又疼了。安家杰二话不说，将她的腿轻轻挪到自己的左胳膊处，双手轻柔地按摩起来，一圈又一圈。看着眼前这个满目爱怜的男人，她突然感动了。曾记得，一年前自己爬山不小心摔伤了腿，他也是这样一遍又一遍地按摩。因为怕留下后遗症，安家杰坚持为自己按了三个多月，直到疼痛消除才作罢。现在，这一幕重新上演，乔小麦竟然再次被感动。她知道，尽管安家杰身上有这样那样的毛病，但至少他愿意把自己放在心上。

“家杰，你还爱我吗？”乔小麦忍不住问。

安家杰正按摩的双手停了一下，又继续：“小麦，如果我说爱，你还相信吗？”

“我……”踢回来的皮球，乔小麦不知如何去接。

“这两天我把自己关在房间里，反反复复地想，我们之间究竟出了什么问题，直到……直到我见到黄凌梅才弄明白这一切。”安家杰坦诚地说，“我去见黄凌梅，虽说有点不死心，但更多的还是有点小私心，毕竟，那两万块钱是你和我一分一分攒出来的，我有义务收回来。”说到这儿，安家杰讨好地看了一眼乔小麦，发现她脸色如常，心里暗自庆幸过了关。

安家杰接着说：“黄凌梅告诉我她和她前任男朋友的故事，那个故事其实就是咱俩的翻版。从她的故事里，我突然明白了何为感情。感情是两个人相处之后存留下来的亲情，亲情是一天一天积攒出来的。岁月越久，亲情越深。可就是这份亲情迷惑了我们的眼睛。大家以为相处久了就应该在一起，就不可能再分开，却忘记了，即便亲情还在，感情若是淡了，当新的诱惑出现时，也容易变得失去控制，以为遇上了真正的爱情并为之疯狂。其实，我们只是短暂忘记了当初我们拥有过真挚热烈的爱情，只不过让岁月淡化了，最后我们亲手将它抛弃了……小麦，我知道，最近发生的一切是我不对，我不应该不相信你，不应该放纵自己。但请你相信我，我真的没做出格的事，跟陈莱茜是清白的，跟黄凌梅更是清白的，而且正是她让我明白了，一个男人应该承担的责任和义务。”

这番话说得乔小麦泪流满面。她知道，安家杰这次说的话字字出于真心，只是不知为何，这份真诚里，她还想寻找那个能令自己温暖的理由。

眼前的安家杰，始终是那个令自己感到温暖的人，尽管激情不在，但亲情正浓，爱情回归，还有什么比这更让人不舍的？况且，自己在试图逃离这段感情时已经饱尝磨难，深知开始一段感情比结束一段感情更不易，何苦再重添一份辛苦?

乔小麦拿起还在为自己按摩的安家杰的手，轻轻放在脸上，温暖如故。乔小麦不知不觉又落下泪来，一滴一滴在安家杰的掌心里开出了花:“家杰，我们真的能放下过去，好好地走进婚姻吗？”

这一次安家杰没有回答，而是变魔术似的从衣兜里掏出一枚戒指:“这是我和我妈一起去商场为你选的。我妈说,你是最好的儿媳妇，而我觉得，你是最好的老婆。”

看着那枚闪闪发亮的婚戒，乔小麦的手颤抖了。这是自己渴望的求婚,现在竟轻巧地来了,来得让她毫无准备,一时之间,手足无措。如果接受，就意味着从此之后她和安家杰要摒弃前嫌重新开始，可是想到准公婆，想到安家杰之前的种种，她还是将戒指推了回去:“家杰，对不起，这段时间，我们能不能不谈婚事？”

“你依然恐惧婚姻？”安家杰显得很懊恼，毕竟他是用了心的。自打被黄凌梅拒绝之后，他先后受到父母百般的批评，说他愧对乔小麦，之后又被老王在电话里骂，说他不是一个有担当的男人。现在好不容易有勇气把婚姻这副担子挑起来，又被乔小麦拒绝。

“家杰，有些心里话我一直没有跟你说。过去我害怕结婚，是生活有压力，怕咱俩过得入不敷出，现在想想，两个人感情好就是福气，生活质量也并非只有经济这一条标准，所以房子车子这些都无所谓。但是现在不一样，我觉得我们之间的感情还需要考验，因为我们都还没有安分到心甘情愿走进婚姻，所以我不相信有了婚姻就能死心塌地过一辈子。”说这番话时,乔小麦看了看安家杰的表情，发现他不停地点头，心中不免生出几分失落。话是说到他的心坎上了，也字字砸在自己心上，身为女人，岂有不盼望婚姻的道理？可是接连两次的单独旅行也让她越来越明白，婚姻不仅需要外在条件，更需要内在情感来维系，前半辈子的感情累积换来后半辈子的相扶相携。

乔小麦接着说:“安杰，你知道吗？为了看雪景，我打开过窗户，尽管伸手就能接到雪花，但我看到的却是白雾茫茫。后来我跑出去看，尽管雪景在远处，却清晰可见山和海。你知道这是为什么吗？风景只有离得远才能看得清。”

“对，风景远了才更能看清。我们之间的感情也一样，离得远了便觉得谁也离不开谁，不是吗？”安家杰问。

乔小麦却轻轻摇头:“恰恰相反。我们的感情为什么一直踌躇不前？是因为我们离得太近，总是像两只刺猬一样互不相让，相互往死里掐，不管对方是疼还是伤，就怕自己吃亏……这些天我突然想明白了，为什么有的夫妻能走到终老，而有的却半路而逃，那是因为婚姻是一件必须靠近才能完成的事情，走近了不再是相互掐，而是相互感觉温暖，那才叫爱人。”

“走近更觉温暖的是爱人？”安家杰重复着小麦的话，“你说得很有道理，可天下有几对不打不掐的夫妻？记得我跟你提起过的那对小情侣吗？他们爱到不顾一切私奔，最后老家同意他们结婚。谁也没想到，结婚前几天他们竟然分手了。我问过原因，陈辰说洛佳幼稚不懂事，洛佳却说陈辰越来越不懂自己，其实是他们的爱情只可远观不能靠近……我这些天也一直在琢磨，每段感情都有它的无奈，就像一个人，远看像幅画，走近了才看出脸上有小雀斑，看到了不仅要接受，还要试着去爱这些小雀斑，你的意思是这样吗？”

“凡是夫妻，白头到老易，恩爱如初难。走进婚姻还闹脾气那叫无奈，我们为什么不能在走进婚姻之前把所有疙瘩都解开，把所有矛盾都化解，然后带着一身轻松去迎接婚姻呢？”乔小麦抬高声音，“爱情经得起考验才能走进婚姻，婚姻经得起平淡才能迈进永恒。一次次逃离的爱情，其实是自己心里不确定是否有勇气只爱这一场。考验爱情最好的法子就是来一场单独旅行，趁在婚前，还是一个人，趁一切尚来得及。一个人的旅行尽管孤单，却能让人明白一个道理——离得远才看得清的是风景，走近更觉温暖的是爱人。所以，家杰，能不能给我一段时间，让我继续把这场单独的旅行完整地结束，然后让我带着完整的身心嫁给你？”

安家杰的内心被乔小麦这番话说得五味杂陈，一场婚前旅行让两人的感情从坚定到迟疑，现在刚刚有点曙光却又被拒绝。他不知道这次之后乔小麦还能不能回到自己身边，不免有些担心地问：“你还会回来吗？”

乔小麦张了张嘴，却一个字也没吐出来。纵然个性直爽，面对瞬息万变的感情，她还是不能轻易给出答案，因为她自己也不知道，这场单独的旅行途中还会遇到怎样的人和事，而这些人和事究竟会带给自己温暖还是伤害，只好说：“家杰，感情需要契机，需要缘分，并非固执和坚持。感情是一种享受，能让彼此感觉安定和温暖的感情一定不会畏惧风雨，也一定会在原地等待。”

乔小麦的话留给了安家杰一份期待。他知道，过去是自己伤害乔小麦多，现在想在一朝一夕之间挽回显然不可能，女人的心伤不起。无论如何，两个人为了婚姻而做的婚前旅行还是让彼此明白了婚姻，清楚了彼此在对方心里的位置，也知道了自己想要的究竟是什么，这就足够了。

安家杰握了握乔小麦的手，缓缓转身离去。几番浮沉令他明白，能打动女人心的始终是尊重和包容。他愿意给她更多的时间去享受这场婚前旅行，愿意给她更多的自由去享受旅途中的风景。

他不知道的是，乔小麦此刻正在心里正默念着蓬莱阁求来的那支签的签文:“散尽浮云落尽花，到头明月是生涯。天垂六幕千山外，何处清风不旧家？”默念几遍之后，乔小麦猛然间大彻大悟，急忙起身去追渐行渐远的安家杰……

图书在版编目（CIP）数据

一个人的婚前旅行 / 孙明一著．—南京：译林出版社，2016.9
ISBN 978-7-5447-6557-2

Ⅰ.①一… Ⅱ.①孙… Ⅲ.①言情小说－中国－当代
Ⅳ.①I247.5

中国版本图书馆CIP数据核字（2016）第193954号

书　　名	**一个人的婚前旅行**
作　　者	孙明一
责任编辑	王振华
特约编辑	王　辉
出版发行	凤凰出版传媒股份有限公司 译林出版社
出版社地址	南京市湖南路1号A楼，邮编：210009
电子信箱	yilin@yilin.com
出版社网址	http://www.yilin.com
印　　刷	三河市华润印刷有限公司
开　　本	960×640毫米　1/16
印　　张	21
字　　数	260千字
版　　次	2016年9月第1版　2016年9月第1次印刷
书　　号	ISBN 978-7-5447-6557-2
定　　价	26.80元

译林版图书若有印装错误可向承印厂调换